LA FERME

DU MÊME AUTEUR

Enfant 44, Belfond, 2009 ; Pocket, 2010
Kolyma, Belfond, 2010 ; Pocket, 2011
Agent 6, Belfond, 2013 ; Pocket, 2014

Vous pouvez consulter le site de l'auteur à l'adresse suivante.
www.tomrobsmith.com

TOM ROB SMITH

LA FERME

Traduit de l'anglais
par Elisabeth Peellaert

belfond

Titre original :
THE FARM
publié par Grand Central Publishing, une division de Hachette Book Group, Inc., New York.

Ce livre est une œuvre de fiction. Les noms, les personnages, les lieux et les évènements sont le fruit de l'imagination de l'auteur ou utilisés fictivement. Toute ressemblance avec des personnes réelles, vivantes ou mortes, des évènements ou des lieux serait pure coïncidence.

Retrouvez-nous sur
www.belfond.fr
ou www.facebook.com/belfond

Éditions Belfond,
12, avenue d'Italie, 75013 Paris.
Pour le Canada,
Interforum Canada, Inc.,
1055, bd René-Lévesque-Est,
Bureau 1100,
Montréal, Québec, H2L 4S5.

ISBN : 978-2-7144-5720-2

Belfond | un département **place des éditeurs**

place
des
éditeurs

JUSQU'À CE COUP DE TÉLÉPHONE, ma journée avait été des plus ordinaires. Chargé d'un sac de provisions, je rentrais chez moi, à pied, par Bermondsey, un quartier de Londres juste au sud du fleuve. C'était un soir d'août, chaud et humide, et, quand mon téléphone sonna, je faillis ne pas répondre, pressé de rentrer et de prendre une douche. Mais la curiosité l'emporta, je ralentis le pas, extirpai le mobile de ma poche et l'appliquai contre mon oreille – l'écran se mouillant aussitôt de sueur. C'était mon père. Il venait de s'installer en Suède et l'appel était insolite ; il se servait rarement de son portable, appeler Londres étant hors de prix. Mon père pleurait. Je m'arrêtai brusquement et laissai tomber mon sac. Je ne l'avais encore jamais entendu pleurer. Mes parents avaient toujours pris soin de ne pas se quereller ou s'emporter en ma présence. À la maison, il n'y avait jamais ni violence, ni larmes.

— Papa ?

— Ta mère… elle ne va pas bien.

— Maman est malade ?

— C'est tellement triste.

— Triste parce qu'elle est malade ? Malade comment ? Maman est malade comment ?

Papa pleurait toujours. Tout ce que je pouvais faire, c'était attendre.

— Elle s'imagine des choses – des choses terribles, terribles.

Le fait qu'il mentionne cela plutôt que quelque mal physique me parut si étrange que je m'accroupis. J'assurai mon équilibre en posant une main sur le trottoir en ciment tiède et fissuré, et j'observai la flaque de sauce rouge qui coulait du fond du sac tombé à terre. Je finis par demander :

— Depuis combien de temps ?

— Le début de l'été.

Plusieurs mois, et je n'en avais rien su – j'étais ici, à Londres, nageant dans l'ignorance, pendant que mon père restait fidèle à la tradition du secret. Il devina mes pensées.

— J'ai cru pouvoir l'aider. Peut-être ai-je trop attendu, mais les symptômes sont apparus peu à peu – des angoisses et des remarques bizarres, tout le monde peut avoir ce genre de comportement. Puis les accusations ont commencé. Elle parle de preuves qu'elle détiendrait, elle parle de pièces à conviction, de suspects, mais c'est absurde, ce sont des mensonges.

Papa parlait plus fort, sur un ton de défi, avec emphase, et il ne pleurait plus. Il avait retrouvé la maîtrise de lui-même, et dans sa voix perçait autre chose que de la tristesse.

— J'espérais que ce serait passager, ou qu'elle avait besoin de temps pour s'adapter à la vie en Suède, dans une ferme. Mais les choses sont allées de mal en pis. Et maintenant…

Mes parents appartenaient à une génération qui n'allait consulter un médecin qu'en cas de blessure visible à l'œil nu ou sensible au toucher. Accabler un étranger de détails intimes était une chose inconcevable.

— Papa, dis-moi qu'elle est allée voir un médecin.

— Selon lui, elle souffre d'une crise psychotique. Daniel…

Mes parents étaient les seules personnes au monde à ne pas m'appeler Dan.

— Ta mère est à l'hôpital. Elle a été internée.

Cette dernière information me stupéfia. J'ouvris la bouche pour parler, sans la moindre idée de ce que j'allais dire. Mais pour finir, je ne dis rien.

— Daniel ?

— Oui ?

— Tu as entendu ?

— J'ai entendu.

⁂

Une voiture cabossée passa devant moi et ralentit, mais le conducteur me regarda sans s'arrêter. Je consultai ma montre. Vingt heures, les chances de trouver un vol ce soir étaient minces – je partirais demain à la première heure. Au lieu de céder à l'émotion, je décidai d'être efficace. Le reste de la conversation fut bref. Après l'agitation des premières minutes, nous redevenions nous-mêmes : circonspects et mesurés.

— Je vais réserver un vol pour demain matin, dis-je. Je t'appelle dès que ce sera fait. Tu es à la ferme ou à l'hôpital ?

Il était à la ferme.

Après avoir raccroché, je fouillai mon sac et le vidai de son contenu sur le trottoir jusqu'à avoir trouvé la sauce tomate. Avec précaution, je sortis le pot dont les débris ne tenaient plus que grâce à l'étiquette. Je le jetai dans une poubelle proche puis revins m'occuper de mes courses éparses, épongeant la sauce à l'aide d'un mouchoir en papier. Tout ça pouvait sembler absurde – rien à foutre du sac, ma mère est malade –, mais le pot aurait pu se casser complètement, la sauce se répandre partout, et puis cette tâche simple et terre à terre avait quelque chose de réconfortant. Je ramassai le sac, accélérai le pas et rentrai enfin chez moi, au dernier étage d'une ancienne usine reconvertie en appartements. Je pris une douche froide. J'envisageai de pleurer – ne devrais-je pas pleurer ? Je me posais la question comme s'il s'agissait de décider de fumer ou non une cigarette. N'était-ce pas mon devoir filial ? Pleurer devrait être une réaction naturelle, or il me faut toujours un petit moment avant d'exprimer une émotion. Ceux qui ne me connaissent pas trouvent que je me protège. Dans ce cas précis, ce n'était pas de la prudence, c'était de l'incrédulité. J'étais incapable de répondre émotionnellement à une situation pour moi incompréhensible. Je n'allais pas pleurer. Trop de questions restaient sans réponse.

⁂

Après la douche, je m'installai devant mon ordinateur afin de relire les mails que ma mère m'avait envoyés ces cinq derniers mois, en quête d'indices qui m'auraient échappé. Je n'avais pas revu mes parents depuis leur départ pour la Suède, au mois d'avril. Lors de leur dernière soirée en Angleterre, nous avions levé nos verres en leur souhaitant une retraite paisible. Puis tous les invités s'étaient réunis devant leur ancienne maison pour d'affectueux adieux. Je n'ai ni frères ni sœurs, ni oncles ni tantes, et quand j'évoque la famille, je parle de nous trois, maman, papa et moi – un triangle, tel un fragment de constellation, trois étoiles brillantes proches les unes des autres et entourées de beaucoup d'espace vide.

Cette absence de famille élargie n'avait jamais fait l'objet d'une discussion précise. Il y avait eu quelques allusions – mes parents ayant tous les deux connu une enfance difficile, ils s'étaient éloignés de leurs propres parents et j'étais sûr que leur serment de ne jamais se quereller devant moi provenait d'un désir puissant de m'offrir une enfance différente de la leur. Ils n'adhéraient pas à la traditionnelle réserve britannique : ils ne lésinaient jamais sur l'amour et ne manquaient aucune occasion d'exprimer leur affection et leur bonheur. Si les choses allaient bien, ils fêtaient ça, dans le cas contraire, ils se montraient confiants en l'avenir. C'est la raison pour laquelle on considère parfois que j'ai été protégé : je n'ai connu que les bons moments. Les mauvais restaient cachés. J'étais complice de ces accommodements ; je ne cherchais pas à savoir. La fête d'adieu avait été un de ces bons moments : la petite foule réunie criait des vivats tandis que mes parents s'embarquaient pour une grande aventure, ma mère s'apprêtant à retourner dans le pays qu'elle avait quitté à seize ans à peine.

Peu après leur arrivée dans la fermé isolée, située à la pointe sud de la Suède, ma mère avait commencé à m'écrire régulièrement. Les mails racontaient la vie merveilleuse qu'ils menaient à la ferme, la beauté de la campagne, la chaleur des villageois. Le seul indice que peut-être quelque chose n'allait pas était d'une subtilité telle que je n'avais pas su l'interpréter. Au fil des semaines, ses mails étaient devenus de plus en plus brefs, et plus courts les passages décrivant son émerveillement. Dans mon esprit, c'étaient là des signes positifs. Ma mère s'était installée et n'avait pas un moment libre. Son dernier message apparut :

Daniel !

Rien d'autre, rien que mon prénom et un point d'exclamation. En réponse, je lui avais aussitôt expédié une réponse disant qu'il y avait eu un pépin, que son mail ne s'était pas affiché. Pouvait-elle me le renvoyer ? Je n'avais jamais envisagé qu'il puisse s'agir d'un signal de détresse.

Je passai en revue toute notre correspondance, inquiet à l'idée d'avoir été aveugle et soucieux de savoir ce que j'avais pu négliger d'autre. Je ne trouvai cependant aucun signe révélateur – ni écriture confuse, ni lubies déroutantes ; elle s'exprimait dans son style habituel et la plupart du temps en anglais car, à ma grande honte, j'avais oublié presque tout le suédois qu'elle m'avait appris enfant. Un mail contenait deux lourdes pièces jointes, sans message d'accompagnement – des photos. J'avais dû les regarder en l'ouvrant, mais là je ne me souvenais de rien. La première apparut sur l'écran – une ferme lugubre au toit en tôle rouillé, un ciel gris, un tracteur garé devant. En zoomant sur la vitre de la cabine, je vis un reflet partiel du photographe – ma mère –, le visage voilé par le flash, de sorte que sa tête paraissait avoir explosé en une gerbe de lumières blanches et aveuglantes. La seconde montrait mon père debout devant la ferme, en conversation avec un inconnu de grande taille. La photo semblait avoir été prise à son insu. Avec la distance, on aurait dit le cliché d'un détective plutôt qu'une photo de famille. Ni l'une ni l'autre des images ne correspondait aux descriptions de paysages magnifiques mais, naturellement, je n'avais exprimé aucun étonnement, j'avais simplement répondu que j'étais impatient de voir la ferme de mes propres yeux. C'était un mensonge. Je n'avais aucune envie de la visiter et j'avais déjà reporté ma venue à plusieurs reprises, du début à la fin de l'été, puis au début de l'automne, avec en guise d'explications quelques vagues semi-vérités.

La véritable raison de cet ajournement, c'est que j'avais peur. Je ne leur avais pas dit que j'habitais avec mon compagnon, que nous nous connaissions depuis trois ans. Le mensonge remontait à si loin que j'avais fini par me convaincre qu'en le dévoilant, je ne pouvais que détruire ma famille. À la fac, j'étais sorti avec des filles. Mes parents invitaient ces petites amies à dîner, approuvant mes choix avec enthousiasme – elles étaient belles, drôles et intelligentes. Mais quand elles se déshabillaient, je ne sentais pas mon cœur s'accélérer et, en faisant l'amour, en bon professionnel, je me concentrais sur la performance à accomplir, convaincu que si j'étais capable de donner du plaisir à une femme, je n'étais pas gay. Je n'ai accepté la vérité que lorsque j'ai commencé à vivre seul. Je l'ai dit à mes amis, mais pas à mon père et à ma mère : je n'avais pas honte, c'était plutôt une lâcheté bien intentionnée. Je tremblais à l'idée de ternir la mémoire de mon enfance. Mes parents s'étaient donné beaucoup de mal pour bâtir un foyer heureux, ils avaient fait des sacrifices, un serment solennel de quiétude, juré d'offrir à leur enfant un sanctuaire exempt de tout traumatisme, en quoi ils n'avaient jamais failli, pas une seule fois, et je les aimais pour cela. Placés devant la vérité, ils ne manqueraient pas de conclure à leur échec. Ils repenseraient à tous mes mensonges. Ils m'imagineraient seul, torturé, victime de harcèlement et de moqueries, alors qu'il n'en était rien. J'avais eu une adolescence facile. Tandis que certains de mes amis connaissaient des difficultés d'adaptation sociale, j'étais passé de l'enfance à l'âge adulte en sautant une étape – mes cheveux blond pâle avaient juste pris une teinte un peu plus foncée, mes yeux bleus étaient restés aussi clairs. J'étais mince et athlétique, cela sans aucun effort, et la beauté s'accompagne toujours d'une popularité imméritée. J'avais traversé ces années sur un nuage. Mon secret, je l'avais porté avec la même légèreté. Il ne me rendait pas triste. Simplement, je ne creusais pas trop la question. À la fin, tout se résumait à ça : je ne supportais pas l'idée que mes parents se demandent si j'avais douté de leur amour. Cela semblait injuste. Je m'entendais dire, désespéré, sans croire à mes propres mots :

— Ça ne change rien !

J'étais sûr qu'ils accueilleraient mon compagnon à bras ouverts, qu'ils célébreraient cet amour comme ils avaient célébré tout le reste, mais qu'il resterait une pointe de tristesse. Le souvenir de mon enfance parfaite disparaîtrait et nous en porterions le deuil comme nous l'aurions fait d'une personne aimée. Si j'avais reporté mon voyage en Suède, c'est que j'avais promis à mon compagnon de profiter de ce moment pour révéler la vérité à mes parents, pour leur faire connaître enfin, après toutes ces années, le nom de celui qui partageait ma vie.

Ce soir-là, en rentrant, Mark me trouva assis devant l'ordinateur en train de chercher des vols pour la Suède et, avant que j'aie pu dire un mot, il sourit, croyant que c'en était fini des mensonges. Trop lent pour anticiper son erreur, je fus donc obligé de le détromper, et je répétai l'euphémisme paternel :

— Ma mère est malade.

Ce fut douloureux de voir Mark encaisser, ravaler sa déception. Il avait quarante ans, onze de plus que moi. L'appartement était le sien, fruit de sa réussite comme avocat d'affaires. Je m'efforçais de participer à l'équilibre financier de notre couple, mettant un point d'honneur à payer un loyer, dans la mesure de mes possibilités financières. Mais en vérité, celles-ci n'étaient pas brillantes. Je travaillais en free-lance comme paysagiste dans une société qui créait des jardins-terrasses, payé à la tâche. Avec la récession, nous n'avions pas de travail en perspective. Que voyait-il en moi ? Je le soupçonnais de désirer ardemment le genre de vie tranquille dont j'étais le spécialiste. Je ne discutais pas inutilement. Je ne me querellais pas. Suivant l'exemple de mes parents, je me donnais beaucoup de mal pour faire de notre foyer un refuge contre le monde. Mark avait été marié à une femme pendant dix ans, lesquels s'étaient achevés par un divorce difficile. Son ex-femme avait déclaré qu'il lui avait volé les meilleures années de sa vie, qu'elle avait dilapidé pour lui tout son amour et que désormais, à trente-cinq ans, elle ne trouverait plus de véritable compagnon. Mark le pensait aussi et la culpabilité lui pesait. Je ne pouvais pas affirmer que celle-ci disparaîtrait tout à fait. J'avais vu des photos de lui à vingt ans, plein d'assurance et d'optimisme, vêtu de costumes élégants et coûteux – il faisait beaucoup de sport et avait de larges épaules, des bras musclés. Il fréquentait les clubs de strip-tease et organisait des soirées scabreuses pour ses collègues qui enterraient leur vie de garçon. Il s'esclaffait aux blagues et donnait des claques dans le dos. À présent, il ne riait plus de cette façon. Au cours du divorce, ses parents avaient pris le parti de son ex-femme. Son père en particulier avait exprimé son dégoût. Ils ne se parlaient plus. Sa mère nous envoyait des cartes à Noël, des cartes musicales, comme si elle voulait en dire plus long mais ne savait pas comment faire. Son père ne les signait jamais. Et au fond, je ne pouvais m'empêcher de me demander si Mark ne considérait pas mes parents comme une seconde chance. Qu'il veuille les rencontrer était parfaitement légitime, inutile de le préciser. La seule raison pour laquelle il acceptait d'attendre, c'est qu'ayant mis si longtemps à sortir du placard, il ne se sentait pas en droit d'exiger de moi quelque chose du même ordre. D'une certaine manière, j'avais dû en tirer profit. Cela m'ôtait la pression. À plusieurs reprises, je m'étais ainsi autorisé à repousser le moment de vérité.

⁂

Sans aucun travail à l'horizon, il ne m'était pas difficile de prendre l'avion pour la Suède dans un délai aussi bref. Mon seul problème était de savoir comment payer mon billet. Naturellement, il était hors de question que Mark le fasse alors que mes parents ne connaissaient même pas son existence. Je liquidai mes dernières économies, creusai mon découvert et, une fois le billet acheté, j'appelai mon père. Le premier vol disponible décollait d'Heathrow à neuf heures et demie du matin et atterrissait à l'aéroport de Göteborg, dans le sud de la Suède, à midi. Il ne prononça que quelques mots, d'une voix mourante et défaite. Soucieux de savoir comment il s'en sortait, seul dans une ferme isolée, je l'interrogeai sur ce qu'il faisait.

— Je range. Elle a vidé tous les tiroirs, toutes les armoires.

— Elle cherchait quoi ?

— Je ne sais pas. Cela ne rime à rien, Daniel. Elle a écrit sur les murs.

Je demandai ce qu'elle avait écrit.

— C'est sans importance.

Il me fut impossible de dormir. Les souvenirs de ma mère tournaient en boucle dans ma tête, et je revenais sans cesse sur le moment que nous avions passé ensemble en Suède, il y avait de cela vingt ans, seuls sur une petite île touristique de l'archipel situé au nord de Göteborg, assis côte à côte sur un rocher, les pieds dans l'eau. Au loin, un cargo voguait vers l'océan et nous observions sa vague de proue qui se dirigeait vers nous, mince pli sur la mer plate ; nous nous tenions la main et, sans faire un geste, nous attendions l'impact inéluctable tandis que la vague grossissait sur les eaux peu profondes avant de venir s'écraser à la base du rocher et de nous tremper jusqu'aux os. Je m'étais arrêté sur ce souvenir parce qu'il datait de l'époque où ma mère et moi étions liés par la plus grande connivence, l'époque où je n'aurais pas imaginé prendre une décision importante sans lui en parler.

Le lendemain matin, Mark insista pour me conduire à Heathrow alors que nous savions tous les deux que ce serait plus rapide par les transports en commun. Nous voyant coincés dans les embouteillages, je ne protestai pas, ne consultai même pas ma montre, conscient que Mark aurait voulu venir avec moi et que, par ma faute, il ne pouvait s'impliquer au-delà de ce trajet en voiture. Au moment de me déposer, il me prit dans ses bras. À ma grande surprise, il était au bord des larmes ; je sentais les vibrations contenues dans sa poitrine. Je lui assurai qu'il était inutile de m'accompagner jusqu'à la porte d'embarquement et nous nous dîmes au revoir à l'extérieur.

Billet et passeport à la main, je m'apprêtais à m'enregistrer quand mon téléphone sonna.

— Daniel, elle n'est pas là !

— Pas où, papa ?

— À l'hôpital ! Ils l'ont laissée sortir. Je l'ai amenée hier. Elle n'y serait pas allée de son plein gré, mais elle n'a pas protesté, il s'agissait donc d'une admission volontaire. Et puis, dès que je suis parti, elle a convaincu les médecins de la laisser sortir.

— Maman les a convaincus ? Tu disais que les médecins avaient diagnostiqué une psychose.

Mon père ne répondit pas. J'insistai :

— L'équipe médicale n'en a pas discuté avec toi ?

Il baissa la voix :

— Elle a dû leur demander de ne pas me parler.

— Pourquoi aurait-elle fait une chose pareille ?

— Je suis l'un de ceux contre qui elle porte des accusations.

Il ajouta aussitôt :

— Rien de ce qu'elle prétend n'est vrai.

À mon tour, je restai silencieux. Je voulais l'interroger sur ces accusations, mais je ne pus m'y résoudre. Je m'assis sur ma valise, la tête dans les mains, et fis signe aux gens derrière moi d'avancer.

— Elle a un téléphone ?

— Elle l'a détruit il y a deux semaines. Elle s'en méfie.

Impossible d'imaginer ma mère, si économe, brisant un téléphone de façon délibérée. Mon père me décrivait une personne que je ne connaissais pas.

— De l'argent ?

— Un peu, probablement. Elle a toujours une sacoche en cuir avec elle. Elle ne la quitte pas des yeux une seconde.

— Qu'est-ce qu'il y a dedans ?

— Un tas de trucs qu'elle considère comme importants. Elle dit que ce sont des preuves.

— Comment a-t-elle quitté l'hôpital ?

— Ils ne veulent même pas me le dire. Elle pourrait se trouver n'importe où !

Pour la première fois, je ressentis une vague de panique.

— Toi et maman avez un compte joint. Tu peux appeler la banque et demander le détail des dernières transactions. La retrouver grâce à la carte.

Je devinai, au silence de mon père, qu'il n'avait encore jamais téléphoné à la banque : c'était ma mère qui gérait les questions d'argent. Elle qui s'occupait de la comptabilité de leur affaire, elle qui payait les factures et établissait la déclaration annuelle de revenus. Elle avait un don pour les chiffres, et la concentration nécessaire pour recouper les recettes et les dépenses pendant des heures. Je l'imaginais aisément devant ses vieux livres de comptes, à l'époque d'avant les tableurs. Elle appuyait si fort sur son stylo que les chiffres auraient aussi bien pu être en braille.

— Papa, vérifie auprès de la banque et rappelle-moi aussitôt.

En attendant, je quittai la file et sortis du terminal pour aller faire les cent pas au milieu de la congrégation des fumeurs, me débattant avec l'idée que ma mère s'était volatilisée en Suède. Mon téléphone sonna de nouveau. Je m'étonnai que mon père ait pu faire aussi vite, mais ce n'était pas lui.

— Daniel, écoute-moi attentivement…

C'était ma mère.

— Je suis dans une cabine et je n'ai pas beaucoup de monnaie. Je suis sûre que ton père t'a parlé. Cet homme ne t'a dit que des mensonges. Je ne suis pas folle. Je n'ai pas besoin de médecin. J'ai besoin de la police. Je suis sur le point de prendre l'avion pour Londres. Viens me chercher à Heathrow, terminal…

Elle marqua un temps d'arrêt, le premier, pour vérifier l'information sur son billet. Saisissant l'occasion, je ne réussis à émettre qu'un son pitoyable.

— Maman !

— Daniel, ne dis rien. J'ai très peu de temps. L'avion

arrive au terminal 1. J'atterris dans deux heures. Si ton père appelle, n'oublie pas…

La communication fut coupée.

J'essayai de rappeler la cabine dans l'espoir que ma mère décrocherait, mais en vain. J'allais essayer de nouveau quand mon père appela. Il se lança, sans préambule, comme s'il lisait des notes :

— À sept heures et demie ce matin, elle a dépensé quatre cents livres à l'aéroport de Göteborg. Chez Scandinavian Airways. Elle va prendre le premier vol à destination d'Heathrow. Daniel, elle vient te voir ! Daniel ?

— Oui ?

Pourquoi ne lui disais-je pas que maman venait d'appeler et que je savais déjà qu'elle était en route ? Était-ce parce que je la croyais, elle ? Sa voix exprimait une maîtrise et une autorité parfaites. Je m'étais attendu à un torrent de paroles, pas à des faits précis, des phrases brèves. J'étais désorienté. Répéter à mon père ce qu'elle avait dit, à savoir qu'il était un menteur, revêtait, me semblait-il, un caractère agressif et hostile. Je bredouillai :

— Je vais aller la chercher. Et toi, quand viens-tu ?

— Je ne viens pas.

— Tu restes en Suède ?

— Si elle me croit en Suède, elle restera calme. Elle pense dur comme fer que je suis à sa poursuite. En restant ici, je te fais gagner du temps. Tu dois la convaincre de se faire soigner. Je ne peux pas l'aider. Elle ne me laisse pas faire. Emmène-la chez le médecin. Tu auras de meilleures chances si elle ne se préoccupe pas de moi.

Je ne parvenais pas à suivre son raisonnement.

— Je t'appelle dès qu'elle arrive. Nous aviserons à ce moment-là.

Je mis un terme à la conversation, aux prises avec toutes sortes d'interrogations. Si ma mère souffrait d'un épisode psychotique, pourquoi les médecins l'avaient-ils laissée sortir ? Même s'ils avaient respecté la procédure légale, ils auraient dû prévenir mon père, et pourtant ils s'y étaient refusés, le considérant comme une force hostile, favorisant non pas sa fuite de l'hôpital, mais sa fuite loin de lui. Tous semblaient la trouver normale. La compagnie aérienne lui avait vendu un billet, elle avait franchi les contrôles de sécurité, personne ne l'avait arrêtée. Je commençai à me demander ce qu'elle avait écrit sur les murs, sans pouvoir écarter de mes pensées cette étrange photo que ma mère m'avait envoyée par mail, qui montrait mon père en conversation avec un inconnu.

Daniel !

Dans ma tête, cela résonnait à présent comme un appel au secours.

L'écran se réactualisa ; l'avion de ma mère avait atterri. Les portes automatiques s'ouvrirent et je courus me placer au premier rang derrière les barrières pour pouvoir lire les étiquettes sur les bagages. Bientôt, les passagers en provenance de Göteborg commencèrent à sortir par petits groupes. D'abord les cadres à la recherche des affichettes plastifiées portant leur nom, puis les couples, puis les familles poussant une montagne de valises ventrues. Aucune trace de ma mère, qui était pourtant rapide. Je pensai également qu'elle n'aurait pas enregistré de bagages. Un homme âgé passa lentement devant moi, certainement l'un des derniers passagers en provenance de Göteborg. Je songeais sérieusement à appeler mon père pour lui dire qu'il y avait un problème lorsque les larges portes s'écartèrent avec un sifflement, livrant passage à ma mère.

Elle baissait les yeux vers le sol comme si elle suivait une piste de petits cailloux, et une vieille sacoche en cuir était pendue à son épaule, pleine à craquer, la bandoulière menaçant de se rompre. Je ne l'avais encore jamais vue – ce n'était pas le genre de choses qu'elle achetait. Ses vêtements, comme la sacoche, trahissaient une certaine désolation. Il y avait des éraflures sur ses souliers. Son pantalon tire-bouchonnait aux genoux. Un bouton manquait au milieu de sa chemise. Ma mère avait plutôt tendance à être trop habillée – élégante au restaurant, élégante pour aller au théâtre, élégante même pour aller travailler –, bien que rien ne l'y obligeât. Mon père et elle étaient propriétaires d'une pépinière dans le nord de Londres, sur un petit terrain en forme de T, entre de grandes maisons majestueuses de stuc blanc ; ils l'avaient achetée au début des années 1970, quand le foncier à Londres était bon marché. Mon père se promenait avec des pulls trop larges, des jeans déchirés et de lourdes bottes aux pieds ; il fumait des cigarettes roulées. Ma mère, elle, ne quittait jamais ses chemisiers blancs amidonnés, ses pantalons en laine l'hiver et en coton l'été. Les clients faisaient toujours des remarques sur sa tenue de travail immaculée, curieux de savoir comment elle parvenait à rester impeccable alors qu'elle aussi abattait sa part de travail physique. Pour toute réponse, elle riait en haussant innocemment les épaules comme pour dire : « Je n'en ai pas la moindre idée ! » Mais tout était délibéré. Elle gardait toujours, dans l'arrière-boutique, des vêtements de rechange. Elle représentait l'entreprise, m'avait-elle expliqué, et il était important de faire bonne impression.

Je laissai passer ma mère, me demandant si elle allait me voir. Elle avait perdu beaucoup de poids depuis le mois d'avril, sa maigreur était même maladive. Son pantalon flottait, me faisant penser à ces vêtements qui pendent, informes, sur les marionnettes. Dépourvue de ses courbes naturelles, elle ressemblait à une ligne dessinée à la hâte plutôt qu'à une personne réelle. Ses cheveux blond clair, lissés en arrière, avaient l'air mouillés, non pas à la cire coiffante ou au gel, mais à l'eau. Elle avait dû s'attarder aux toilettes à sa descente d'avion, faire un effort pour s'arranger et vérifier que pas un cheveu ne dépassait. Son visage d'ordinaire juvénile avait en quelques mois considérablement vieilli. Tout comme ses vêtements, sa peau trahissait des signes de détérioration. Ses joues étaient parsemées de taches brunes. Ses cernes s'étaient accentués. Par contraste, ses yeux d'un bleu délavé semblaient plus brillants que jamais. En contournant la barrière, j'évitai de la toucher, car je redoutais qu'elle pousse un cri.

— Maman.

Elle leva la tête, effrayée, mais voyant que c'était moi – son fils –, elle eut un sourire triomphant.

— Daniel.

Elle avait prononcé mon prénom de la même façon que lorsqu'elle était fière de moi, avec une joie tranquille et intense. En me serrant dans ses bras, elle enfouit son visage contre ma poitrine. Quand elle s'écarta, elle me prit les mains et, discrètement, je passai la pointe du pouce sur ses doigts. Elle avait la peau rugueuse, les ongles cassants et négligés. Elle chuchota :

— C'est fini. Je suis hors de danger.

Je ne tardai pas à constater que son esprit était parfaitement clair, car elle remarqua aussitôt mon bagage.

— Pourquoi cette valise ?

— Papa m'a appelé hier soir pour me dire que tu étais à l'hôpital...

Elle me coupa :

— N'appelle pas ça un hôpital. C'était un asile. Il m'a conduite dans cette maison de fous. Il a dit que ma place était là, dans cette chambre, à côté de gens qui hurlaient comme des bêtes. Et puis il t'a appelé et il t'a dit la même chose. « Ta mère est folle. » N'est-ce pas la vérité ?

Je mis du temps à répondre, ne sachant comment réagir à sa colère pleine de défi.

— Je m'apprêtais à prendre l'avion pour la Suède quand tu as appelé.

— Alors tu l'as cru ?

— Pourquoi ne l'aurais-je pas cru ?
— C'est ce qu'il escomptait.
— Explique-moi ce qui se passe.
— Pas ici. Pas avec tout ce monde. Nous devons faire les choses correctement, commencer par le commencement. Il faut s'y prendre comme il se doit. S'il te plaît, pas de questions. Pas encore.

Il y avait dans sa façon de s'exprimer un formalisme incisif, une correction excessive, elle articulait exagérément chaque syllabe, insistait sur chaque ponctuation. J'acquiesçai.

— Pas de questions.

Elle me serra la main, reconnaissante, et sa voix s'adoucit.

— Emmène-moi à la maison.

Elle n'avait plus de maison en Angleterre. Elle l'avait vendue pour s'installer dans une ferme, en Suède, une ferme destinée à être le dernier, et le plus heureux, de ses foyers. En toute logique, elle parlait de mon appartement, l'appartement de Mark, un homme dont elle n'avait jamais entendu parler.

J'avais déjà appelé Mark en attendant que l'avion atterrisse. Selon lui, les événements prenaient un tour inquiétant, surtout parce que ma mère échappait désormais à la surveillance des médecins. J'allais devoir me débrouiller seul. Je lui avais promis de l'appeler dès que je disposerais d'éléments nouveaux. J'avais également promis à mon père de lui téléphoner, mais impossible de passer ce coup de fil tant qu'elle était à mes côtés. Je n'osais pas m'éloigner d'elle et, en tenant ouvertement mon père informé, j'aurais eu l'air de prendre parti, risque que je ne pouvais courir – elle commencerait à se méfier de moi ou, pire, elle s'enfuirait. Cette idée ne m'aurait pas traversé l'esprit si mon père ne l'avait évoquée, et la perspective me terrifiait. Je glissai la main dans ma poche et mis mon téléphone un mode silencieux.

Maman resta à côté de moi pendant que j'achetais des billets pour le centre. Je me surpris à l'observer à plusieurs reprises, à lui sourire comme pour lui faire oublier qu'elle se trouvait sous étroite surveillance. De temps à autre, elle me prenait la main, ce qu'elle n'avait pas fait depuis mon enfance. Ma stratégie consistait à me comporter avec autant de naturel que possible, sans idée préconçue, à me tenir prêt à écouter sa version de l'histoire en toute neutralité. En fait, jusqu'ici, je n'avais jamais été obligé de prendre parti pour ma mère ou pour mon père. Je suppose, tout bien considéré, que je me sentais plus proche de ma mère, mais seulement parce qu'elle était plus impliquée dans les détails de ma vie quotidienne. Mon père ne demandait pas mieux que de s'en remettre à son jugement.

En montant dans le train, ma mère choisit des places au fond du wagon et se pelotonna contre la fenêtre. Son fauteuil, constatai-je, lui offrait le meilleur point de vue pour une surveillance : personne ne pourrait la surprendre. Elle posa sa sacoche sur ses genoux, la tenant bien serrée, comme si elle renfermait un message de la plus haute importance.

— C'est tout ce que tu as pris ? demandai-je.

Elle donna quelques petits coups solennels sur la sacoche.

— C'est la preuve que je ne suis pas folle. La preuve des crimes qu'on cherche à étouffer.

Ces mots, si éloignés de la vie ordinaire, me paraissaient extrêmes. Mais elle les prononçait avec le plus grand sérieux.

— Je peux voir ?

— Pas ici.

Elle posa un doigt sur ses lèvres, indiquant que nous ne devions pas aborder ce sujet dans un lieu public. Le geste en lui-même avait quelque chose d'étrange et de déplacé. Nous venions de passer plus d'une demi-heure ensemble et cependant, je me trouvais incapable de me prononcer sur son état. J'avais cru pouvoir me faire une opinion sur-le-champ. Elle était différente, à la fois physiquement et psychologiquement. Il était difficile d'affirmer si le changement résultait d'une expérience réelle ou totalement fantasmée. Je comptais beaucoup sur ce qu'elle allait sortir de sa sacoche. Je comptais beaucoup sur ces preuves.

À notre arrivée à Paddington, comme nous nous apprêtions à descendre, maman me saisit le bras, en proie à une panique aussi intense que soudaine.

— Promets-moi d'écouter tout ce que je vais te dire en gardant l'esprit ouvert. Tout ce que je te demande, c'est de garder l'esprit ouvert. Promets-le-moi, c'est la raison pour laquelle je suis venue te voir. Promets-le-moi !

Je posai ma main sur la sienne. Elle tremblait, terrifiée à l'idée que je ne sois pas de son côté.

— Je te le promets.

À l'arrière d'un taxi, nos mains enlacées comme celles de deux amants en fuite, je sentis soudain son haleine. Elle avait quelque chose de légèrement métallique. Je pensai à de la limaille d'acier, s'il existe une telle odeur. Je remarquai également qu'elle avait les lèvres ourlées d'une ligne bleue, comme mordues par un froid extrême. Elle semblait avoir lu dans mes pensées, car elle ouvrit la bouche et tira la langue pour que je l'examine. Je vis une pointe noire, de la couleur de l'encre de poulpe.

— Le poison, dit-elle.

Sans me laisser le temps de l'interroger sur cette déclaration stupéfiante, elle secoua la tête et indiqua le chauffeur, me rappelant ainsi sa volonté de discrétion. Je me demandai quels examens les médecins suédois avaient effectués et, éventuellement, quel poison ils avaient détecté. Mais surtout, je me demandai qui ma mère soupçonnait de vouloir l'empoisonner.

Le taxi s'arrêta devant mon immeuble, à quelques dizaines de mètres de l'endroit où, la veille, j'avais lâché mon sac de provisions. Ma mère n'était jamais venue chez moi, se rendant à mes arguments selon lesquels il était gênant d'inviter mes parents alors que je partageais un appartement. Je ne sais pourquoi ils s'étaient inclinés devant ce piètre mensonge, ni comment j'avais eu le cran de le formuler. Pour le moment, j'allais continuer la mascarade que j'avais inventée ; mieux valait ne pas égarer ma mère par mes propres révélations. Je la guidai à l'intérieur de l'appartement, conscient soudain qu'avec un minimum d'attention, n'importe qui verrait tout de suite que seule une chambre était occupée. L'autre servait de bureau. En ouvrant la porte, je me hâtai de passer devant. Ma mère ôtait toujours ses souliers en entrant chez quelqu'un, ce qui me laissa le temps de fermer les portes de la chambre et du bureau.

— Je voulais m'assurer qu'il n'y avait personne, déclarai-je en revenant sur mes pas. Mais tout va bien, nous sommes seuls.

Satisfaite, ma mère marqua cependant un temps d'arrêt devant chacune des portes fermées. Elle voulait s'en assurer elle-même. Je passai un bras sur ses épaules et la guidai vers l'étage.

— Je te promets, il n'y a que toi et moi.

Debout dans la cuisine ouverte sur le salon – le cœur de l'appartement de Mark –, ma mère fut immédiatement séduite par les lieux. Mark qualifiait son goût de minimaliste, il misait sur la vue pour apporter du caractère à l'appartement. Quand je m'y étais installé, il n'y avait pratiquement aucun meuble. Loin d'être élégant, l'endroit m'avait paru vide et triste. Mark dormait là, mangeait là, mais il ne vivait pas là. Étape par étape, j'avais glissé des suggestions. Ses affaires n'avaient pas nécessairement besoin d'être dissimulées. Les cartons pouvaient être déballés. J'observai ma mère tandis qu'elle reconnaissait les marques de mon influence avec une acuité remarquable. Elle sortit de la bibliothèque un livre qu'elle m'avait offert.

— Je ne suis pas le propriétaire, lâchai-je.

Je mentais depuis des années, je mentais aisément et sans hésitation, mais aujourd'hui, cela me faisait mal, comme de courir avec une cheville foulée. Ma mère me prit la main.

— Montre-moi le jardin.

Mark avait demandé à la société qui m'employait de réaliser un toit-terrasse. Il prétendait qu'il voulait le faire de longue date, mais c'était une façon de me rendre service, une sorte de parrainage. Mes parents avaient accueilli mes choix professionnels avec perplexité, convaincus que je ferais quelque chose de différent d'eux. Ils avaient tous les deux quitté l'école à seize ans, et moi j'étais allé à l'université, mais pour finir j'avais plus ou moins choisi le métier qu'ils avaient exercé toute leur vie, à cette différence près qu'il était marqué au sceau d'un diplôme et que je démarrais avec vingt mille livres de dettes. J'avais passé toute mon enfance entouré de végétaux et de fleurs, hérité de mes parents le don de faire pousser les plantes, et le travail, quand il se présentait, me rendait heureux. Assis là, sur le toit avec vue sur Londres, au milieu des plantes, il était facile de prétendre que tout allait bien. J'aurais voulu rester éternellement ainsi, au soleil, à l'abri du silence. Je voyais pourtant que le jardin n'intéressait pas ma mère ; elle détaillait l'agencement de la terrasse, les sorties de secours, notant les possibilités de fuite. Elle consulta sa montre et manifesta soudain une grande impatience.

— Nous n'avons pas beaucoup de temps.

Avant d'écouter sa version des événements, je lui proposai de manger. Ma mère refusa poliment, résolue à me faire son récit.

— J'ai tellement de choses à te raconter.

J'insistai. Elle avait perdu du poids, c'était une vérité incontestable. Quand avait-elle mangé pour la dernière fois ? Je n'en avais pas la moindre idée, et elle restait évasive sur le sujet. Je me mis donc à préparer un smoothie : bananes et fraises mixées avec un miel local. Elle restait debout, à observer mes gestes.

— Tu me fais confiance, n'est-ce pas ?

Elle faisait preuve d'une prudence scrupuleuse et d'une

intense suspicion, ne me laissant utiliser que les fruits qu'elle avait examinés. Pour prouver que la boisson ne présentait aucun danger, je la goûtai avant de lui tendre le verre. Elle y trempa les lèvres. À mon regard, elle comprit que je testais ainsi son état mental. Changeant d'attitude, elle but à longs traits rapides, et déclara :

— J'ai besoin d'aller aux toilettes.

Je craignis qu'elle se fasse vomir mais je ne pouvais vraiment pas insister pour l'accompagner.

— C'est en bas.

Elle quitta la cuisine, sans lâcher la sacoche dont elle ne s'était pas séparée un instant.

Je sortis mon téléphone et trouvai plus de trente appels manqués de mon père. Je composai son numéro.

— Papa, chuchotai-je. Elle est là, elle va bien. Je ne peux pas te parler…

Il m'interrompit :

— Attends ! Écoute-moi !

Il était très risqué de lui parler et j'étais terrifié à l'idée d'être pris sur le fait. Je me tournai, dans l'intention de me tenir juste en haut de l'escalier afin d'entendre ma mère quand elle remonterait. Mais elle était déjà là, sur le seuil de la pièce, les yeux fixés sur moi. Elle n'avait pas pu aller aux toilettes aussi vite. Elle avait dû mentir, me mettant à l'épreuve à sa façon, pour voir ce que j'allais faire en son absence. J'avais échoué. Elle me regardait d'une manière que je ne lui connaissais pas. Je n'étais plus son fils, mais une menace – un ennemi.

J'étais pris entre deux feux.

— C'est lui, n'est-ce pas ? dit-elle.

Toute solennité avait disparu – elle parlait d'un ton accusateur et agressif. Mon père reconnut sa voix.

— Elle est là ?

J'étais incapable de bouger, paralysé par l'indécision,

le téléphone plaqué sur mon oreille, les yeux rivés sur ma mère.

— Daniel, elle peut devenir violente, dit mon père.

Je l'entendis prononcer ces paroles et je secouai la tête – non, c'était impossible. Ma mère n'avait jamais fait de mal à personne. Papa se trompait. Elle avança d'un pas, le doigt pointé sur le téléphone.

— Si tu lui dis encore un seul mot, je m'en vais.

Je coupai la communication.

Comme si je déposais une arme, j'offris le combiné à ma mère. Je bredouillai pour ma défense :

— J'ai promis d'appeler papa. Juste pour qu'il sache que tu étais bien arrivée. De la même façon que j'ai promis de t'écouter. Maman, je t'en prie, asseyons-nous. Tu voulais me raconter ton histoire. Et moi, je veux l'entendre.

— Les médecins m'ont examinée. Il te l'a bien dit, n'est-ce pas ? Ils m'ont examinée, ils ont écouté mon histoire et ils m'ont laissée partir. Les spécialistes m'ont crue, moi. Ils ne l'ont pas cru, lui.

Elle avança vers moi, le sac tendu – sa preuve. Une seconde chance m'était octroyée. Je la rejoignis au milieu de la pièce et saisis le vieux cuir craquelé. Il fallut à ma mère un effort surhumain pour lâcher prise. Le poids de la sacoche me surprit. Au moment où je la posais sur la table, mon père appela de nouveau, sa photo apparut sur l'écran. Maman vit son visage.

— Tu as le choix : répondre, ou ouvrir le sac.

J'ignorai le téléphone, posai la main sur la sacoche et appuyai dessus pour dégager le fermoir. Le cuir craqua. Soulevant le rabat, je regardai à l'intérieur.

MA MÈRE PLONGEA LA MAIN DANS LE SAC et en sortit un petit miroir compact, me montrant mon reflet comme s'il s'agissait de la première de ses preuves. Je me trouvai le visage fatigué, mais ma mère avait vu autre chose.

— Tu as peur de moi, je le devine bien. Je connais ton visage mieux que le mien et si cela sonne exagérément sentimental, pense au nombre de fois où j'ai essuyé tes larmes, où je t'ai regardé sourire. Daniel, jamais au cours de toutes ces années tu ne m'as regardée comme ça…

» Vois par toi-même !

» Mais il ne faut pas que je me laisse troubler. Ce n'est pas ta faute. J'ai été déclarée non pas criminelle, mais psychotique. D'instinct, tu te places du côté de ton père. Inutile de le nier, nous devons être honnêtes l'un envers l'autre. À plusieurs reprises, je t'ai surpris en train de me fixer avec crainte. Mes ennemis affirment que je représente un danger pour moi et pour les autres, un danger même pour toi, mon fils. C'est dire à quel point ils sont sans scrupules, prêts à détruire la relation la plus précieuse qui soit pour moi, à faire n'importe quoi pour m'arrêter.

» Laisse-moi te rappeler brièvement que les accusations d'incapacité mentale sont une méthode rodée depuis des siècles pour réduire les femmes au silence, une arme destinée à nous discréditer quand nous luttions contre les violences et contre l'autorité. Cela dit, c'est vrai, mon apparence est inquiétante. Mes bras ont fondu, mes vêtements sont défraîchis, mes ongles ébréchés et j'ai mauvaise haleine. Toute ma vie, je me suis efforcée d'avoir une tenue correcte et aujourd'hui, tu m'as observée à l'aéroport en pensant : Elle est malade !

» Faux. J'ai l'esprit plus clair que jamais.

» À certains moments, ma voix pourra te paraître changée. Tu seras tenté de penser que je ne suis pas moi-même. Mais tu ne peux pas t'attendre à ce que je m'exprime avec aisance et naturel compte tenu des risques que je cours si je ne parviens pas à te convaincre. Ni espérer que je passe directement aux épisodes les plus choquants et te rapporte les événements en quelques mots. Si je te faisais un bref exposé des faits, tu serais abasourdi. Tu secouerais la tête en ouvrant de grands yeux. Un résumé ne suffit pas. Tu vas entendre des mots comme "meurtre" et "conspiration" et tu ne voudras pas les accepter. Alors il faut que je te donne les détails l'un après l'autre. Tu dois voir comment s'assemblent les pièces du puzzle. Sans le tableau complet, tu me croiras folle. Tu me conduiras dans un asile à l'architecture victorienne dans un obscur coin de Londres et tu diras aux médecins que j'ai le cerveau malade. Comme si j'étais une criminelle, comme si j'étais coupable de faits horribles, ils m'enfermeront jusqu'à ce que je supplie qu'on me relâche, abrutie de drogues au point d'avouer que ce que je vais te dire est un tissu de mensonges. Consciente du pouvoir que tu détiens sur moi, c'est moi qui devrais avoir peur de toi. Et regarde-moi, Daniel, regarde-moi ! J'ai peur.

PLUTÔT QU'UN RÉCIT, c'était un torrent de paroles. Des phrases endiguées dans l'esprit de ma mère se déversaient en un flot précipité mais jamais hors de contrôle. Elle avait raison : sa voix ne lui ressemblait pas – elle était montée en puissance, étrangement autoritaire. Tantôt avec des accents de plaidoirie, tantôt des accents intimes. Elle ne s'était pas exprimée ainsi à l'aéroport ni pendant le trajet de retour en train. C'était différent de tout ce que je lui avais entendu dire jusque-là, porté par une énergie débordante et une éloquence ininterrompue. Plutôt qu'une conversation, c'était une performance. Ma mère avait-elle vraiment peur de moi ? Ses mains tremblaient en posant le miroir, sur la table et non pas dans le sac, signe qu'elle allait me soumettre, l'un après l'autre, ses divers contenus. Si je n'avais pas encore eu peur, c'était le cas à présent. D'une certaine façon, j'avais dû espérer qu'une solution simple pourrait surgir ici, dans cette pièce, entre nous deux, sans l'intervention de médecins ou de détectives – une fin tranquille, un atterrissage en douceur avant de revenir à nos vies telles qu'elles étaient auparavant. Cependant ma mère avait l'esprit tellement agité que soit elle était très malade, soit la Suède avait été le théâtre d'événements véritablement épouvantables.

— Beaucoup d'éléments dépendent de la foi que tu accorderas à mes paroles, plus qu'il n'est raisonnable d'exiger de toi. Je reconnais volontiers que devant l'énormité de l'enjeu, il est tentant d'exploiter notre relation et de tirer avantage de ton affection. Mais je n'en ferai rien, car ma cause doit se défendre toute seule, étayée par des faits, et non s'appuyer sur ton dévouement final. C'est pourquoi tu ne dois pas me considérer comme ta mère mais comme Tilde, celle qui accuse…

» Reste calme ! Objectif. C'est ton seul devoir aujourd'hui.

» Tu te demanderas tout le temps comment Chris, cet homme doux et gentil qui a été pour toi un père merveilleux, cet homme solitaire, qui aime la pêche et les randonnées dans la campagne, comment ton père peut se trouver mêlé à de si graves accusations. Réfléchis. Il y a une faiblesse dans son caractère dont les autres peuvent tirer profit. Il préfère le compromis au conflit. Il rend les armes facilement. Il est sensible aux opinions fortes. Et il a des besoins, comme tout un chacun. Je suis convaincue qu'il s'est laissé entraîner, qu'un homme en particulier l'a manipulé – un scélérat.

MON PÈRE CONNAISSAIT LE NOM DE TOUTES LES PLANTES et de toutes les fleurs, il n'élevait jamais la voix, il aimait parcourir les bois – le concernant, les accusations tenaient difficilement. Ma mère sentit mon hésitation et y répondit avec une perspicacité saisissante :

— Ce mot suscite ta méfiance ?

» "Scélérat".

» Tu le trouves éloigné de la réalité ?

» Les scélérats existent pour de bon. Ils marchent parmi nous. On en rencontre dans toutes les rues, toutes les villes, tous les foyers – toutes les fermes.

» Qu'est-ce qu'un scélérat ? Quelqu'un que rien n'entrave dans la volonté de réaliser ses désirs. Je ne connais pas d'autre mot pour qualifier l'homme que j'ai à l'esprit.

» Dans ce sac se trouvent des pièces à conviction que j'ai réunies tout au long de l'été. Il y en avait davantage mais c'est tout ce que j'ai réussi à sortir de Suède dans cette précipitation. Je vais te les présenter logiquement, dans l'ordre chronologique, en commençant par ça…

DE LA POCHE AVANT DU SAC, ma mère sortit un Filofax relié en cuir, le genre d'agenda en vogue vingt ans auparavant. Il contenait des papiers, des photos et des coupures de presse.

— Destiné à l'origine à recueillir mes pensées, il s'est révélé être mon achat le plus important. En le feuilletant, tu peux voir que j'ai pris au fil des mois des notes toujours plus nombreuses. Reporte-toi aux pages du mois d'avril, quand je suis arrivée à la ferme. Tu n'y verras que quelques griffonnages. Compare-les à celles de juillet, trois mois plus tard, toutes les pages sont noircies. Tenir ce carnet m'a aidée à comprendre ce qui se passait autour de moi. Il est devenu mon compagnon. Quoi qu'en disent les autres, ici figurent les faits tels qu'ils se sont déroulés sur le moment, ou au maximum quelques heures plus tard. S'il était possible d'analyser le vieillissement de l'encre, une expertise légale le prouverait.

» De temps en temps, je m'arrêterai pour consulter ces notes afin d'éviter toute erreur. Je ne prendrai aucune liberté. Si un détail particulier m'échappe et qu'il n'est pas inscrit dans le carnet, je ne chercherai pas à remplir les blancs. Il faut que tu sois convaincu que tout ce que je dis est vrai. Sans détail pittoresque et anodin. Par exemple, je ne vais pas affirmer que des oiseaux gazouillaient à la cime des arbres à moins d'en être sûre. Si tu me soupçonnes d'embellir plutôt que de présenter l'essentiel des faits dans leur vérité, ma crédibilité en souffrira.

» Pour finir, permets-moi d'ajouter que je ferais n'importe quoi pour que les malheurs de ces derniers mois n'existent que dans mon esprit. Mon Dieu, oui, je préférerais cette explication. L'horreur de l'asile, l'humiliation de m'entendre cataloguée comme mythomane, ce serait peu cher payé si cela voulait dire que les crimes que je m'apprête à te raconter n'ont pas été commis.

JUSQUE-LÀ, nous nous tenions debout devant le sac posé sur la table. Maman me fit signe de m'asseoir, indiquant que son récit allait exiger du temps. J'obéis et pris place en face d'elle, le sac entre nous comme les mises d'une partie de poker. Au lieu d'en sortir une autre pièce à conviction, elle examina son journal, cherchant avec attention l'extrait dont elle avait besoin. Je me sentis brièvement ramené en arrière, aux nombreuses fois où elle m'avait lu des histoires au coucher, et attristé par le contraste entre la sérénité de ces souvenirs d'enfance et l'angoisse qui m'étreignait. Je donnais peut-être l'impression de manquer de curiosité ou de courage, mais, d'instinct, je voulus la supplier de ne pas lire.

— La dernière fois que tu m'as vue, c'était le jour de notre fête d'adieu. Le 15 avril. Nous nous sommes embrassés devant la vieille camionnette blanche remplie de tous nos biens terrestres. Un de ces jours où tout le monde était de bonne humeur, riait aux éclats – un jour heureux, vraiment heureux, et, sans mentir, l'un des plus heureux de ma vie. Mais même ce bonheur est maintenant sujet à caution. Rétrospectivement, Chris prétend que je partais pour la Suède à la poursuite d'une vie parfaite, que dans mon esprit un fossé s'est creusé entre mes rêves et la réalité, fossé qui a grandi au fil des mois, et que ma déception a engendré la conviction qu'au lieu de trouver le paradis, j'étais tombée dans un enfer d'amoralité et de déshonneur.

C'est un argument séduisant, en même temps qu'un mensonge, un mensonge habile, parce que sous le rire, j'avais mieux que quiconque entrevu les problèmes à venir.

» Voilà ce que tu ignores, Daniel. Nous sommes ruinés. Notre famille n'a plus d'argent. Plus rien. Tu savais que la récession avait apporté son lot de difficultés. C'était plus grave que ça. Notre affaire avait périclité. Il fallait te cacher la vérité parce que Chris et moi nous sentions humiliés et ne voulions pas accepter d'argent. Je vais te parler franchement – il n'y a place aujourd'hui que pour la vérité. J'avais honte. J'ai toujours honte.

À L'ANNONCE DE CETTE NOUVELLE, je réagis avec un mélange de gêne, de tristesse et de stupeur. Mais surtout avec incrédulité. Je n'avais rien su. Je n'avais même rien soupçonné. Comment avais-je pu tout ignorer de leur situation ? Je m'apprêtais à poser la question à ma mère mais, sentant que j'allais l'interrompre, elle me toucha le dos de la main pour m'arrêter.

— Laisse-moi finir.

» S'il te plaît.

» Tu parleras dans une minute.

» J'ai toujours tenu les comptes. Pendant trente ans, ma gestion a été rigoureuse. Nous nous en sortions bien. La pépinière ne rapportait pas beaucoup d'argent, mais nous ne rêvions pas de faire fortune. Nous gardions la tête hors de l'eau et nous adorions notre travail. Si pendant deux ans nous ne partions pas en vacances à l'étranger, nous allions passer des journées à la mer. Nous nous sommes toujours débrouillés. Nous avions peu de dettes, peu de frais généraux et nous faisions du bon travail. Nos clients étaient fidèles. Même quand des jardineries bas de gamme ont ouvert en banlieue, nous avons survécu.

» Tu n'habitais plus à la maison lorsqu'une lettre d'un agent immobilier a atterri sur notre paillasson. On nous expliquait la valeur réelle de notre petite pépinière. C'était incroyable. Je n'aurais jamais imaginé une telle fortune.

Nous avions passé notre vie à travailler de longues heures, faire pousser des plantes et dégager des marges minuscules, pendant que sous nos pieds le prix du terrain nu avait tellement augmenté qu'il valait plus que toute une vie de travail. Pour la première fois, Chris et moi étions grisés par l'argent. Nous t'avons invité dans des restaurants gastronomiques. Nous nous sommes gargarisés comme des imbéciles. Au lieu de vendre, j'ai décidé d'emprunter des centaines de milliers de livres, garanties par la valeur de notre terrain. Tout le monde trouvait cela logique. À quoi bon s'accrocher à l'argent ? La propriété, c'était de la magie : elle produisait de la richesse sans travail en échange. Nous avons négligé la pépinière, engagé du personnel pour faire sans enthousiasme ce que nous avions toujours fait nous-mêmes avec passion, et investi dans l'immobilier. En apparence, Chris et moi avons pris cette décision ensemble, mais tu le connais – il ne s'intéresse pas aux chiffres. Il est resté en retrait. J'ai trouvé les appartements. Je les ai choisis. Au bout de six mois, nous en possédions cinq et nous voulions aller jusqu'à dix, un nombre décidé au jugé, parce qu'il sonnait mieux que neuf. Nous avons commencé à employer des expressions telles que "notre portefeuille immobilier". Je rougis rien que d'y penser. Nous parlions de ces appartements comme si nous les avions bâtis de nos propres mains. Nous étions émerveillés de voir qu'en un an seulement, leur valeur augmentait de sept, huit, neuf pour cent. Pour ma défense, ce n'était pas de la pure cupidité. Je préparais notre retraite. S'occuper d'une pépinière est un travail épuisant, nous ne pouvions pas continuer éternellement. Nous n'étions même pas sûrs de pouvoir tenir un an de plus. Nous n'avions pas d'économies ni de retraite. C'était notre seule perspective.

» Ils disent maintenant que je suis folle, mais c'est il y a cinq ans que je l'étais, ou du moins, que j'avais un grain de folie. Je ne vois pas d'autre explication. J'ai perdu la tête. Je me suis lancée dans une activité à laquelle je ne connaissais rien, et j'ai abandonné un moyen d'existence qui reflétait notre nature profonde. Quand la récession a frappé, notre banque s'est trouvée au bord du précipice. La même institution qui nous avait convaincus d'emprunter nous regardait maintenant comme des pestiférés. Nous étions leur création ! Ils voulaient récupérer leur argent plus vite qu'ils n'avaient été heureux de nous le donner. Il nous a fallu tout vendre, les cinq appartements. Ça, tu le savais, mais tu n'avais aucune idée des pertes subies à chaque fois. Nous avions versé un premier acompte sur un nouvel appartement. Incapables de concrétiser l'achat, nous avons perdu l'argent. Totalement perdu ! Acculés, nous avons vendu la maison et la pépinière, en racontant à tout le monde, pas seulement à toi, que cela entrait dans un projet de grande ampleur. Pour justifier notre retraite, nous avons prétexté en avoir vraiment marre de tout ça. C'était un mensonge. Nous n'avions pas le choix.

» Avec le peu d'argent qui restait, nous avons acheté la ferme en Suède. C'est pourquoi nous avons choisi une bâtisse isolée et délabrée. Nous te l'avons présentée comme la poursuite d'un idéal. C'était vrai, mais son prix bas comptait aussi. Elle était moins chère qu'un garage à Londres. Malgré tout, une fois payé le déménagement, il ne nous restait plus que neuf mille livres. Devant ces chiffres, le premier conseiller financier venu garantirait que ce n'était pas viable : nous sommes deux, quatre mille cinq cents livres chacun, et nous avons soixante ans – nous pouvons vivre encore trois décennies. Nous étions complètement démunis et nous jouions notre avenir sur une ferme abandonnée au milieu de nulle part, dans un pays que j'avais oublié depuis quarante ans.

» Ne pas avoir d'argent à Londres est paralysant. Monter dans un bus coûte deux livres. Un pain au marché peut aller jusqu'à quatre livres. En vivant à la ferme, nous allions réécrire les règles de la vie moderne : le bonheur sans carte de crédit et sans argent liquide. Nous irions partout à vélo. L'essence serait réservée aux urgences. Pas besoin de vacances. À quoi bon prendre des vacances quand on vit dans l'un des plus beaux endroits au monde ? En été, il y avait la rivière pour nager, en hiver, la neige pour skier – activités qui ne coûtent pas un sou. Nous allions renouer avec la nature, produire notre nourriture en cultivant un vaste potager et, en pratiquant la cueillette, ramasser de pleins paniers de baies et de champignons qui nous auraient coûté des milliers de livres dans une épicerie. Ton père et moi retrouverions l'activité qui avait toujours été la nôtre, notre spécialité, celle pour laquelle nous étions nés – planter et cultiver.

» Malgré les apparences, établir ces plans n'avait rien de déprimant. Je n'étais pas malheureuse. Nous allions réduire notre existence à l'essentiel, mais pas pour obéir à une philosophie selon laquelle l'austérité purifie les âmes. Vivre dans les limites de nos moyens était la seule façon de rester véritablement indépendants. Nous étions des pèlerins en quête d'une vie nouvelle, fuyant l'oppression de la dette. Sur le bateau pour la Suède, Chris et moi avons passé la soirée avec une thermos de thé, assis sur le pont à regarder les étoiles, une couverture sur les genoux, nous préparant à l'économie domestique comme à une opération militaire, parce que nous avions fait le serment de ne plus emprunter, juré qu'il n'y aurait plus de lettres menaçantes de la banque, plus de sentiment d'impuissance et d'étouffement devant une pile de factures, jamais, plus jamais !

JE ME LEVAI POUR FAIRE UNE PAUSE. Je marchai jusqu'à la fenêtre, posai la tête contre le carreau. Pour moi, il n'y avait eu aucun doute : ils étaient en mesure de vivre une retraite confortable. Ils avaient vendu cinq appartements, la maison de famille et la pépinière. Certes, la récession avait affecté la valeur de leurs biens, mais leurs décisions, semblait-il, n'avaient jamais été prises pour contrecarrer des difficultés. Ils riaient et plaisantaient sans cesse. Ils avaient joué la comédie et je m'étais laissé berner. Ils avaient présenté leur décision comme une étape d'un projet personnel. Déménager en Suède représentait un changement de vie, non un moyen de survie. Dans mon esprit, leur existence à la ferme se déroulait dans une douce oisiveté, à cultiver leurs légumes par goût plutôt que par nécessité. Plus humiliant encore, j'avais songé à leur demander un prêt, sûr que la somme de deux mille livres ne représenterait pas un trop gros effort, même si je la remboursais lentement, sur plusieurs années. Je frémis en pensant que j'aurais pu les solliciter sans deviner l'angoisse que j'aurais provoquée. Si j'avais été riche, j'aurais donné tout mon argent à ma mère, jusqu'au dernier sou, en la suppliant de me pardonner. Mais je n'avais rien à offrir. Je me demandai si je faisais peu de cas de mon manque d'argent parce que je savais que mon entourage – mes parents et Mark – était à l'abri. Ma mère, se méprenant sur ma réaction, me rejoignit à la fenêtre.

— Pour l'instant, l'argent est le dernier de nos soucis.

Ce n'était vrai qu'en partie. Ma famille traversait une crise financière, mais ce n'était pas de cette crise que ma mère voulait parler, ce n'était pas cette crise qui ce matin l'avait fait sauter dans un avion. Brusquement je me demandai si, outre l'état de leurs finances, j'ignorais autre chose. À peine quelques minutes auparavant, je n'avais pas reconnu le portrait que maman faisait de mon père. J'avais tort d'être aussi sûr. Rien de concret ne me permettait encore de me fier au récit de ma mère, mais je tenais la preuve irréfutable que mes propres facultés de perception étaient déficientes. La seule conclusion logique, à ce stade, c'est que j'étais dépassé par la tâche à affronter, et je songeai donc à rechercher de l'aide. Je rangeai cependant ma langue dans ma poche, résolu à prouver à ma mère que, dans sa détresse, elle avait eu raison de se tourner vers moi. Comme je n'avais pas le droit d'être en colère – après tout, je leur mentais depuis de nombreuses années –, je m'efforçai, en lui posant la question, de parler d'une voix douce.

— Quand allais-tu me le dire ?

— Quand tu serais venu à la ferme, nous t'aurions tout raconté. Notre souci, c'était qu'à Londres, notre projet de devenir autosuffisants risquait de te paraître tiré par les cheveux et irréalisable. Une fois à la ferme, tu aurais vu le potager, mangé la nourriture qui ne nous coûtait rien. Nous t'aurions montré nos arbres fruitiers. Tu aurais ramassé des paniers de champignons et de baies sauvages. Tu aurais vu un garde-manger garni de confitures et de conserves maison. Ton père aurait pêché un saumon dans la rivière et nous aurions festoyé comme des princes, l'estomac plein des nourritures les plus exquises, et tout cela gratuitement. Le manque d'argent aurait paru dérisoire parce que nous aurions été riches d'une autre façon. La pauvreté n'aurait pas menacé notre bien-être. C'est plus facile à démontrer qu'à expliquer. C'est pourquoi, secrètement, nous nous sommes réjouis que tu reportes ta visite, cela nous laissait le temps de mener à bien les changements nécessaires, préparer la ferme et ficeler le dossier qui te convaincrait que tout allait bien, que tu n'avais pas de souci à te faire.

LORS DE MA PREMIÈRE VISITE À LA FERME, nous nous serions régalés de produits maison et de mensonges maison – les leurs et le mien. Pas étonnant que mes parents n'aient pas cherché à mieux cerner mes raisons de reporter mon voyage. Ils en tiraient bénéfice, eux aussi, c'était du temps gagné, jusqu'au jour où nous serions prêts tous les trois à nous dépouiller de nos mensonges. En soulignant qu'ils avaient voulu me protéger, ma mère me rappelait combien je leur paraissais manquer de solidité. Pourtant, un changement s'était opéré, elle ne me protégeait plus. Que je sois prêt ou pas, elle n'allait m'épargner aucun détail douloureux. Quand elle me prit la main et me fit rasseoir avec fébrilité, je devinai que cette première révélation serait de la petite bière comparée à celle des crimes qu'elle voulait dénoncer. De la sacoche, elle extirpa une carte de Suède toute froissée et la déplia sur la table.

— Comment en sommes-nous venus à habiter précisément dans cette région de Suède – une région inconnue de moi, un coin où je ne possède ni famille, ni amis, où je n'étais jamais allée ?

» La ferme se trouve ici…

» Chris et moi avions pensé à plusieurs endroits, la plupart au nord de la Suède, loin de Stockholm, là où les prix étaient les plus bas. Au cours de notre recherche, Cecilia, la vieille femme alors propriétaire de la ferme, nous a proposé d'acheter. Je te l'ai dit, c'était un incroyable coup de chance. Nous avons reçu l'appel d'un agent immobilier qui voulait nous faire visiter la propriété. Plus insolite, la vendeuse souhaitait nous rencontrer personnellement. Nous avions laissé nos coordonnées à diverses agences locales, mais la province de Halland, au sud, est très recherchée – beaucoup de gens y ont des résidences secondaires – et les prix sont élevés. Les limites de notre budget étant posées, nous n'avions jusque-là reçu aucune proposition. Nous avons examiné toutes les données. Tout semblait parfait. Il y avait forcément un piège.

» Dès la première visite, nos craintes se sont dissipées. C'était extraordinaire ! Tu te souviens comme nous étions excités ? La ferme était proche de la mer, à moins d'une demi-heure en bicyclette, une région de plages de sable blanc avec des marchands de glaces à l'ancienne mode et des hôtels pour les vacanciers. La propriété comportait un petit verger, un ponton sur l'Ätran, une rivière appréciée pour ses saumons. Et pourtant, le prix était incroyablement bas. Cecilia était veuve et sans enfants. Pour des raisons médicales, il lui fallait s'installer dans une maison de retraite et elle souhaitait vendre au plus vite. Au cours de notre entretien, nous n'avons pas cherché à en savoir plus. J'ai été envoûtée au point de voir là le signe que mon retour en Suède était le bon choix et que le vent avait enfin tourné.

» Tu t'es sûrement demandé pourquoi, pendant tout ce temps, je n'ai pas appelé mon père. D'un côté, je comprends que tu n'aies pas posé la question. J'ai toujours donné l'impression que mon enfance était un sujet que je préférais ne pas aborder. Et tu étais heureux dans notre famille à trois. Peut-être imaginais-tu ces liens plus forts qu'à quatre ou à cinq. N'empêche, je regrette que ton grand-père soit un étranger pour toi et qu'il n'ait jamais joué aucun rôle dans notre vie de famille. Il habite toujours dans la ferme où j'ai grandi. Elle ne se trouve pas dans la province de Halland, où nous avons acheté notre maison, mais dans le Värmland, au nord, sur la rive opposée du grand lac Varnen, entre Göteborg et Stockholm…

» Ici.

» À six heures de voiture de chez nous.

» La distance est éloquente. C'est triste à dire, mais je n'ai pas cherché à le revoir. Trop de temps avait passé. Je revenais pour la Suède, pas pour lui. Il a maintenant plus de quatre-vingts ans. Ce désir d'éloignement peut sembler cruel, mais notre rupture n'a rien de mystérieux. À seize ans, je lui ai demandé son aide. Il a refusé. Et il m'est devenu impossible de rester.

» Ne te préoccupe pas de mes annotations. Nous y reviendrons plus tard. Cela dit, puisque tu les as vues, il serait intéressant de préciser l'étendue de ces crimes. La conspiration touche toute la région et des vies innombrables, y compris les autorités et les institutions locales, des hommes politiques et des officiers de police. Il y a tellement à dire en si peu de temps… Pendant que nous parlons, Chris doit être en train de réserver un billet pour Londres. Il ne tardera pas à se présenter chez toi, à cogner à la porte, à exiger…

JE L'INTERROMPIS, levant la main comme si nous étions en classe :

— Papa ne prend pas l'avion. Il reste en Suède.

— C'est ce qu'il t'a dit ? Il veut te faire croire que sa présence ici n'est pas indispensable, qu'il n'a pas besoin de se défendre, parce que dans son esprit il ne fait aucun doute que tu ne m'écouteras pas. Il est absolument certain que tu parviendras à la seule conclusion possible – que je suis folle. Eh bien, il a beau affirmer vouloir rester en Suède, cet homme va contacter ses complices et ils vont lui donner l'ordre de venir à Londres dès que possible pour me faire interner. À tout moment, il peut appeler pour dire qu'il a changé d'avis, qu'il a acheté un billet, qu'il est à l'aéroport près d'embarquer. Il dissimulera sa volte-face derrière des motifs nobles, il fera semblant d'être inquiet, de ne pas savoir comment tu te débrouilles. Tu verras ! Il va prouver que j'ai raison, voilà pourquoi ce mensonge est un mauvais calcul. Je suis sûre qu'il se tire une balle dans le pied et que tu ne vas pas tarder à recevoir la preuve concrète qu'il trompe son monde…

SANS FINIR SA PHRASE, ma mère se leva et descendit l'escalier en toute hâte. Je la suivis jusqu'à la porte d'entrée, redoutant d'avoir commis un faux pas et de l'avoir poussée à s'en aller.

— Attends !

Au lieu de quoi, elle accrocha la chaîne de sécurité et me fit face à nouveau, silencieuse et déterminée. Elle ne s'était pas enfuie. Mon soulagement fut tel qu'il me fallut un moment pour retrouver une voix ferme.

— Maman, tu ne crains rien ici. Retire la chaîne, s'il te plaît.

— Pourquoi ne pas la laisser ?

Je ne trouvai aucune raison de m'y opposer, excepté que la chaîne me mettait mal à l'aise. Tacitement, c'était reconnaître que mon père représentait une menace – ce que rien ne prouvait jusque-là. Pour sortir de l'impasse, je cédai :

— Laisse-la, si tu veux.

Ma mère me lança un regard affûté : elle pouvait remporter une petite victoire, mais celle-ci risquait de se retourner contre elle. Elle souleva la chaîne et la relâcha. Irritée, elle me poussa vers l'escalier et grimpa derrière moi.

— Tu fais les mêmes erreurs que moi. J'ai sous-estimé Chris. Comme toi, je lui ai laissé le bénéfice du doute, maintes et maintes fois, jusqu'à ce qu'il soit trop tard. Il est déjà probablement dans l'avion. Un autre vol décollait juste une heure après le mien. Il est capable de créer la surprise.

DE RETOUR DEVANT LA TABLE, toujours contrariée, ma mère replia la carte, reprit son agenda, cherchant à retrouver ses repères après cette interruption. Je choisis une autre chaise pour m'installer plus près d'elle. Elle me montra la date du 16 avril, le jour de leur arrivée à la ferme. Sur la page, il n'y avait rien d'autre que cette note : « L'étrange course du ciel. »

— En route pour la Suède, dans notre camionnette blanche, je débordais d'enthousiasme, mais j'avais peur aussi, peur de m'être lancé un défi impossible en voulant, après toutes ces années, revendiquer ce pays comme ma patrie. La responsabilité reposait entièrement sur mes épaules. Chris ne parlait pas un mot de la langue et n'était que vaguement familier des traditions suédoises. Je constituais le seul lien entre nos deux cultures. Ces questions ne le préoccupaient pas – il était un étranger, avec une identité clairement définie. Mais moi ? Étais-je une étrangère ? Ni anglaise ni suédoise, en marge dans mon propre pays – comment allait-on m'appeler ?

» *Utlänning !*

» C'est ainsi que je serais désignée ! En suédois, c'est un mot cruel, parmi les plus cruels, pour nommer une personne venue d'un pays étranger. J'avais beau être née et avoir grandi en Suède, la communauté allait me considérer comme une étrangère, une étrangère chez moi – je serais une *utlänning*, comme à Londres.

» *Utlänning* par-ci.
» *Utlänning* par-là.
» *Utlänning* partout !

» En la regardant défiler derrière la vitre, je me suis souvenue à quel point la campagne suédoise était inhabitée. Là-bas, en dehors des villes, la nature sauvage règne en maîtresse absolue. Les gens marchent sur la pointe des pieds au milieu de pins hauts comme des gratte-ciel et de lacs aussi grands que des pays. N'oublie pas, ce sont les paysages qui ont inspiré la mythologie des trolls, les histoires que je te racontais, peuplées de géants mangeurs d'hommes au nez crochu, couverts de verrues grosses comme des champignons, au ventre de la taille d'un rocher. De leurs bras musclés, ils peuvent mettre quelqu'un en pièces, lui briser les os et, avec les fragments, curer leurs dents tranchantes comme des éclats d'obus. Où ailleurs que dans ces forêts profondes iraient se cacher ces monstres aux yeux jaunes toujours à l'affût ?

» Le long du dernier ruban de route déserte avant la ferme s'étendaient de mornes champs bruns, la neige hivernale avait fondu mais la couche arable restait couverte de lambeaux blancs. Il n'y avait aucun signe de vie humaine, ni cultures, ni tracteurs, ni fermiers. Au-dessus de ce paysage immobile, les nuages filaient à une vitesse incroyable, comme si le soleil avait été une bonde arrachée à l'horizon et que les nuages, ainsi que les dernières lueurs du jour, étaient aspirés dans un gouffre. Je ne parvenais pas à détacher mon regard de ce ciel en pleine course. Au bout d'un moment, j'ai été prise de vertige, la tête me tournait. J'ai demandé à Chris de s'arrêter parce que j'avais la nausée. Mais il a continué à conduire, disant que nous étions presque arrivés et qu'il était absurde de s'arrêter. Je lui ai redemandé, moins poliment cette fois, arrête le camion, mais il a répété que nous étions tout près et pour finir, j'ai frappé des poings contre le tableau de bord en exigeant qu'il s'arrête à la seconde !

» Il m'a regardée comme tu me regardes maintenant. Mais il a obéi. Je suis descendue et j'ai vomi sur le bas-côté, furieuse contre moi-même, craignant d'avoir gâché notre arrivée et ce qui aurait dû être un moment joyeux. Comme j'avais trop mal au cœur pour remonter en voiture, j'ai dit à Chris de continuer avec l'idée de terminer à pied. Il a refusé, voulant que nous arrivions ensemble. Il a déclaré que c'était un moment symboliquement important. Nous avons donc décidé qu'il roulerait au pas et que je marcherais devant. Comme en tête d'un cortège funèbre, j'ai entamé la courte distance qui nous séparait de notre nouvelle maison, notre ferme, la camionnette derrière moi – un spectacle ridicule, je le concède, mais comment concilier autrement mon besoin de marcher, son besoin de conduire et notre désir partagé d'arriver en même temps ?

» J'ai entendu Chris, dans l'asile suédois, verser des larmes de crocodile devant les médecins, présenter cet épisode comme la preuve d'un esprit dérangé. S'il racontait l'histoire maintenant, il commencerait certainement par là, en omettant de parler de l'étrange course du ciel. Au lieu de ça, il me présenterait comme une personne déroutante, fragile, instable dès l'origine. C'est ce qu'il prétend, la voix nouée par une tristesse feinte. Qui aurait pu l'imaginer si bon comédien ? Peu importe ce qu'il affirme aujourd'hui : il avait compris sur le moment les émotions déclenchées par mon retour, ce sentiment extraordinaire après cinquante ans, aussi extraordinaire que le ciel et l'accueil qu'il me réservait.

» Une fois à la ferme, il est descendu de la camionnette et l'a laissée au milieu de la route. Il a pris ma main. Quand nous avons franchi le seuil de notre ferme, nous l'avons fait ensemble, unis comme un couple d'amoureux à l'aube d'un chapitre de leur existence nouveau et excitant.

JE ME SOUVENAIS DE CES EXPRESSIONS – « dents tranchantes comme des éclats d'obus » et « ventre de la taille d'un rocher » –, elles provenaient d'un recueil suédois d'histoires de trolls que nous adorions tous les deux. La couverture du livre était si usée qu'on n'y voyait plus qu'une illustration représentant un troll, sa paire d'yeux jaunes, menaçants et infâmes, tapie dans les profondeurs de la forêt. Sur les trolls, il existait des albums luxueux, des contes aseptisés conçus pour les enfants, mais cette vieille anthologie écornée, depuis longtemps épuisée, dénichée dans une librairie d'occasion, était remplie d'histoires horribles. C'était, de loin, le livre que ma mère préférait lire à mon chevet et elle m'avait raconté chaque histoire de nombreuses fois. Elle le conservait dans sa bibliothèque, peut-être parce que sa fragilité lui faisait craindre qu'il ne tombe en morceaux entre mes mains. Paradoxalement, elle qui me protégeait si bien de tout traumatisme, dès lors qu'il s'agissait de merveilleux, choisissait les histoires les plus inquiétantes, pour compenser peut-être, me donnant sous forme de fiction ce qu'elle s'était acharnée à éloigner dans la vie réelle.

Ma mère retira les trombones qui fixaient trois photos à l'agenda et étala celles-ci côte à côte devant moi sur la table. Bord à bord, elles formaient une image panoramique de la ferme.

— Quel dommage que tu n'aies pas eu l'occasion de la visiter. Ma tâche aujourd'hui aurait été plus facile si tu l'avais vue de tes propres yeux. En regardant ces photos, tu diras peut-être qu'une description du paysage n'est pas nécessaire. C'est exactement ce que mes ennemis espèrent, car le tableau qu'ils brossent de la campagne reprend tous les stéréotypes de la Suède rurale, comme dans une brochure touristique. L'idée est de te convaincre que toute réaction autre qu'enthousiaste est le signe d'une bizarrerie seulement imputable à la maladie et à la paranoïa. Prends garde : ils ont intérêt à la présenter sous un jour pittoresque, car la beauté passe facilement pour de l'innocence.

» Quand on se tient à l'endroit où ces photos ont été prises, on baigne dans un calme incroyable. Comme si on se trouvait au fond de l'océan, sauf qu'à la place d'une épave rouillée, il y avait une ancienne ferme. Je croyais même entendre les pensées dans ma tête et il arrivait parfois que mon cœur batte très fort, sans autre raison qu'en réaction au silence.

» Tu ne peux pas le voir sur les photos, mais le toit en chaume était vivant, vraiment, un organe vivant parsemé de mousse et de petites fleurs, accueillant insectes et oiseaux – un toit de conte de fées dans un décor de conte de fées. Je choisis mes mots avec soin car les contes de fées renferment autant de dangers ténébreux que de merveilles lumineuses.

» L'extérieur de cette ancienne bâtisse n'avait pas subi de transformations depuis sa construction, deux siècles auparavant. Le seul rappel du monde moderne était la série de points rouges au loin, des yeux de rat, tout ronds, au-dessus des éoliennes qui, à peine visibles dans la grisaille, brassaient un ciel d'avril sinistre.

» J'en arrive au point essentiel. À mesure qu'on prend conscience de son isolement, un changement s'opère ; pas tout de suite, mais lentement, peu à peu, jusqu'à ce que, l'ayant accepté comme la norme, on vive au quotidien loin de la présence de l'État, sans se frotter au monde extérieur qui nous rappelle nos devoirs à l'égard d'autrui, sans inconnus de passage ni voisins à proximité, sans personne pour jeter un coup d'œil par-dessus notre épaule – échappant en permanence à tout regard. Cet état altère les idées sur la façon dont on doit se conduire, sur ce qui est acceptable ou pas, et, surtout, sur ce qu'on peut se permettre sans risque.

LA DESCRIPTION MÉLANCOLIQUE DE MA MÈRE ne me surprenait pas. Il était prévisible que son retour en Suède entraînerait autre chose qu'un bonheur sans mélange. À seize ans, elle avait fui sa famille à toutes jambes, ne cessant de courir à travers l'Allemagne, la Suisse, la Hollande, trouvant à s'employer comme nourrice ou serveuse, dormant dans des lits d'appoint ou quelquefois par terre, jusqu'au moment où elle était arrivée en Angleterre et avait rencontré mon père. Naturellement, ce n'était pas la première fois qu'elle y revenait. Nous allions souvent en vacances en Suède, où nous louions des chalets isolés sur des îles ou au bord de lacs, sans jamais passer plus d'une journée dans les villes, en partie pour faire des économies, mais surtout parce que ma mère avait envie de forêts et de nature sauvage. Dans les jours suivant notre arrivée, les pots à confiture vides se remplissaient des fleurs que nous avions cueillies. Les saladiers débordaient de cassis et de framboises sauvages. Mais nous ne cherchions jamais à retrouver des membres de notre famille. Si j'étais content d'avoir mon père et ma mère pour seule compagnie, il m'arrivait aussi à l'occasion – naïf que j'étais – d'être triste de ne voir personne d'autre.

Ma mère reprit son agenda et tourna les pages, visiblement contrariée.

— Je ne suis pas certaine du jour exact. C'était environ

une semaine après notre arrivée. À ce moment-là, je n'avais pas encore l'habitude de prendre beaucoup de notes. Il ne m'était pas venu à l'esprit qu'on douterait de ma parole, comme si j'étais une petite fille fantasque qui inventait des histoires pour attirer l'attention. Des nombreuses humiliations que j'ai subies au cours de ces derniers mois, dont le fait de me retrouver pieds et poings liés, la plus dure, et de loin, a été de voir l'incrédulité dans le regard des gens quand je disais quelque chose. Parler, être entendue, et n'être pas crue.

» Pendant notre première semaine à la ferme, c'est l'état d'esprit de Chris qui est devenu inquiétant, pas le mien. Il n'avait jamais vécu en dehors de la ville et il se démenait pour faire face. Le mois d'avril était beaucoup plus froid que prévu. Les paysans ont une expression, les Nuits d'Acier, pour cette période où l'hiver s'accroche et où le printemps ne parvient pas à percer. La terre est gelée ; les journées, courtes et glacées ; les nuits, longues et tristes. Chris souffrait de dépression. Et c'était pour moi comme une accusation : j'étais coupable de l'avoir emmené dans une maison dépourvue de confort, loin de tout ce qui lui était familier, parce que j'étais suédoise et que la ferme était en Suède. En réalité, nous avions pris cette décision ensemble, comme un recours d'urgence. Nous n'avions pas le choix. C'était là ou nulle part. En revendant la ferme, nous aurions juste eu de quoi louer un appartement pour deux ou trois ans en Angleterre, puis plus rien.

» Un soir, j'en ai eu assez de ce supplice. La ferme n'est pas grande – les plafonds sont bas, les murs épais, les pièces exiguës – et nous passions le plus clair de notre temps ensemble, prisonniers d'un climat hostile. Il n'y avait pas de chauffage central. Dans la cuisine, se trouvait un poêle en fonte où on pouvait faire cuire du pain, bouillir de l'eau et cuisiner – le cœur de la maison. Quand il ne dormait pas, Chris s'asseyait devant, les mains tendues, m'offrant le spectacle de ce que la vie rurale peut avoir d'ingrat. Une fois, je me suis emportée, je lui ai crié d'arrêter de se conduire comme un pauvre abruti et je suis partie en claquant la porte…

L'IMAGE DE MA MÈRE s'emportant contre mon père avait dû provoquer chez moi une certaine réaction.

— Daniel, n'aie pas l'air si étonné. Ton père et moi, nous nous querellons, pas de façon régulière mais, comme n'importe quel couple au monde, il nous arrive de nous mettre en colère. Nous avons toujours veillé à ce que tu n'entendes rien. Tu étais un enfant tellement sensible. Quand nous élevions la voix, tu te fâchais pour plusieurs heures. Tu ne dormais pas, ne mangeais pas. Un jour, au petit déjeuner, j'ai tapé du poing sur la table. Tu m'as imitée ! Tu t'es mis à te frapper la tête de tes petits poings. Il a fallu te tenir les mains pour que tu arrêtes. Nous avons vite appris à contrôler nos colères. Les conflits s'amoncelaient, menaçaient de déborder, et quand tu étais parti, nous tentions de les dénouer.

D'UNE SIMPLE PARENTHÈSE, ma mère venait d'effacer l'image que j'avais gardée de notre vie familiale. Je n'avais aucun souvenir de m'être comporté ainsi – me frapper la tête, refuser de manger, ne plus pouvoir dormir en réaction à la colère. Je croyais que mes parents avaient volontairement prononcé un vœu de sérénité. En réalité, ils me protégeaient malgré eux, non parce qu'ils pensaient que c'était mieux ainsi, mais parce que je réclamais le calme comme une nécessité vitale, comme la nourriture ou la chaleur. Le sanctuaire de notre foyer s'était construit autant sur ma faiblesse que sur leur force.

Ma mère me prit la main.

— J'ai peut-être eu tort de venir te voir.

Elle craignait toujours que je ne sois pas à la hauteur. Et elle avait raison de douter de moi. À peine quelques minutes auparavant, j'avais à toute force voulu lui demander de se taire, de se raccrocher au silence.

— Maman, je veux t'écouter – je suis prêt.

Pour dissimuler mon angoisse, je m'efforçai de l'encourager :

— Tu t'es emportée contre papa. Tu es partie. Tu as claqué la porte. Que s'est-il passé ensuite ?

Il était judicieux de la relancer sur les événements. Son désir d'exposer ses accusations était si puissant que je vis, à mesure qu'elle faisait machine arrière et reprenait le fil de son histoire, disparaître ses doutes à mon propos. Elle s'assit sur la chaise à côté de moi, nos genoux se touchant, baissant la voix comme si elle révélait une conspiration.

— Je me suis dirigée vers la rivière. Le terrain qui la bordait constituait l'un des plus gros atouts de notre propriété. Il nous fallait encore de l'argent liquide pour survivre. Nous ne produisions pas notre électricité et nous devions payer les taxes foncières annuelles. Le saumon représentait une solution. Nous pouvions en consommer en été, le fumer et le conserver pour l'hiver. Nous pouvions en vendre à des poissonneries, mais j'entrevoyais une autre possibilité. Une fois restaurées – elles avaient servi à abriter le bétail –, les dépendances seraient aisément converties en chambres d'hôtes rustiques. Nous réaliserions les travaux avec le minimum d'ouvriers car Chris et moi savions manier la truelle. La rénovation terminée, la ferme deviendrait une destination de vacances pour les touristes attirés dans ce coin reculé par la promesse de nourriture fraîche, de paysages pittoresques, et par la perspective d'attraper quelques-uns des plus beaux saumons du monde à un prix avantageux comparé à celui de la pêche en Écosse ou au Canada. Malgré l'importance que revêtait la rivière, Chris, les premiers jours, avait refusé de s'y rendre. Il la trouvait lugubre. Il ne voyait pas comment nos projets pourraient se réaliser. Personne n'allait payer pour venir dans notre ferme, c'est ce qu'il disait. Je reconnais qu'à notre arrivée, nous n'avions pas trouvé un paysage de carte postale. La berge disparaissait sous la végétation, l'herbe montait jusqu'aux genoux, et je n'avais jamais vu de limaces de cette taille, aussi grosses que mon pouce, marron et noires. Mais le potentiel existait bel et bien. Il fallait simplement y mettre de l'amour. Au bord de la rivière, il y avait une petite jetée en bois. En avril, elle était envahie par les roseaux. C'est là que je suis allée et j'ai commencé à pleurer. J'étais fatiguée, je me sentais seule. Il n'y avait qu'une petite tache de lumière dans le ciel. Au bout de quelques minutes, je me suis ressaisie et j'ai décidé qu'il était temps de nager et de déclarer officiellement la rivière ouverte ! Je me suis déshabillée entièrement, laissant tomber mes vêtements en tas et j'ai plongé dans l'eau. La température m'a fait un choc. Je suis remontée à la surface en suffoquant. Et j'ai nagé frénétiquement pour tenter de me réchauffer. Mais soudain, je me suis arrêtée net. Sur la rive opposée, les branches basses d'un arbre remuaient. Ce n'était pas le vent, parce que la cime des arbres était immobile, c'était autre chose – quelqu'un m'observait, accroché à la branche. Seule et nue dans l'eau, j'étais vulnérable. À cette distance, Chris ne m'aurait pas entendue même si j'avais hurlé. Et puis, sur la rive, les branches ont remué de nouveau, se détachant de l'arbre, glissant sur l'eau, venant vers moi. J'aurais dû m'éloigner à la nage, aussi vite que possible, mais mon corps n'obéissait pas et je suis restée là, brassant l'eau tandis que les branches se rapprochaient. Sauf que ce n'étaient pas des branches ! C'étaient les bois d'un élan gigantesque.

» Jamais, durant mon enfance en Suède, je n'avais vu un élan de si près. Je me suis efforcée de ne pas faire de vagues ni de bruit. L'élan est passé juste devant moi, si près que j'aurais pu, en tendant les bras, m'accrocher à son cou épais, me hisser hors de l'eau et monter sur son dos, exactement comme dans ces histoires où une princesse des bois, nue, chevauche un élan, sa longue chevelure argentée éclairée par la lune. J'ai dû pousser un cri émerveillé car l'élan a tourné sa tête immense droit vers moi, ses yeux noirs plongés dans les miens, son haleine tiède sur mon visage. Autour de mes cuisses, je sentais les remous déplacés par ses pattes robustes. Et puis il a reniflé et pris la direction de notre rive, émergeant sur nos terres à côté de la jetée, révélant sa puissante stature, en véritable monarque de ce pays. Il s'est ébroué, auréolé de vapeur, avant de lentement se diriger vers les bois.

» Je suis restée quelques minutes au milieu de la rivière,

faisant du surplace, insensible au froid, envahie par la certitude absolue que nous avions fait le bon choix en nous installant ici. Notre présence dans cette ferme n'était pas le fruit du hasard. Notre place était là. J'ai fermé les yeux et imaginé des milliers de saumons aux couleurs éclatantes nageant autour de moi.

MA MÈRE FOUILLA DANS LE SAC et en sortit un couteau. J'eus un réflexe de recul, me collant à ma chaise, et cette réaction l'inquiéta.

— Je t'ai fait peur ?

C'était une accusation. Je me demandai si, en brandissant ainsi le couteau brusquement, sans prévenir, elle me mettait délibérément à l'épreuve comme elle l'avait déjà fait tout à l'heure, en me laissant seul. Je pris note intérieurement de veiller à ce que cela ne se reproduise pas. Elle retourna le couteau et m'en présenta le manche.

— Prends-le.

Il était entièrement sculpté dans du bois, y compris la lame, recouverte de peinture argentée pour imiter le métal. Un objet commun et parfaitement inoffensif. Le manche présentait des gravures élaborées. D'un côté, une femme nue se baignant dans un lac près des rochers, avec de gros seins et une longue chevelure ondoyante, le sexe représenté par une unique entaille. De l'autre côté, un visage de troll, la langue pendante comme un chien haletant et le nez, grotesque, en forme de phallus caricatural.

— C'est un type d'humour que tu reconnais peut-être, populaire dans la Suède rurale où les paysans sculptent des figures grossières, par exemple un homme en train de se soulager, où une fine saillie de bois incurvée représente l'arc de pisse.

» Fais tourner le couteau dans ta main, d'avant en arrière...

» En lui imprimant ce mouvement-là... Plus vite !

» Tu verras alors les deux figures en même temps, le troll qui désire la femme et la femme qui ne s'aperçoit pas qu'on la regarde – les deux images se chevauchant. Le sous-entendu est clair. Le fait que la femme ignore le danger rend plus intense le plaisir sexuel du troll.

» Ce couteau m'a été offert – un étrange cadeau, tu en conviendras – par mon voisin la première fois que nous nous sommes rencontrés. Il avait beau n'habiter qu'à dix minutes de marche, cette rencontre n'a eu lieu que deux semaines après notre installation en Suède – deux semaines, et pendant tout ce temps-là, aucun des fermiers les plus proches n'était venu se présenter. On nous ignorait. On avait donné instruction de ne pas s'approcher de nous. À Londres, on ne compte pas les voisins qui n'échangent jamais une parole, mais il n'existe pas de tel anonymat dans la Suède rurale. Il est impossible de vivre de cette façon. Nous avions besoin de la bénédiction de la communauté pour nous installer dans cette région, impossible de bouder dans notre coin de campagne. Il y avait des considérations pratiques. L'ancienne propriétaire – la courageuse Cecilia – nous avait expliqué que nous pouvions louer quelques terrains à des paysans du coin. Ils payaient généralement une somme symbolique, mais à mon sens, ils accepteraient sans difficulté de nous fournir la nourriture que nous n'étions pas capables de produire.

» En me réveillant un matin, j'ai estimé que deux semaines étaient bien assez et j'ai dit à Chris que nous irions frapper à leurs portes, puisqu'ils ne venaient pas frapper à la nôtre. Ce jour-là, j'ai choisi mes vêtements avec grand soin, préférant un pantalon en toile à une robe qui aurait laissé entendre que je ne savais pas travailler de mes mains. Je ne voulais pas jouer la carte de la pauvreté. Nous ne pouvions pas révéler l'ampleur de nos problèmes financiers sans que cela suscite la pitié ou entraîne, chez nos voisins, une blessure d'amour-propre : ils auraient vite fait d'en conclure que nous étions venus nous installer ici parce que nous n'avions pas les moyens de le faire ailleurs. De même, nous ne voulions pas leur donner l'impression d'espérer acheter notre intégration dans la communauté. Sur un coup de tête, j'ai pris le petit drapeau suédois accroché sur le côté de la maison et m'en suis servie de foulard pour m'attacher les cheveux.

» Chris a refusé de m'accompagner. Il ne parlait pas suédois et son orgueil l'empêchait de rester à côté de moi à attendre que je traduise. Pour être franche, j'étais soulagée. Les premières impressions sont primordiales, et je doutais qu'ils réservent un accueil chaleureux à un Anglais qui ne parlait pas un mot de leur langue. Je voulais prouver à ces paysans que nous n'étions pas de pauvres citadins étrangers sans égard pour les traditions. J'étais impatiente de voir leurs visages s'éclairer quand je leur parlerais en suédois, quand j'expliquerais que j'avais grandi dans une ferme isolée, toute pareille à celle que nous possédions aujourd'hui.

» La ferme la plus proche appartenait à l'un des plus gros propriétaires terriens de la région et c'est avec ce paysan que Cecilia s'était entendue pour louer les champs. J'ai remonté la route et suis arrivée devant une immense porcherie industrielle, un bâtiment sans fenêtres, au toit en tôle rouillée surmonté d'étroites cheminées noires qui répandaient des odeurs de lisier et de produits chimiques destinés à engraisser les bêtes. Des réticences à l'égard de l'élevage industriel n'allaient pas nous gagner les faveurs des habitants. De surcroît, Chris avait déclaré haut et fort qu'il ne survivrait pas avec un régime végétarien. Notre alimentation comportait très peu de protéines, nous n'avions presque plus d'argent à la banque et, si c'était la seule alternative au saumon, je ne pouvais me permettre de la refuser sur la base de choix éthiques. En adoptant une position morale, nous passerions pour des gens arrogants, difficiles et, pire que tout, étrangers.

» La maison se trouvait au bout d'une longue allée de gravier. Toutes les fenêtres de la façade donnaient sur la porcherie, chose étrange quand on pense qu'il y avait des champs et des bois tout autour. À la différence de notre ferme, bâtie deux siècles auparavant, la propriété d'origine avait été démolie et remplacée par une maison moderne, mais pas du genre cube de verre, de béton et d'acier. Elle avait une architecture traditionnelle, deux niveaux, des poutres bleu pâle, une véranda, un toit en ardoises triangulaire. L'apparence de la tradition mais tous les avantages de la modernité. Je préférais notre maison, malgré ses nombreux défauts, un modèle authentique, et non une imitation, du patrimoine architectural suédois.

» J'ai frappé à la porte sans obtenir de réponse, mais une étincelante Saab argentée – et Saab n'est même plus un constructeur suédois – était garée dans l'allée. Il y avait bien quelqu'un, mais très probablement dehors. J'ai pris la mesure de l'immense propriété et me suis dirigée vers la rivière. C'était un vrai royaume agricole – peut-être cinquante fois plus grand que notre ferme. Peu avant la rivière, je suis tombée sur une pente douce couverte d'herbes hautes, une sorte de butte. Mais de fait, c'était une construction humaine. Sous la butte, j'ai aperçu le toit d'un abri assez semblable aux abris antiaériens construits à Londres pendant la guerre ou aux refuges contre les tornades aux États-Unis. Il y avait une porte au métal identique à celui qui couvrait la porcherie. Le cadenas pendait, ouvert. J'ai tenté ma chance et frappé. Il y a eu un grand fracas à l'intérieur puis, après quelques secondes, la porte s'est ouverte violemment. Pour la première fois, je me suis trouvée devant Hakan Greggson.

DE SON AGENDA, ma mère sortit une coupure de journal. Elle me la présenta pour que je l'examine, son ongle ébréché enfoncé dans la tête d'Hakan Greggson. Je l'avais déjà vu sur la photo que ma mère m'avait envoyée par mail – l'inconnu de haute taille en conversation avec mon père.

— La coupure vient de la première page du *Hallands Nyheter*. La majorité des habitants de la région y sont abonnés et d'ailleurs, parce que nous n'avions pas pris d'abonnement par manque d'argent, on nous a accusés de snober une institution locale. Nous avons bien dû payer. Chris était furieux quand je lui ai expliqué que l'intégration n'avait pas de prix. Je te montre cette photo parce que tu dois comprendre quel pouvoir possède l'homme auquel je me heurte.

» Hakan est au centre.

» À sa droite, c'est Marie Eklund, censée devenir le leader des chrétiens-démocrates. Cette femme austère sera un jour un grand personnage politique – par "grand", je veux dire brillant plutôt que responsable. Elle m'a déçue. Je suis allée la voir en personne pour lui présenter mes accusations, au plus fort de la crise, mais son bureau a refusé de m'accorder une audience. Elle ne m'a même pas entendue.

» À gauche de Hakan, le maire de Falkenberg, la cité balnéaire proche de notre ferme. Kristofer Dalgaard. Son affabilité est si excessive qu'elle le rend suspect. Il rit trop fort aux plaisanteries. Il s'intéresse beaucoup trop à ce que pensent les autres. À la différence de Marie, il n'a aucune autre ambition que de garder sa place, mais maintenir un statu quo peut se révéler une motivation aussi puissante que grimper vers les sommets. Et enfin, il y a Hakan. Un bel homme, indéniablement. Il est même encore plus impressionnant en chair et en os. Grand, avec de larges épaules, il dégage, physiquement, une puissance considérable. Sa peau est tannée et brune. Il n'y a rien de doux chez lui – rien de faible. Il est assez riche pour entretenir une armée et, tel un empereur décadent, lancer des ordres depuis sa véranda. Mais il n'est pas ce genre d'homme. Il se lève à l'aube et n'arrête de travailler que le soir venu. En sa présence, on a du mal à imaginer qu'il puisse être vulnérable. Il a cinquante ans, mais il possède la vigueur d'un jeune homme associée à la sagesse d'un vieillard – un dangereux mélange. Je l'ai trouvé intimidant dès le premier jour.

» Comme il émergeait de l'obscurité de son antre souterrain, j'ai aussitôt voulu me présenter. J'ai dit à peu près : "Bonjour, je m'appelle Tilde, quelle joie de faire votre connaissance, je me suis installée dans la ferme au bout de la route" – eh oui, j'étais fébrile. Je parlais trop, et trop vite. Au milieu de mon babillage enjoué, je me suis souvenue du drapeau noué dans mes cheveux. J'ai pensé : Je suis ridicule ! J'ai rougi comme une écolière et commencé à bafouiller. Et sais-tu ce qu'il a fait ? Pense à ce qu'il y a de plus cruel.

JUSQUE-LÀ, ma mère avait posé un certain nombre de questions rhétoriques. Cette fois, elle attendait une réponse. Une autre mise à l'épreuve. Étais-je capable d'imaginer la cruauté ? Plusieurs possibilités se présentèrent à moi, si aléatoires et si dénuées de fondement que je finis par dire :

— Je ne sais pas.

— Hakan a répondu en anglais. Je me suis sentie humiliée. Peut-être mon suédois était-il un peu démodé, mais nous étions suédois tous les deux. Pourquoi devions-nous parler dans une langue étrangère ? J'ai tenté de poursuivre la conversation en suédois, mais il refusait de passer d'une langue à l'autre. J'étais désorientée, et je ne voulais pas me montrer grossière. Rappelle-toi, à ce moment-là, je voulais devenir son amie. Pour finir, j'ai répondu en anglais. Dès lors, il a souri comme s'il avait remporté une victoire. Il s'est mis à parler suédois et il ne m'a plus jamais reparlé anglais tout le temps que je suis restée en Suède.

» Comme si de rien n'était, il m'a fait visiter son abri. C'était un établi. Des copeaux de bois jonchaient le sol, des outils tranchants étaient accrochés aux murs. Presque toutes les surfaces étaient couvertes de trolls sculptés dans le bois. Il devait y en avoir des centaines. Certains étaient peints, d'autres inachevés. Un long nez sortait d'une bûche, attendant qu'on lui sculpte un visage. Hakan déclara qu'il n'en vendait aucun, mais les offrait en cadeau. Il affirma, satisfait, que chaque maison, à trente kilomètres à la ronde, possédait au moins un de ses trolls et que certains de ses amis les plus proches en avaient réuni une famille entière. Tu vois ce qu'il essaie de faire ? Il se sert de ces trolls en bois comme de médailles, des récompenses qu'il remet à ses fidèles alliés. Dans n'importe quelle ferme devant laquelle on passe à bicyclette, il y a des trolls alignés à la fenêtre, un, deux, trois, quatre – le père, la mère, le fils, la fille, une famille de trolls au complet, c'est-à-dire le plus grand honneur que Hakan puisse vous accorder, affiché telle une déclaration d'allégeance.

À moi, il n'a pas offert de troll, mais le couteau, en me souhaitant la bienvenue en Suède. Je n'ai guère prêté attention au couteau, parce que je jugeais déplacé qu'on me souhaite la bienvenue dans mon propre pays. Je n'étais pas une invitée. Irritée par le ton qu'il avait adopté, je n'ai pas remarqué les gravures sur le manche, ni réfléchi à la raison pour laquelle il me donnait un couteau plutôt qu'une figurine de troll. À présent, cela m'apparaît comme une évidence – il ne voulait pas que j'expose de troll à notre fenêtre, pour ne pas risquer que les gens y voient le signe d'une amitié.

» Quand il m'a raccompagnée, j'ai remarqué une deuxième porte, au fond de l'abri. Un lourd cadenas pendait à la serrure. Cette seconde pièce va prendre son importance plus tard. Garde-la à l'esprit et demande-toi pourquoi ce deuxième cadenas, puisqu'il y en avait déjà un sur la porte d'entrée.

» Hakan a commencé à marcher avec moi en direction de l'allée. Il ne m'a pas invitée à entrer dans sa maison. Il ne m'a pas offert le café. Il m'escortait pour s'assurer que je quittais les lieux. Contrainte, pendant que nous marchions, de soulever la question de la location des champs, je lui ai parlé de mon idée d'échanger des terres contre de la viande. Il en avait une autre.

» – Si je vous achetais plutôt la totalité de la ferme, Tilde ?

» Je n'ai pas ri, parce qu'il n'avait pas l'air de plaisanter. Il parlait sérieusement. Sauf que ça n'avait aucun sens. Pourquoi n'avait-il pas tout simplement acheté la ferme à Cecilia ? Je lui ai posé la question. Il a dit avoir essayé, en offrant le double de ce que nous avions payé ; il aurait payé le triple, mais Cecilia n'avait pas voulu. J'ai demandé pourquoi. Il a répondu qu'aucun de leurs désaccords ne me concernait. Il était cependant heureux de me faire la même offre : la ferme tout entière pour trois fois le prix que nous l'avions payée. Nous aurions triplé notre investissement en quelques mois. Sans me laisser le temps de répondre, il a ajouté que la vie peut se révéler rude dans une ferme, et il m'a encouragée à en discuter avec mon mari, comme si j'étais une simple messagère.

» Que les choses soient bien claires : avant cette conversation, nous avions affronté des épreuves et des difficultés, mais pas de mystère. Désormais une question se posait à nous, une question qui me tenait éveillée la nuit. Pourquoi Cecilia avait-elle vendu la ferme à un couple d'étrangers dépourvus de toute espèce de lien avec cette région, alors que le plus gros propriétaire du coin, un pilier de la communauté et son voisin depuis de nombreuses années, convoitait la propriété et était prêt à l'acquérir à un prix nettement plus élevé ?

JE NE VOYAIS PAS ce qui empêchait ma mère d'obtenir sa réponse.

— Pourquoi ne pas avoir appelé Cecilia pour lui poser la question ?

— C'est exactement ce que j'ai fait. Je suis aussitôt rentrée à la ferme et j'ai appelé la maison de retraite – Cecilia avait laissé l'adresse et le numéro d'un établissement à Göteborg. Mais si tu penses qu'une simple question allait résoudre le mystère, tu te trompes. Cecilia attendait mon appel. Tout de suite, elle m'a parlé de Hakan. Je lui ai expliqué qu'il avait offert de racheter la ferme. Elle a commencé à s'agiter. Elle a déclaré nous l'avoir vendue à nous parce qu'elle souhaitait qu'elle devienne notre foyer. Si je la vendais pour en tirer un rapide bénéfice, cela reviendrait à trahir sa confiance. Maintenant tout était clair ! Voilà pourquoi elle avait demandé à son agent de trouver des acheteurs venus de loin. Voilà pourquoi elle avait choisi une agence à Göteborg, à plus d'une heure de route – aucune des agences locales ne lui inspirait confiance. Elle avait insisté pour avoir un entretien avec les acheteurs potentiels afin de pouvoir poser son veto, s'assurer que, prisonniers des circonstances, nous n'allions pas vendre. Je lui ai demandé pourquoi elle ne voulait pas que Hakan soit le propriétaire de la ferme. Elle a répondu, et je me rappelle ses mots exacts, prononcés d'une voix suppliante :

» – Tilde, je vous en prie, cet homme ne doit jamais posséder ma ferme.

» – Mais pourquoi ?

» Elle n'a pas voulu en dire plus. La conversation terminée, j'ai appelé Hakan au numéro qu'il m'avait donné. Tandis que le téléphone sonnait, je me suis préparée à lui parler avec calme et courtoisie. Mais dès que j'ai entendu sa voix, j'ai déclaré d'un ton catégorique :

» – Notre ferme n'est pas à vendre !

» Je n'avais même pas abordé le sujet avec Chris.

» En entrant dans la cuisine, Chris a pris l'ignoble couteau en bois de Hakan. Il a regardé la femme nue. Il a regardé le troll en mal de sexe. Et il a ricané. Je me suis félicitée de ne pas lui avoir parlé de l'offre. Son état psychologique ne m'inspirait pas confiance. Chris, lui, aurait vendu la ferme.

» Trois jours plus tard, l'eau du robinet a pris une teinte marron. Elle était chargée de sédiments, comme une eau de mare croupie. Ces fermes sont tellement isolées qu'elles ne sont pas raccordées au réseau public. Elles sont alimentées en eau par des puits individuels. Il n'y avait pas d'autre choix que de faire appel à un spécialiste pour creuser un nouveau puits, ce qui nous privait de la moitié des neuf mille livres que nous gardions en réserve. Chris a commencé à se lamenter devant ce coup du sort. Moi, je ne croyais pas à un coup du sort, la coïncidence était trop évidente, l'enchaînement trop suspect. Sur le moment, je n'ai rien dit. Je ne voulais pas l'affoler. Je ne disposais d'aucune preuve. Le fait incontournable, c'est que notre argent n'allait pas suffire à passer l'hiver. Il nous fallait au plus vite mettre nos projets en route pour que la ferme subvienne à nos besoins.

DES DEUX MAINS, ma mère sortit de la sacoche une boîte en métal rouillé. Très vieille, elle avait la taille d'une boîte à biscuits. C'était de loin l'objet le plus volumineux qu'elle contenait.

— Quand les ouvriers sont arrivés pour creuser le puits, j'ai trouvé ça, enfoui dans le sol à plusieurs mètres sous la surface. Chris et moi observions le travail comme si nous assistions à un enterrement, debout, solennels, au bord du trou, disant adieu à la moitié de notre argent. Tandis qu'ils creusaient, j'ai aperçu un éclat lumineux. Je leur ai crié d'arrêter en agitant les bras. Les ouvriers ont stoppé le forage et, sans laisser à Chris le temps de m'en empêcher, j'ai dégringolé dans le trou. C'était idiot. J'aurais pu me tuer. Mais il fallait absolument que je récupère ce qu'il y avait là-dedans. Quand je suis remontée en serrant la boîte, tout le monde hurlait. La boîte n'intéressait personne. Tout ce que j'ai pu faire, c'est m'excuser et me retirer dans la maison pour pouvoir examiner ma découverte à l'abri des regards.

» Soulève le couvercle.

» Jette un coup d'œil dessus.

» Ce n'est pas ce que j'ai trouvé ce jour-là. Laisse-moi t'expliquer. La boîte contenait bien des papiers. Elle contenait ces papiers que tu vois, mais ils n'étaient pas couverts de cette écriture. Comme tu peux t'en rendre compte, le métal est abîmé par la rouille à différents endroits. La boîte n'avait pas pu empêcher l'humidité d'entrer et, sur les pages originales, l'encre avait depuis longtemps disparu. On ne pouvait lire que quelques mots et le peu qui restait d'une signature à l'ancienne, ronde et pleine de fioritures. Il devait s'agir de documents juridiques. J'aurais dû les jeter au feu, mais dans mon esprit, ils étaient attachés à l'histoire de la ferme. Il me semblait que je ne devais pas les détruire, aussi je les ai replacés dans la boîte et rangés sous l'évier. Ce que je vais te dire maintenant est très important : je n'y ai plus pensé.

» Je tiens à le répéter encore parce que je ne suis pas sûre que tu aies bien enregistré ce détail…

DANS UN ESPRIT DE COLLABORATION, je glissai :

— Tu n'y as plus pensé.

Elle hocha la tête, satisfaite.

— Quand je suis ressortie, j'ai vu Hakan, debout à l'endroit où je m'étais trouvée un peu plus tôt. C'était la première fois qu'il venait à la ferme depuis notre arrivée...

— À l'exception du sabotage du puits, c'est bien ce que tu veux dire ?

Ma mère accueillit avec gratitude le sérieux de ma question plutôt que d'y voir la manifestation d'un scepticisme pointilleux.

— Je n'ai pas été témoin de cela. C'était donc la première fois que je le voyais chez nous. Mais tu as raison, il aurait pu avoir saboté le puits lui-même ou payé quelqu'un pour le faire. De fait, ce jour-là, son attitude exprimait un intense sentiment de propriété, comme si ces terres lui appartenaient déjà. Chris se tenait à ses côtés. Ils ne s'étaient encore jamais rencontrés. Je me suis approchée, espérant discerner chez Chris prudence et méfiance, mais je ne vis rien de tel. Je lui avais dit à quel point cet homme me faisait froid dans le dos, mais il était bien trop excité à l'idée d'avoir un ami anglophone pour voir la vérité – cet homme voulait notre défaite. J'entendais Chris répondre volontiers aux questions qui intéressaient Hakan à propos de nos projets. Hakan espionnait ! Ils ne remarquaient même pas ma présence à côté d'eux. Non, ce n'est pas exact. Hakan m'avait remarquée.

» Pour finir, il s'est retourné et a fait semblant de me voir pour la première fois. Faisant assaut d'amabilité, il nous a invités à l'un de ses premiers barbecues de l'été, organisé sur la partie de la berge qui lui appartenait. Cette année, il donnerait cette fête pour célébrer notre installation. C'était absurde ! Alors qu'il nous avait évités pendant des semaines, nous allions être ses invités d'honneur. Chris a pris l'invitation au pied de la lettre. Il a échangé une poignée de main avec Hakan en lui disant combien il se réjouissait à la perspective de cette fête.

» Au moment de quitter notre ferme, Hakan m'a demandé de faire quelques pas avec lui pour m'expliquer les particularités de cette invitation. Il m'a précisé que, selon la tradition, chacun devait apporter un plat. Je connaissais très bien cette tradition et je le lui ai dit, puis comme je lui demandais ce que je pouvais préparer, il a fait semblant de jongler avec différentes possibilités avant de suggérer une salade de pommes de terre, ce que tout le monde appréciait, a-t-il souligné. J'ai accepté et demandé à quelle heure il voulait que nous arrivions, et il a répondu que le repas serait servi à partir de trois heures. Je l'ai remercié de nouveau pour sa généreuse invitation et il s'est éloigné sur la route. Il a fait quelques pas, il s'est retourné et il a fait ça...

MA MÈRE POSA UN DOIGT SUR SES LÈVRES, telle une bibliothécaire demandant le silence à un lecteur bruyant. C'était le même geste que tout à l'heure. À présent, elle prétendait que Hakan l'avait fait aussi. Intrigué par cette coïncidence, je demandai :

— Il te taquinait ?

— Il se moquait de moi ! Cette conversation avait été une mascarade. Il n'y avait rien de généreux dans son invitation. C'était un piège et il a fonctionné. Nous nous sommes mis en route juste avant trois heures, en remontant la rivière. C'était plus joli que par la route et j'étais sûre que nous serions parmi les premiers car nous arrivions à l'heure dite. Mais nous n'étions pas les premiers, la fête battait déjà son plein. Il y avait au moins cinquante personnes et elles étaient là depuis un moment. Le barbecue était allumé. Les grillades cuisaient. Debout là avec un grand bol de salade de pommes de terre, nous avions l'air de deux idiots. Pendant plusieurs minutes, personne ne nous a salués. Pour finir, Hakan nous a accompagnés à travers la foule jusqu'à la table sur laquelle nous avons déposé notre plat. En retard et encombrée d'une salade de pommes de terre : ce n'était pas la première impression que je souhaitais donner. J'ai demandé à Hakan si je m'étais trompée d'heure, façon polie de dire que c'était lui qui avait dû se tromper. Il a répondu que c'était moi, que la fête avait commencé à une heure. Il a ajouté, comme pour me rassurer, qu'il n'était nullement vexé – j'avais dû mal comprendre.

» Tu pourrais considérer que tout cela est insignifiant. Tu aurais tort. C'était un acte de sabotage délibéré. Suis-je du genre à me mordre les doigts si je me suis trompée d'heure ? Non, je présente mes excuses, et on n'en parle plus. Mais il n'y avait pas d'erreur, parce qu'il ne m'avait donné qu'une seule heure. Hakan voulait que nous arrivions en retard, que nous nous sentions déplacés. Il avait réussi. Durant toute la fête, j'ai eu les nerfs à vif. Je n'ai pas pu participer aux conversations et, au lieu de me calmer, l'alcool me rendait nerveuse. J'ai eu beau répéter aux gens que j'étais née en Suède, que j'avais un passeport suédois, je n'ai jamais réussi à être autre chose que l'Anglaise mal dans sa peau arrivée en retard avec une salade de pommes de terre. Tu vois comme tout était bien orchestré ? Hakan m'avait demandé de préparer cette salade. Sur le moment, je n'ai pas réfléchi. Mais ce qu'il avait suggéré, c'était le plat le moins ambitieux – un plat dont nul n'aurait pu me féliciter sans avoir l'air ridicule. Je ne pouvais même pas utiliser des pommes de terre du potager car nous n'avions rien de prêt. La femme de Hakan ne tarissait pas d'éloges sur les plats des autres, tranches de saumon, desserts spectaculaires, des mets dont on pouvait être fier. Elle n'a pas dit un mot sur notre salade car il n'y avait rien à dire. Elle n'était guère différente de la version industrielle qu'on achète au supermarché…

— C'EST LA PREMIÈRE FOIS que tu mentionnes la femme de Hakan, observai-je.

— C'est un oubli révélateur. Je ne l'ai pas fait exprès, mais c'est normal. Pourquoi ? Parce qu'elle se résume à une planète en orbite autour de son mari. Son point de vue, c'est celui de Hakan. Ce qui importait chez elle n'était pas sa façon d'agir, mais sa façon de ne pas agir, non pas ce qu'elle faisait, mais ce qu'elle ne faisait pas. Cette femme aurait préféré s'arracher les yeux que de les ouvrir et de regarder la réalité en face, à savoir que cette communauté était réunie par une conspiration. Je l'ai rencontrée à maintes occasions mais la seule image que je garde d'elle, c'est son embonpoint – une masse solide, aucune légèreté dans son allure, aucune grâce, aucun plaisir, aucune drôlerie, aucune espièglerie. Ils étaient riches mais elle travaillait sans discontinuer, ce qui lui avait donné un physique puissant et l'avait rendue aussi efficace qu'un homme dans les champs. C'est étrange chez une femme, une telle force associée à une telle docilité. Elle s'appelait Élise. Une chose était sûre : nous n'étions pas amies. Mais on ne sentait pas son aversion, car la décision ne venait pas d'elle. Ses opinions étaient entièrement façonnées par Hakan. S'il avait, le lendemain même, manifesté son approbation, elle m'aurait invitée à boire le café, elle m'aurait introduite dans le cercle de ses amis. De la même façon, au premier signe de désapprobation, les invitations auraient cessé, le cercle se serait refermé. Son unique ligne de conduite était sa croyance fanatique que Hakan avait raison sur tout. Quand nos chemins se croisaient, elle se contentait de déclarations insipides sur les récoltes ou sur la météo, avant de repartir en me faisant comprendre qu'elle était terriblement occupée. Elle était toujours occupée, jamais sur la véranda un livre à la main, jamais en train de nager dans la rivière. Les fêtes elles-mêmes représentaient une autre occasion de rester occupée. Sa conversation était laborieuse – elle posait scrupuleusement les bonnes questions, mais sans manifester aucune véritable curiosité. Une femme sans plaisir. À certains moments, j'avais pitié d'elle. La plupart du temps, j'avais envie de la prendre par les épaules, de la secouer et de lui crier :

» "Ouvrez les yeux, merde !"

MA MÈRE JURAIT RAREMENT. Si elle laissait tomber une assiette ou si elle se coupait, il lui arrivait de lancer un juron, un cri plutôt qu'une marque d'irritation. Elle était fière de son anglais, qu'elle avait en grande partie appris toute seule dans d'innombrables romans empruntés à la bibliothèque. Dans ce cas précis, sa façon de jurer indiquait, semblait-il, un mouvement de colère, le flot d'émotions intenses brisant la digue de son récit mesuré. Pour se rattraper, elle se retrancha aussitôt derrière une phraséologie juridique, comme derrière une barricade destinée à la protéger des allégations de folie.

— Je ne crois pas, et je n'ai pas non plus la preuve, qu'Élise soit directement impliquée dans les crimes qui ont eu lieu. Cependant, je suis certaine qu'elle savait. Le travail, c'était sa distraction, il maintenait son esprit et son corps si occupés qu'elle n'avait pas l'énergie nécessaire pour rassembler les indices. Imagine un nageur qui, traversant l'océan, n'ose pas quitter des yeux l'horizon ensoleillé car en dessous il n'y a que l'abîme le plus noir, le plus profond, et des courants glacés qui s'enroulent autour de ses chevilles. Elle a choisi de vivre un mensonge, un aveuglement volontaire. J'ai refusé. Je ne finirai pas comme elle – je ferai les découvertes dont elle a été incapable.

Pendant ce barbecue, c'est à peine si j'ai parlé à Élise. De temps à autre, elle me lançait un regard, mais sans faire aucun effort pour me présenter à ses amis. Comme la fête touchait à sa fin, j'avais le choix : me résigner à l'idée que je n'avais pas réussi à me greffer à la communauté, ou me battre. J'ai choisi de me battre. Mon intention était de raconter une histoire captivante, et j'ai opté pour la rencontre avec l'élan. Cela me paraissait avisé, car elle avait eu lieu ici même. J'y avais vu le signe que notre installation dans la ferme était une bonne chose et j'avais l'espoir que d'autres l'interpréteraient comme moi. J'ai d'abord testé l'histoire auprès d'un petit groupe incluant le maire, d'une nature joviale. Tous la jugèrent remarquable. Satisfaite, j'ai cherché un autre groupe à qui la raconter mais c'est alors que Hakan s'est approché et m'a demandé de la répéter devant tout le monde. Un espion, peut-être le maire hypocrite, avait dû relayer l'effet positif de mon récit sur ma visibilité. Demandant le silence, Hakan m'a placée sur le devant de la scène. Je ne suis pas portée sur les discours en public. Les foules m'intimident. Cependant, l'enjeu était considérable. En cas de réussite, on oublierait mes débuts maladroits. Cette histoire contenait des éléments à même de me définir aux yeux des autres. J'ai pris une longue inspiration et planté le décor. Je me suis peut-être un peu emballée, j'aurais pu passer certains détails, comme le fait que je m'étais déshabillée, image que je n'avais pas besoin de partager avec tout le monde, ou que j'étais convaincue qu'un dangereux voyeur rôdait dans les arbres – on risquait de faire de moi une paranoïaque. Mais pour l'essentiel, mon public était captivé, personne ne bâillait ou ne consultait son portable. À la fin de l'histoire, au lieu de lancer les applaudissements, Hakan déclara qu'il avait passé toute sa vie dans cette région sans avoir jamais vu aucun élan dans la rivière. Je m'étais sûrement trompée. Cet homme m'avait encouragée à raconter mon histoire dans l'unique dessein de me contredire publiquement. J'ignore quelles sont les probabilités d'apercevoir un élan dans la rivière. Peut-être cela n'arrive-t-il qu'une fois tous les dix ans, peut-être une fois tous les cent ans. Tout ce que je sais, c'est que cela m'est arrivé, à moi.

» Hakan ayant fait part de son incrédulité, tous les invités se sont alignés sur sa position. Le maire, qui quelques minutes auparavant avait trouvé mon récit remarquable, confirmait à présent que les élans ne s'aventuraient jamais aussi loin. Quelques-uns ont avancé des hypothèses pour expliquer mon erreur, la faible lumière, les jeux d'ombres et d'autres interprétations absurdes susceptibles de justifier qu'une femme puisse confondre un élan gigantesque nageant à ses côtés avec des troncs à la dérive. Je ne pouvais me rendre compte de ce que Chris, à l'écart du cercle, comprenait de la conversation, qui se déroulait en suédois. Je me suis tournée vers lui, espérant un soutien. Au lieu de déclarer que je n'avais pas l'habitude de mentir, il a sifflé :

» – Arrête avec cet élan !

» J'ai abandonné toute envie de lutter.

» Triomphant, Hakan a posé un bras conciliant sur mon épaule. Il a promis de m'emmener visiter des forêts où nous verrions des élans pour de vrai. J'avais envie de lui demander pourquoi il se conduisait de façon aussi détestable. Il avait gagné une bataille mineure, mais s'il croyait pouvoir me chasser de mes terres en m'intimidant, il se trompait. Il n'emporterait pas ma ferme avec ses manœuvres sournoises.

» Quel triste jour ! Triste parce que la fête n'avait pas été un succès, triste parce que je n'avais obtenu aucun numéro de téléphone d'un nouvel ami, triste parce que je n'avais pas reçu la moindre invitation à prendre le café. J'avais envie de rentrer et, au moment où je m'apprêtais à le dire à Chris, j'ai vu une jeune fille arriver à la fête. Elle était sortie de la ferme de Hakan vêtue de vêtements amples et décontractés. C'était, je peux l'affirmer, la plus belle femme que j'avais jamais vue, rivalisant avec les mannequins des magazines de luxe, des publicités pour des parfums ou des vêtements de créateurs. En la voyant marcher vers nous, j'ai aussitôt oublié Hakan. Soudain consciente de ne pas pouvoir détacher mes yeux de cette fille, j'ai pensé que, par courtoisie, je devais dissimuler ma curiosité. Autour de moi, tout le monde la dévorait du regard, hommes et femmes tournés vers elle comme si elle était l'attraction promise ce soir-là. Je me suis sentie mal à l'aise, j'ai eu le sentiment de participer à quelque chose de gênant. Personne ne se conduisait de façon inappropriée, mais on percevait dans cette foule des pensées qui n'avaient pas leur place ici.

» La fille était jeune, sur le point d'entrer dans l'âge adulte – elle avait seize ans, comme je l'ai appris plus tard. Tu as sans doute pensé, avec raison, que tous les invités de ce barbecue étaient blancs. Or la fille était noire et j'étais curieuse, impatiente de voir à qui elle allait parler. Mais elle a traversé la fête sans un mot, sans rien se servir à manger ni à boire, et elle a continué en direction de la rivière. Sur le ponton en bois, elle a commencé à se déshabiller, ouvrant son sweat-shirt à capuche et le laissant tomber sur le sol, ôtant son jogging et faisant voler ses tongs. Sous ces vêtements amples, elle ne portait qu'un bikini, plus adapté à une pêcheuse de perles qu'aux eaux glacées de l'Elk. Nous tournant le dos, elle a exécuté un gracieux plongeon dans la rivière, et disparu sous un bouillon de bulles. Remontant à la surface quelques mètres plus loin, elle s'est éloignée à la nage, indifférente à son public, ou peut-être particulièrement sensible à sa présence.

» Hakan ne parvenait pas à dissimuler sa fureur. Sa réaction m'a terrifiée. Il avait toujours le bras passé autour de mon épaule. Ses muscles se sont tendus. Il a repris ce bras qui dévoilait ses sentiments véritables et enfoncé les mains dans ses poches. J'ai demandé l'identité de cette jeune femme et Hakan m'a répondu qu'elle s'appelait Mia.

» – C'est ma fille.

» Faisant du surplace, l'extrémité de ses doigts affleurant à la surface, Mia nous observait. Ses yeux se sont posés directement sur Hakan et sur moi. Sous son regard, j'ai senti le besoin de crier que je n'étais pas avec lui, que je n'étais pas son amie. J'étais seule – tout comme elle.

» Dans l'avion pour Londres, il m'est venu à l'esprit que tu pourrais me reprocher de nourrir des préjugés contre l'adoption. Ce n'est pas vrai. Il n'empêche, pour moi, Hakan et Mia ensemble, ça sonnait faux. Ce sentiment n'a rien à voir avec la race, je te supplie de le croire. Je suis incapable d'une pensée aussi hideuse. Mon cœur me disait que quelque chose clochait. J'avais du mal à imaginer qu'ils étaient authentiquement père et fille, qu'ils vivaient sous le même toit, mangeaient à la même table, qu'il la consolait dans les moments difficiles et qu'elle cherchait conseil auprès de lui. Je reconnais que cette révélation m'a obligée à réviser ma perception de Hakan. Je l'avais étiqueté comme xénophobe primaire et je m'étais trompée. Sa personnalité était évidemment plus nuancée. Pour lui, l'identité suédoise ne se résumait pas à des marqueurs simplistes, les cheveux blonds ou les yeux bleus. Elle dépendait d'un système de tutelle. À ses yeux, j'avais renié ma nationalité en quittant le pays et en me plaçant sous la tutelle d'un mari anglais. Mia devait sa naturalisation au fait qu'elle avait été choisie par Hakan. Cet homme veut tout s'approprier. Ce premier jour déjà, mon intuition me prévenait qu'un danger extrême la menaçait.

UNE JEUNE FEMME NAGE DANS UNE RIVIÈRE par un jour d'été. Je ne voyais pas ce qui laissait craindre un danger. Je risquai :

— En quoi la fille était-elle en danger ?

La question irrita ma mère.

— Tu n'as pas écouté attentivement. Je t'ai dit que Mia était l'objet de regards de désir sans équivoque. Tu n'y as peut-être jamais réfléchi, mais il est dangereux d'être un objet de désir, d'être la pensée qui trouble, l'obsession qui excite. Rien n'est plus dangereux. Tu en doutes ? Prends le comportement de Mia. Elle s'est hissée sur la berge, sans établir de contact visuel avec aucun des participants à la fête alors qu'elle était le centre de tous les regards. Ce ne sont pas des façons d'agir naturelles. Elle s'est rhabillée sans s'être séchée puis elle a fendu la foule de nouveau, tête haute – sans toucher à la nourriture ou aux boissons, sans dire un mot, et elle a regagné la maison. Je refuse d'écouter quiconque prétendrait que tout était normal. Pourquoi une telle certitude ? Je l'ai revue une semaine plus tard pendant que je travaillais dans le potager. Je ne sais pas où Chris se trouvait ce jour-là. Son dévouement à la ferme connaissait des hauts et des bas. Certains jours, il travaillait du matin au soir, et d'autres, il disparaissait des heures durant. Quoi qu'il en soit, il n'était pas avec moi quand j'ai entendu du bruit, levé la tête et vu Mia passer à vélo sur la route. Elle avait des mouvements incohérents, presque incontrôlés, et pédalait à une vitesse alarmante, comme si elle fuyait quelqu'un. Quand elle est passée devant la grille, j'ai aperçu son visage. Elle était en larmes. Redoutant un accident, j'ai lâché mes outils et couru jusqu'à la route. Seule la grâce de Dieu la maintenait en selle. Elle a tourné à gauche et disparu.

» Je ne pouvais vraiment pas continuer à travailler comme si de rien n'était ; j'ai donc abandonné mon potager et couru jusqu'à la grange, où j'ai pris ma bicyclette pour m'élancer à sa poursuite. Je devinais qu'elle se dirigeait vers la ville sur la piste cyclable aménagée le long de l'Elk. Elle passe à travers bois, devant l'échelle à saumons, et conduit à Falkenberg. Dommage que tu n'y sois pas venu, car le moment est mal choisi pour te décrire Falkenberg, une jolie station balnéaire avec ses maisons de bois et ses vieux ponts de pierre, quand le véritable enjeu est l'état d'esprit de Mia et que je m'efforce d'établir la réalité du danger. Je précise seulement qu'avant de se jeter dans la mer, la rivière s'élargit et que sur ses rives se dressent les hôtels, les restaurants et les boutiques les plus prestigieux de la ville. C'est là que Mia est descendue de vélo pour traverser à pied les impeccables jardins, plongée dans ses pensées. J'ai mis pied à terre à mon tour, et je l'ai suivie dans la principale artère commerçante, où j'ai fait semblant de tomber sur elle par hasard. L'effet combiné de mon apparition soudaine et de mes vêtements sales, couverts de la terre du potager, ne devait pas faire bonne impression. Je n'espérais rien d'autre de Mia qu'un salut poli, voulant seulement m'assurer qu'elle allait bien avant de rentrer à la maison. Je me souviens qu'elle portait des tongs rose fluo. Elle était si charmante et si belle qu'il était difficile de croire qu'elle avait pleuré. Elle connaissait mon nom et savait que je venais de Londres. Hakan avait dû lui parler de moi. Certains enfants adoptent toujours le point de vue de leurs parents, mais pas Mia, et il n'y avait chez elle aucune hostilité. Encouragée, je l'ai invitée à prendre un café au Ritz, un établissement situé sur l'artère commerçante. Contrairement à ce que son nom peut laisser penser, c'était un self-service aux prix raisonnables. À l'arrière, une salle tranquille offrait tout loisir de bavarder. À ma surprise, elle a accepté.

» Au comptoir, j'ai choisi une tranche de Princesse Torta, un gâteau constitué d'une belle épaisseur de crème sous une fine couche de pâte d'amande d'un vert vif. J'ai pris deux fourchettes pour que nous puissions partager, un pot de café, et pour Mia, un coca light. À la caisse, je me suis rendu compte que dans ma hâte, j'avais quitté la ferme sans emporter d'argent. J'ai été contrainte de demander à la femme au comptoir si je pourrais payer une autre fois. La propriétaire ne s'est pas montrée désagréable. Elle a seulement souligné qu'elle ne me connaissait pas, obligeant Mia à se porter garante pour moi. Être la fille de Hakan lui donnait du poids et la femme nous a fait signe de passer avec nos consommations à crédit. J'ai promis en m'excusant de revenir le soir même, je ne voulais pas laisser ma dette en souffrance plus longtemps que nécessaire, d'autant que nous étions précisément venus en Suède pour ne plus jamais rien devoir.

» En mangeant ma part de gâteau, j'ai beaucoup parlé. Mia se montrait très intéressée par ma vie, mais réservée sur la sienne, en Suède. C'était inhabituel selon moi ; les adolescents préfèrent généralement parler d'eux-mêmes. En dépit de son exceptionnelle beauté, elle n'affichait aucune arrogance. Vers la fin de la conversation, elle a demandé si j'avais fait la connaissance de tous mes voisins, dont Ulf, l'ermite des champs. Je n'avais jamais entendu parler d'Ulf. Mia m'a expliqué qu'il avait été fermier. Mais c'était autrefois. À présent, il ne franchissait plus les limites de sa propriété. Hakan exploitait ses terres. Une fois par semaine, il lui apportait tout ce dont il avait besoin pour vivre. Ayant glissé cette dernière information, elle m'a dit au revoir, s'est levée et m'a chaleureusement remerciée pour le gâteau et le coca.

» Quand Mia s'est éloignée, j'ai remarqué que la femme au comptoir nous observait, un téléphone collé à son oreille. Je suis pratiquement sûre qu'elle parlait à Hakan, qu'elle lui disait que je venais de prendre le café avec sa fille. On devine toujours, à son regard, quand une personne parle de vous.

JE DEMANDAI :

— C'est vrai ? Tu le sais toujours ?

Ma mère répondit avec emphase :

— Oui.

Telle une automobile qui vient de franchir un dos-d'âne, elle reprit son récit sans s'étendre davantage.

— En me remémorant les dernières paroles de Mia, j'ai été frappée par le fait que c'était une étrange façon de mettre fin à une conversation. Me parler de l'ermite revenait à m'enjoindre, de façon cryptée, d'aller lui rendre visite. Plus j'y pensais et plus j'étais convaincue que telle avait été son intention. Je n'attendrais pas. J'irais le voir sur-le-champ. Au lieu de rentrer, je suis remontée à bicyclette et j'ai repris la route en sens inverse, passant devant ma ferme puis devant celle de Hakan, essayant de repérer la ferme de l'ermite. J'ai fini par apercevoir sa bicoque, échouée au milieu des champs comme un animal errant. Difficile de croire que quelqu'un vivait là, tant l'endroit était délabré et laissé à l'abandon. L'allée était à l'opposé de celle, soigneusement entretenue, qui menait à la ferme de Hakan. Entre les dalles de pierre descellées poussaient des herbes hautes jusqu'à mi-corps. De part et d'autre, les champs disparaissaient, la nature engloutissait le chemin. Il y avait des machines agricoles abandonnées çà et là, tristes et fantomatiques, et l'empreinte d'une grange récemment démolie.

» Je suis descendue de vélo. À chaque pas, je me répétais qu'il était inutile de vérifier si Hakan observait. J'étais presque parvenue à la ferme quand ma volonté a faibli. Je me suis retournée, juste pour me rassurer. Il était là, son gigantesque tracteur noir se découpant à l'horizon sur le ciel gris. À cette distance, je ne pouvais distinguer son visage, mais dans mon esprit, il ne faisait aucun doute que c'était lui – l'empereur trônant sur son tracteur. Une partie de moi avait envie de fuir en courant et je le haïssais de me rendre si lâche. Refusant de céder à la peur, j'ai frappé à la porte de l'ermite. Je ne savais pas à quoi m'attendre, peut-être un intérieur sinistre envahi de toiles d'araignées et de cadavres d'insectes. Je ne m'attendais pas à ce bon gros géant qui s'encadrait dans une entrée propre et pimpante. L'homme, baptisé Ulf Lund, d'une force et d'une taille comparables à celles de Hakan, dégageait une certaine mélancolie et parlait d'une voix si basse que je devais tendre l'oreille pour percevoir ses paroles. Je me suis présentée, expliquant que j'étais nouvelle dans la région et que nous pourrions devenir amis. À ma surprise, il m'a invitée à entrer.

» En pénétrant dans la cuisine, j'ai remarqué qu'il préférait s'éclairer à la bougie plutôt qu'à l'électricité. Il régnait chez lui une solennité d'église. Il m'a offert du café, sortant du freezer un gâteau à la cannelle congelé qu'il a mis dans le four en s'excusant parce qu'il faudrait attendre un peu qu'il soit décongelé. Il semblait heureux de rester assis en face de moi en silence tandis que le gâteau réchauffait dans le four. J'ai réuni mon courage et lui ai demandé s'il était marié, bien qu'il fût évident que cet homme vivait seul. Sa femme, m'a-t-il répondu, était morte. Il n'a pas dit comment, ni comment elle s'appelait. Il m'a servi le café le plus âcre que j'aie jamais goûté, si amer que j'ai dû le sucrer. Dans son bocal, le sucre de canne en poudre avait durci. J'ai gratté la croûte avec ma cuillère, comprenant alors qu'il n'avait jamais d'invité. Il m'a présenté le gâteau sur une assiette et je l'ai remercié abondamment, bien que l'intérieur n'eût pas encore totalement décongelé, et j'ai souri en avalant une boule de pâte froide au goût d'épices.

» Avant de le quitter, assise dans l'entrée pour remettre tranquillement mes chaussures, j'ai regardé autour de moi et j'ai été frappée par deux choses. Il n'y avait pas de trolls, ni aucune des figurines sculptées par Hakan. Au lieu de quoi, les murs étaient couverts de versets de la Bible encadrés, des versets brodés sur tissu, chacun décoré de scènes bibliques, pharaons et prophètes, le jardin d'Éden et le passage de la mer Rouge en fils de couleur, un buisson ardent, et ainsi de suite. Je lui ai demandé s'il avait réalisé ces broderies de sa main. Ulf a secoué la tête : c'était l'ouvrage de sa femme. Il y en avait bien plus d'une centaine, du sol au plafond. Celle-ci plus particulièrement…

MA MÈRE SORTIT DU SAC un verset de la Bible brodé à la main, roulé et attaché par une ficelle grossière. Elle le déplia devant moi, me donnant à examiner le texte finement brodé de fil noir. Les bordures étaient brûlées, quelques fils détériorés par le feu.

— Brûlé parce qu'il y a quelques jours, Chris l'a jeté dans le poêle en fonte en hurlant que cela ne voulait rien dire et…

» – Brûle-moi ce putain de truc, a-t-il dit.

» En réponse, j'ai attrapé une pince et l'ai arraché aux flammes qui le dévoraient déjà, tandis que Chris se jetait sur moi et essayait de me le reprendre, ce qui m'a obligée à courir dans le salon en agitant le tissu enflammé de gauche à droite, comme si je voulais tenir un loup à distance. C'est la première fois qu'il m'a traitée de folle en face – je suis sûre qu'il le disait déjà derrière mon dos. Mais on n'est pas fou quand on cherche à sauver une pièce à conviction, surtout lorsqu'elle apporte la preuve de la pourriture qui régnait au cœur de cette communauté. Alors non, pas question que je "brûle ce putain de truc".

MA MÈRE TENAIT BEAUCOUP à attribuer cet éclat à mon père. Elle avait vu ma réaction quand elle s'était exclamée « Ouvrez les yeux, merde ! » – et soigneusement noté ma surprise. Je me souvins de son livre de comptes méticuleux, encre noire au recto, encre rouge au verso. Un point avait été marqué contre elle, et elle égalisait le score. Il devenait de plus en plus évident que ma façon d'écouter son histoire modifiait l'histoire elle-même, ce qui me confirma dans mon intention d'afficher la neutralité, de ne presque rien laisser paraître.

— Ce passage de la Bible est différent de ceux qui étaient accrochés dans l'entrée. Le tissu n'est pas orné de décorations, c'est d'ailleurs pourquoi il a attiré mon regard. Les autres étaient entourés d'illustrations bibliques assez comiques, mais celui-là n'est qu'un simple texte. Ulf m'a dit que sa femme travaillait à cet ouvrage juste avant sa mort. Il manque plusieurs mots, réduits en cendres. Je vais te le traduire :

> Car-j'ai-à-lutter-contre-la-chair-et-le-sang-contre-les-dominations-contre-les-autorités-contre-les-princes-de-ce-monde-de-ténèbres-contre-les-esprits-méchants-dans-les-lieux-terrestres.

» Elle avait brodé la référence exacte. Tu peux la lire là :

– Éphésiens, chapitre 6, verset 12. Petite fille, je lisais la Bible tous les jours. Mes parents étaient des personnalités éminentes de l'église locale, particulièrement ma mère. J'assistais au catéchisme le dimanche et j'aimais ces cours. J'y allais avec enthousiasme. Cela doit te surprendre puisque je ne vais plus à l'église qu'à Noël et à Pâques, mais dans ce pays, la religion était un mode de vie. Ce jour-là, mes connaissances m'ont fait défaut. Je n'ai pas reconnu l'Épître aux Éphésiens, mais je devinais que l'extrait provenait du Nouveau Testament. La presque totalité des autres passages brodés accrochés aux murs étaient des scènes connues de l'Ancien Testament, et je me suis demandé pourquoi sa femme avait pris une autre voie au soir de sa mort, en choisissant ce passage obscur.

IL M'ÉTAIT VENU UNE QUESTION : comment ce tissu brodé s'était-il retrouvé en possession de ma mère ? J'avais du mal à croire que l'ermite s'était séparé d'un objet aussi précieux que la broderie sur laquelle sa femme travaillait au moment de mourir.

— Maman, tu l'as volé ?

— Oui, je l'ai volé, mais pas à Ulf : à quelqu'un qui le lui avait volé, quelqu'un qui avait compris son importance. Je ne veux pas en parler maintenant. Tu dois me laisser respecter la chronologie des faits, sinon nous allons nous perdre et je finirai par te dire ce qui s'est passé en août avant la fin du mois de mai.

» À mon retour chez nous, j'ai tout de suite recherché la bible vieille de cinquante ans que mon père m'avait offerte et dédicacée de sa belle écriture désuète – il écrivait toujours au stylo plume. J'ai cherché l'Épître aux Éphésiens, chapitre 6, verset 12, que je connais maintenant par cœur. Écoute de nouveau sa version brodée :

> Car-j'ai-à-lutter-contre-la-chair-et-le-sang-contre-les-dominations-contre-les-autorités-contre-les-princes-de-ce-monde-de-ténèbres-contre-les-esprits-méchants-dans-les-lieux-terrestres.

» À présent, voici la version exacte, celle de la Bible. Je

vais mettre l'accent sur les différences, mais n'hésite pas à faire ta propre analyse.

> Car-NOUS-N'AVONS-PAS-à-lutter-contre-la-chair-et-le-sang-MAIS-contre-les-dominations-contre-les-autorités-contre-les-princes-de-ce-monde-de-ténèbres-contre-les-esprits-méchants-dans-les-lieux-CÉLESTES-PAS-dans-les-lieux-terrestres.

» Sa femme avait modifié le passage ! Elle en avait brodé sa version personnelle pour qu'il dise que nous devions lutter contre la chair et le sang, elle avait placé les forces du mal non au ciel mais sur la terre. Sur la terre ! Cela prouve quoi ? Que c'était un choix, pas une erreur. Comment cette pauvre femme pouvait-elle s'assurer que son message lui survivrait, qu'il ne serait pas détruit après sa mort ? Elle l'avait accroché au mur – dissimulé parmi les autres versets, un message destiné à ceux qui ouvriraient les yeux : un message, non pas une erreur !

» Impatiente de faire partager ma découverte à Chris, j'ai couru dehors et je l'ai appelé. Je n'ai pas eu de réponse. Je ne savais pas où le trouver, mais j'ai remarqué des taches rouges sur le gravier de l'allée. Avant même de m'accroupir, j'ai compris que c'était du sang. Les taches n'étaient pas sèches. Craignant que Chris se soit blessé, j'ai suivi les traces jusqu'à la dépendance, où elles disparaissaient sous la porte. J'ai saisi la poignée, ouvert la porte et j'ai vu, pendu à un crochet, un porc qu'on venait de tuer. L'animal entier coupé en deux, ouvert comme un livre, qui se balançait d'avant en arrière – un papillon aux ailes ensanglantées. Je n'ai pas crié. J'ai grandi à la campagne et j'ai vu tuer un grand nombre d'animaux. Si j'étais pleine d'effroi et pâle, ce n'était pas dû au choc de voir un animal mort, mais au sens caché derrière ce cochon tué.

» C'était une menace.

» Si l'on veut, je le reconnais, Hakan remplissait sa part du marché. En échange de l'autorisation d'exploiter nos champs, j'avais demandé du porc, c'est exact, mais je pensais à des saucisses, des tranches de lard, pas à un cochon entier. Oui, c'était une bonne affaire, il y avait quantité de viande sur cette carcasse, mais pourquoi l'apporter à ce moment précis, pourquoi fallait-il que ce soit pendant ma visite chez l'ermite ? Ça ne te paraît pas étrange qu'il ait choisi ce moment-là ? Réfléchis à l'ordre des événements : tout s'enchaîne.

» Premièrement, Hakan reçoit un appel de la femme du café l'informant que je bavarde avec sa fille.

» Deuxièmement, il me voit entrer chez l'ermite des champs, ce qu'il a forcément associé à Mia.

» Que fait-il ensuite ?

» Troisièmement, il choisit une carcasse, ou bien il dépèce lui-même un animal, tué récemment puisqu'il ruisselle de sang, et vient dans notre ferme, laissant des traces de sang dans notre allée, la suspend au crochet, non pas pour remplir un contrat mais à titre d'avertissement, pour me dire de rester tranquille, de ne plus poser de questions, de m'occuper de mes affaires.

» Je devrais préciser que selon Chris, l'épisode du cochon n'a pas eu lieu au retour de ma visite à l'ermite des champs, mais un tout autre jour ; dans mon esprit, j'aurais associé deux événements isolés, relié des souvenirs sans aucun rapport. Il veut brouiller cette suite d'événements précisément parce que l'ordre dans lequel ils se sont produits est tellement révélateur.

» La menace de Hakan n'a pas eu l'effet escompté, au contraire. Elle a renforcé ma détermination à découvrir ce qui se passait. J'étais convaincue que Mia voulait parler. Je ne savais pas de quoi, je ne pouvais même pas le deviner, mais il fallait que je la revoie, et le plus tôt serait le mieux. J'étais à l'affût de toute occasion, mais pour finir, c'est elle qui m'a trouvée.

MA MÈRE ME TENDIT UN PETIT PROSPECTUS annonçant un bal champêtre, attaché à une page de son agenda par un trombone.

— Ces soirées dansantes se déroulent une fois par mois dans une grange communale, l'équivalent d'une mairie, à une courte distance à pied de la route. Elles sont fréquentées par des hommes et des femmes d'un certain âge, des gens qui se fichent de ce qui est cool ou pas. Les tickets d'entrée sont chers, cent cinquante couronnes par personne, environ quinze livres. Comme nous habitions très près de la grange et que la musique risquait de nous déranger, on nous avait offert des billets gratuits, à titre de compensation. Chris et moi avons décidé de tenter le coup. Nous avions été repris par la nostalgie de la grande ville et d'une vie sociale. Le barbecue ne nous avait pas fait rencontrer d'amis, aucune invitation n'avait suivi et je ne pouvais appeler personne. Mais il y avait une autre raison qui nous poussait à y aller. Avant notre départ pour la Suède, nous n'avions plus eu de relations sexuelles depuis plusieurs années.

L'EXPRESSION IMPASSIBLE que je conservais trahissait mon malaise aussi sûrement que si j'étais resté bouche bée sous le choc. Ce n'était pas tant le sujet de la sexualité – plutôt la sincérité sans défaut de ma mère. J'étais incapable de l'imiter. Pas pour l'instant, pas tout de suite. Privée du contexte réel, elle interpréta à tort la gêne que j'éprouvais comme un simple manque de maturité.

— Ce sera peut-être désagréable pour toi, mais pour comprendre ce qui s'est passé en Suède, il te faut connaître tous les détails, même les plus délicats, surtout les plus délicats. Après notre ruine financière, j'ai perdu tout intérêt pour la sexualité. Dans le sexe, tant de choses sont affaire de confiance et de bien-être, pas seulement l'un avec l'autre, mais dans la vie d'une manière générale. Beaucoup de couples dont le mariage dure doivent lutter pour conserver une vie sexuelle. Chris et moi avions eu de la chance. C'était un beau jeune homme aux cheveux bruns qui détestait l'autorité, et moi une belle jeune blonde qui n'avait jamais rencontré d'homme comme lui, n'obéissant à aucune règle. Nous étions des âmes perdues qui avaient trouvé refuge l'une dans l'autre. Le sexe est devenu pour nous une façon d'affirmer que nous formions une équipe, nous deux contre le reste du monde. Tant que nous étions là l'un pour l'autre, nous n'avions besoin de personne.

» Tout a dérapé quand nous avons acheté ces appartements.

Chris me faisait confiance, il voulait prendre sa retraite – il avait travaillé dur toute sa vie et se sentait prêt à mettre la pédale douce. Il allait plus souvent à la pêche, il passait des heures à préparer des vacances à l'étranger, lisait des guides, voulait que nous découvrions des endroits où nous n'étions jamais allés. Il n'a jamais eu la moindre affinité avec le monde des banques ou de l'immobilier. Quand le marché s'est effondré, il est resté à la maison, impuissant et silencieux, tandis que je m'efforçais de détricoter nos investissements. Fini, l'esprit d'équipe. J'étais seule. Il était seul. J'ai commencé à me coucher tôt pour me lever à l'aube, et lui l'inverse. Nous vivions en décalage. Pour une part, nous avons élaboré ce projet en Suède pour retrouver notre rythme, notre camaraderie autant que notre passion, pour redécouvrir le sexe comme un trésor archéologique enfoui sous la poussière et les décombres de quatre épouvantables années.

» Dans le ferry, sous les étoiles, Chris et moi nous sommes embrassés. Ce n'était pas un baiser sur la joue, pas un baiser timide de jeunes amants, mais un baiser d'amants trop familiers qui redoutent de ne jamais retrouver la passion d'autrefois. Nous ne nous sommes pas contentés de cela : nous avons fait l'amour dans un lieu public, sur le pont supérieur, dans un coin à l'écart derrière un canot de sauvetage, où il faisait froid, au milieu de la Manche. Je n'étais pas rassurée, car on pouvait nous surprendre, mais quand Chris est devenu entreprenant, je me suis dit qu'il me mettait à l'épreuve. Je voyais bien qu'il s'attendait à ce que je refuse, sous un prétexte quelconque, que je sois trop nerveuse, alors j'ai accepté, surtout en raison du renouveau que cela symbolisait, pour qu'il sache que les choses allaient changer entre nous – que nous allions redevenir une équipe indestructible.

» Après, à la proue du navire, en attendant le lever du soleil et l'apparition des côtes, j'ai cru réellement que c'était notre grand moment – notre aventure la plus importante, mais aussi, il fallait être réaliste, la dernière ensemble. Et celle-ci allait être formidable, parce que nous méritions bien notre part de bonheur, comme tout un chacun. C'est peut-être sentimental, mais le bonheur devrait figurer dans la liste des droits de l'homme.

» Les tensions liées à la ferme, la contamination du puits, les problèmes avec Hakan nous en détournaient, mais il y aurait toujours des distractions. Alors, Chris et moi avons fait le serment d'adopter une discipline : nos relations sexuelles seraient prévues d'avance – nous nous fixerions des rendez-vous. Aucune excuse. Les événements tels que cette soirée dansante seraient mis à profit pour créer de force les conditions propices.

» Ce soir-là, j'ai choisi une robe rose un peu passée qui datait de trente ans, de l'époque où Chris et moi allions danser dans des clubs londoniens. Il portait une chemise en soie de couleur vive, pas aussi vieille que ma robe, mais le voir enfiler autre chose qu'un jean et un pull était un signe positif. Comme je n'avais pas de parfum ni les moyens d'en acheter, j'en ai préparé un de mon cru en écrasant des aiguilles de pin qui donnaient une huile très odorante, et j'en ai déposé quelques gouttes derrière mes oreilles.

» Nous avons quitté la ferme main dans la main et marché sur la route dans la campagne sombre en nous laissant guider par la musique. Nous sommes arrivés tard, sans possibilité de voir à l'intérieur de la grange, qui était dépourvue de fenêtres. Une guirlande d'ampoules orange, couvertes de papillons de nuit, éclairait faiblement le dessus de la porte pour signaler l'entrée, une énorme porte coulissante faite de lourdes planches. Pour réussir à la pousser, Chris a dû s'y prendre à deux mains, et nous nous sommes retrouvés là comme des voyageurs d'une autre époque cherchant refuge contre la tempête dans une auberge animée.

» L'intérieur sentait la joie : alcool et sueur. Les danseurs étaient si nombreux que le sol tremblait, les verres s'entrechoquaient sur les tables. Personne ne s'est arrêté pour nous regarder, tous étaient trop occupés à danser. L'orchestre installé sur l'estrade, cinq hommes en costumes noirs bon marché, fines cravates noires et Ray-Ban, imitait les Blues Brothers. Des spectateurs critiques les auraient trouvés ridicules, mais ils chantaient bien et semblaient déterminés à procurer du plaisir. Ceux qui préféraient les écouter assis s'étaient attablés dans le fond, se régalant des nourritures qu'ils avaient apportées, mais la plupart buvaient. La vente d'alcool étant interdite, il n'y avait pas de bar, on était censé apporter ses propres bouteilles. Chris et moi avons été pris de court parce que nous avions bien envie de boire un verre, mais nous n'avions rien apporté. Peu importe, car au bout de quelques minutes, on nous a offert à boire en quantité, du schnaps qui coulait d'énormes bouteilles thermos, mélangé à du café noir amer, servi avec force clins d'œil et coups de coude, comme dans un bar clandestin. Dieu, ce que le breuvage était puissant ! Caféine, sucre et alcool : je n'ai pas tardé à être ivre.

» Hakan n'était pas le propriétaire de la grange et n'avait pris aucune part à l'organisation de cette soirée. Je m'en étais assurée un peu plus tôt dans la semaine. L'ayant aimablement remercié pour la carcasse de porc, et sans rien laisser paraître du choc ou du malaise que j'avais ressenti, je lui avais demandé s'il aimait danser. Il avait répondu, moqueur, qu'il ne dansait jamais. Je pouvais me détendre. Il ne viendrait pas. Après quelques verres d'alcool de mûre et de café, j'ai commencé à rire de plus en plus fort, et bientôt sans plus savoir pourquoi je riais. Tous, semblait-il, riaient plus qu'ils ne parlaient. La foule n'était réunie que dans un but – s'amuser. On était venu de toute la région. Contrairement à l'usage qui prévalait au barbecue, cette assemblée de hasard acceptait quiconque partageait le même esprit, quiconque voulait danser. Personne ici n'était tenu à l'écart.

» Avec quelques verres dans l'estomac, Chris et moi sommes allés sur la piste. Dès que la musique s'arrêtait, mes pensées tournoyaient dans un agréable vrombissement et autour de moi, tous étaient dans le même état, à la fois essoufflés et prêts à étreindre la première personne qui leur tomberait sous la main. Sur la piste, tout le monde avait le droit d'embrasser tout le monde. C'est alors que j'ai vu Mia à la porte. Je ne savais pas depuis combien de temps elle se trouvait dans la grange. Elle se tenait contre le mur du fond, vêtue d'un short en jean brut et d'une chemise blanche. Il n'y avait aucune autre jeune fille, aucune autre en dessous de vingt ans. Elle était seule. Je ne voyais ni Hakan, ni sa femme, ni leurs amis. Malgré notre longue conversation, j'étais intimidée. Pour finir, elle a marché jusqu'à nous et donné un petit coup sur l'épaule de Chris pour réclamer la prochaine danse. Pour moi, il était clair qu'elle voulait danser avec lui, et j'ai souri en lui disant d'y aller. Mais Mia a secoué la tête ; elle voulait danser avec moi ! Chris a éclaté de rire et déclaré que ça ne pouvait pas mieux tomber – il allait fumer dehors.

» L'orchestre a commencé à jouer. Une chanson rapide, la plus rapide jusque-là, et nous dansions – Mia et moi. J'étais ivre, je me demandais si Mia était venue là dans le but de me parler. Pour le savoir, je lui ai demandé si elle fréquentait souvent ce genre de soirées. Elle a secoué la tête et répondu que c'était la première fois. Je lui ai demandé si tout allait bien, et son aisance, son assurance se sont effondrées. Elle m'a paru jeune et désorientée. J'ai senti ses doigts se plaquer contre mon dos – comme ça…

MA MÈRE ME FIT LEVER DE MA CHAISE et m'emmena au milieu du salon. Elle plaça mes mains dans son dos, recréant la scène.

— Nous avons continué à danser, mais elle ne voulait plus parler. Quand la musique s'est arrêtée, Mia a baissé les bras, elle s'est tournée vers l'orchestre et s'est mise à siffler, applaudissant, acclamant, enthousiaste, ne s'arrêtant que pour replacer une mèche derrière son oreille.

» Les gens nous regardaient.

» Sans un mot à Mia, j'ai regagné les tables au fond de la grange, la laissant siffler et applaudir. Chris tenait un verre rempli de schnaps contre ses lèvres, mais sans boire. Il me regardait bizarrement, comme si je m'étais mal comportée. Je me suis servi un verre, l'ai levé et vidé d'un seul trait, et je me suis retournée. Les énormes portes de la grange étaient grandes ouvertes. Des phalènes gigantesques voletaient à l'intérieur, attirées par la lumière. Et Mia avait disparu.

MA MÈRE ABANDONNA SA POSTURE. Un court instant, elle sembla oublier ma présence. Pour la première fois, son débit ralentit et ce fut seulement au moment où je posai ma main sur son épaule que le flot recommença à jaillir, d'abord lentement, puis, son élan retrouvé, sur un rythme plus soutenu.

— Chris et moi avons dansé sur quelques autres morceaux, mais pour moi, le plaisir n'était plus le même. Le cœur n'y était pas. L'alcool ne me rendait pas joyeuse, il me fatiguait. Nous n'avons pas tardé à rentrer à la ferme. Quant à faire l'amour, j'ai essayé. J'espérais être tout ce qu'il désirait. Mais pour la première fois, ça me paraissait laborieux. Chris m'a conseillé de fumer pour me détendre un peu. Il s'est mis à rouler un joint. Je n'y étais pas hostile. Je n'avais pas fumé d'herbe depuis de longues années. Cela pouvait m'aider. Et puis ce soir, nous étions censés nous amuser. J'ai donc attendu qu'il termine et j'ai pris une bouffée, en comptant les secondes jusqu'au moment où ma tête est devenue légère. À ce moment-là, je me suis levée, le drap a glissé et je me suis retrouvée nue en train de souffler ma fumée, une caricature de séduction et de sensualité. Allongé sur le flanc, Chris me regardait, m'encourageant à fumer le joint tout entier, curieux de voir ce qui se passerait ensuite. Comme je m'efforçais de penser à autre chose – autrefois j'y arrivais d'instinct, sans avoir besoin de réfléchir –, il m'est venu à l'esprit que Chris avait emporté très peu d'herbe de

Londres. Ce petit stock était sûrement épuisé : nous habitions la ferme depuis un mois. Je me suis demandé où il avait pu se procurer l'herbe que je fumais et avec quoi il l'avait payée. Je lui ai posé la question, sans colère, sans intention de l'accuser, par curiosité. Il m'a pris le joint et m'a répondu d'une voix à peine audible, les lèvres cachées par la fumée. Je n'ai entendu qu'un seul mot :

» – Hakan.

» Comme Chris me faisait signe de revenir au lit, cette information s'est scindée en deux : si Hakan lui avait donné l'herbe, cela signifiait qu'ils s'étaient vus à mon insu. Ces deux informations se sont encore scindées pour en former quatre. Ils devaient être assez proches pour évoquer le moyen de se procurer de l'herbe, et assez pour que Chris lui confie l'état de nos finances. En effet, il n'avait pas d'argent pour acheter la drogue et ne pouvait avoir accès au peu que nous possédions sans que je le sache. En toute logique, il avait dû décrire notre situation à Hakan, l'homme qui manœuvrait pour nous voler la ferme. J'étais sûre que Hakan avait offert la drogue à Chris, non par générosité mais pour prix de ses confidences. Ces faits troublants ont commencé à se multiplier de façon incontrôlable, tels des bourgeons jaillissant puis se ramifiant, jusqu'à ce que, la tête pleine à craquer, je ne puisse plus rester dans cette chambre, pas avec l'odeur âcre de l'herbe de Hakan en train de se consumer chez nous – dans notre ferme !

» J'ai enfilé des vêtements à la hâte et me suis précipitée dehors tandis que Chris, nu sur les marches, me criait :

» – Reviens !

» Je ne me suis pas arrêtée, j'ai couru aussi vite que j'ai pu, dépassant la grange désertée où nous avions dansé plus tôt, la ferme de Hakan, celle de l'ermite des champs, et j'ai atteint le pied de la colline autour de laquelle toutes nos fermes étaient regroupées.

» Les flancs étaient couverts de prairies sauvages, le

sommet couronné d'une forêt dense. Le temps de parvenir aux premiers arbres, je dégoulinais de sueur et je me suis écroulée dans l'herbe haute, hors d'haleine, le regard fixé au loin. Je suis restée là jusqu'au moment où j'ai commencé à frissonner. C'est alors que j'ai vu des phares sur la route, non pas une paire de phares, mais deux, puis trois, puis quatre. J'ai d'abord pensé que la drogue me brouillait la vue, alors j'ai recompté. Quatre véhicules progressaient lentement dans le paysage, en convoi, au milieu de la nuit, dans une partie du monde où, en temps ordinaire, ne passaient pas plus de quatre voitures en plein jour. Elles serpentaient sur les routes étroites, avançant comme un seul corps, un monstre nocturne cherchant sa proie. Parvenues devant la ferme de Hakan, elles se sont engagées dans l'allée où elles se sont arrêtées. Les phares se sont éteints. Le monde a replongé dans l'obscurité. Et puis, l'un après l'autre, les faisceaux de quatre lampes de poche ont balayé les champs, et pour finir un cinquième est sorti de la maison pour rejoindre la bande et se placer en tête. Je ne voyais pas les gens, juste les lampes, et je les ai regardés se diriger en file indienne vers la rivière. Mais ils ne sont pas allés jusqu'à la rivière. Ils ont disparu sous terre, dans l'atelier de sculpture sur bois – cinq pinceaux de lumière quittant le sentier pour disparaître dans ce sous-sol, au milieu de la nuit, le sous-sol plein de trolls et de couteaux, et cette porte mystérieusement cadenassée…

MON TÉLÉPHONE SONNA. Je l'avais mis en mode silencieux, mais le visage de mon père apparut sur l'écran. C'était la première fois qu'il appelait depuis que je lui avais raccroché au nez. Laissant l'appareil sur la table, je dis à ma mère :

— Si tu veux, je ne réponds pas.

— Réponds. Prends l'appel. Je sais déjà ce qu'il va dire – il a changé d'avis. Il n'a plus l'intention de rester en Suède. Il a bouclé sa valise et s'apprête à partir pour l'aéroport. Ou bien il y est déjà, avec son billet.

IL ME PARAISSAIT NETTEMENT PLUS PLAUSIBLE que mon père veuille savoir comment nous allions. Étant donné les circonstances, il avait fait preuve de beaucoup de patience. Surtout, c'était lui qui avait proposé de rester en Suède et de me laisser toute latitude pour parler avec maman. Prendre l'avion pour Londres serait une provocation. J'y voyais plus clair : il avait avoué lui-même qu'il ne pouvait pas l'aider. Elle s'était enfuie. S'il venait chez moi, elle chercherait à lui échapper.

Je passai trop de temps à peser le pour et le contre et finalement, la sonnerie s'arrêta. Ma mère indiqua le téléphone.

— Rappelle-le. Il ment, il te le prouvera lui-même. Il prétendra qu'il cherche à savoir comment tu supportes d'être obligé de prêter l'oreille à mes sinistres allégations. Il t'offrira le réconfort de la certitude : il n'y a pas de crimes, pas de conspiration, pas de victimes, et pas d'enquête de police. Tout ce qu'il faut, c'est me faire avaler des pilules pour vider mon cerveau de ces accusations.

MON PÈRE AVAIT LAISSÉ UN MESSAGE, le premier après de nombreux appels manqués. Je me gardai de dissimuler quoi que soit à ma mère.

— Il a laissé un message, lui dis-je.

— Écoute-le.

« Daniel, c'est papa. Je ne sais pas ce qui se passe et je ne peux pas rester ici les bras croisés. Je suis à l'aéroport de Landvetter. Mon avion décolle dans trente minutes, mais ce n'est pas un vol direct. Je passe par Copenhague. Je devrais atterrir à Heathrow à seize heures.

» Ne viens pas me chercher. N'en parle pas à ta mère. C'est moi qui viendrai. Reste à la maison et retiens-la. Ne la laisse pas partir…

» Il y a tant de choses que j'aurais dû te dire. Ces histoires qu'elle raconte – à force de les écouter, on croit qu'elles sont vraies, mais non…

» Appelle-moi, mais seulement si elle ne s'inquiète pas. Elle ne doit pas savoir que j'arrive. Sois prudent. Elle peut perdre la tête. Elle est capable de devenir violente.

» Nous allons la sauver. Je te le promets. Nous trouverons les meilleurs médecins. J'ai mis du temps à réagir. Je ne pouvais pas m'expliquer correctement avec les médecins suédois. En Angleterre, ce sera différent. Tout ira bien. Ne l'oublie pas. À bientôt.

» Je t'aime. »

⁂

Je reposai le téléphone. De l'aveu même de mon père, prendre ma mère par surprise risquait de provoquer une confrontation violente. Nous deviendrions tous les deux ses ennemis.

— Nous avons combien de temps ? demanda ma mère.

Mon père, en mettant en marche ce compte à rebours, troublait un calme déjà précaire. Je n'étais guère enclin à suivre ses instructions. Pour conserver ma position privilégiée de personne de confiance, je lui tendis l'appareil. Elle le prit comme un cadeau précieux, les deux mains ouvertes en coupe. Elle ne le porta pas à son oreille.

— Ta confiance me donne de l'espoir. Je sais que nous ne sommes plus aussi proches depuis quelques années. Mais nous pouvons le redevenir.

Je réfléchis à ce qu'elle venait de dire, que nous avions cessé d'être proches. Nous ne nous voyions plus que de loin en loin. Nous nous parlions, nous écrivions moins souvent. Le fait de mentir sur ma vie personnelle m'avait contraint à m'éloigner, pour limiter le nombre de mensonges nécessaires. À chaque prise de contact, il y avait le risque que je sois découvert.

Je n'étais plus proche de ma mère.

C'était la vérité.

Comment avais-je laissé cela se produire ? Il n'y avait eu ni calcul ni intention, ni rupture ni querelle, mais de petites négligences. Et à présent, avec le recul, ma mère, pourtant à deux pas derrière moi, me semblait très loin.

Tandis qu'elle écoutait le message, j'attendis une réaction féroce, mais son visage demeura impassible. Puis elle me rendit le téléphone, insensible, cette fois, à ce que je pouvais ressentir, troublée par la nouvelle. Elle prit une profonde inspiration, s'empara du couteau avec la figure de troll et le glissa dans sa poche, s'armant contre l'arrivée de mon père.

— Un homme prêt à gagner sa liberté au prix de la vie de sa femme n'est pas un homme, c'est un monstre. Pourquoi me prévenir ? Pourquoi ne pas venir par surprise ? Je vais te le dire : il veut me faire perdre les pédales, me rendre folle furieuse. Voilà pourquoi il t'a laissé ce message. Ce qu'il raconte sur la nécessité de garder le secret, c'est un mensonge. Il l'a laissé pour que je l'entende. Il veut que je sache qu'il est en route !

BIEN QU'IL FÛT EN BOIS et grossièrement sculpté, je n'aimais pas l'idée que ce couteau soit dans sa poche.

— Maman, donne-moi le couteau s'il te plaît.

— Tu le vois toujours comme ton père. Mais il m'a fait du mal et il recommencera. J'ai le droit de me défendre.

— Maman, je refuse d'entendre un mot de plus jusqu'à ce que tu l'aies posé sur la table.

Lentement, elle sortit le couteau de son jean et me le présenta par le manche.

— Tu te trompes à son sujet.

Prenant un stylo dans sa sacoche, elle se mit à jeter des chiffres au dos de son agenda.

— Nous avons trois heures, tout au plus, avant qu'il n'arrive. J'ai fait mes calculs sur la base d'un vol direct. Il prétend avoir une correspondance à Copenhague, mais il ment pour pouvoir arriver plus tôt et nous prendre en traître. Le temps joue contre nous ! Il n'y a pas une seconde à perdre ! Et je veux corriger ceci : les médecins suédois parlaient parfaitement anglais. Il n'est pas vrai qu'ils ne comprenaient pas Chris – au contraire, ils ont compris chacun de ses mots hypocrites. La vérité, c'est qu'ils ne l'ont pas cru. Appelle-les, tu seras surpris par leurs connaissances, emploie des phrases complexes et compte le nombre de mots qu'ils ne comprennent pas. Ce sera zéro, ou presque. Appelle à n'importe quel moment, quand tu perdras confiance en moi, et ils te confirmeront mon récit. Les spécialistes ont jugé qu'ils pouvaient me laisser sortir et ont accepté que Chris n'en sache rien, m'accordant ainsi le petit laps de temps nécessaire pour fuir jusqu'à l'aéroport.

» Quant au milieu du message, le moment où la voix de Chris vacille – ce n'était pas par amour ou par compassion, il n'était pas au bord des larmes. Si sa voix tremblait, c'est parce qu'il était à bout de forces, épuisé par ses efforts désespérés pour couvrir ses crimes. C'est sur son état mental qu'il faut s'interroger, il est déchiré entre son instinct de conservation et sa culpabilité. C'est un homme acculé, l'animal le plus dangereux qui soit. Nous pouvons tous tomber à des niveaux de machination qui nous paraissaient inconcevables. Chris est allé jusqu'à se servir de mon enfance pour la retourner contre moi, de secrets dévoilés en toute confiance, murmurés la nuit après l'amour, des détails intimes que l'on confie seulement à son âme sœur.

JE SENTAIS UN DÉCALAGE ENTRE MON PÈRE et le portrait qu'elle en faisait. Il détestait les indiscrétions. Il ne se serait jamais livré à des commérages, fût-ce à l'encontre de son pire ennemi, pas plus qu'il n'aurait manipulé un secret que ma mère lui aurait confié.

— Mais papa n'est pas comme ça.

Ma mère hocha la tête.

— C'est vrai. C'est bien pourquoi je lui faisais entièrement confiance. Ce n'est pas lui, comme tu dis. Sauf quand il est désespéré. On change quand on est désespéré.

Je n'étais pas convaincu. L'argument pouvait s'appliquer à n'importe quelle situation improbable. Mal à l'aise, je demandai :

— Quels sont ces secrets ?

Ma mère sortit de la sacoche une chemise en papier kraft d'allure administrative. On y avait collé une étiquette blanche portant son nom, la date et l'adresse de l'hôpital psychiatrique suédois.

— Pour convaincre un médecin honnête qu'une personne est folle, on commence par remonter dans son histoire familiale. En l'espèce, il n'existe aucun antécédent de maladie mentale, mais, comme certains auraient pu ne pas être connus, mes conspirateurs ne s'avouent pas vaincus. Ils essaient l'autre option : fouiller dans mon enfance pour en sortir un traumatisme non diagnostiqué, ce qui laisse soupçonner une maladie mentale antérieure aux accusations que je porte contre eux. Ce type d'approche nécessite que l'un des traîtres soit proche de moi, qu'il détienne des informations intimes, comme c'est le cas de mon mari. Il devient essentiel que Chris me trahisse. Peux-tu maintenant imaginer à quelle pression il a été soumis ? Sa décision contrariait sa nature, mais à ce stade, il était allé trop loin pour reculer.

» Durant ma période d'internement, je me suis trouvée dans une cellule, assise à une table vissée au sol, devant deux médecins armés du récit que Chris leur avait fait de mon enfance, non pas dans ses grandes lignes, mais en insistant sur un événement particulier datant de l'été 1963. Je ne dirais pas qu'il avait romancé. Il s'agissait d'autre chose, pas d'une pure invention, non – c'était plus subtil –, mais d'une vérité adaptée de telle sorte qu'on ne puisse la réfuter catégoriquement. Les médecins m'ont présenté ce récit cruellement élaboré comme un fait réel en me demandant d'y réagir. Redoutant d'être internée de façon permanente, et saisissant toute l'importance de ma réponse, j'ai réclamé un crayon et un bloc de papier. Tu dois comprendre qu'ainsi enfermée, j'étais en état de choc. La folie, la folie véritable, m'entourait de toutes parts et j'étais terrifiée. J'ignorais si j'allais pouvoir sortir un jour. Ma vie reposait entre les mains de ces médecins. Perdue entre l'anglais et le suédois, je doutais de ma capacité à m'exprimer clairement. Plutôt qu'un discours décousu, j'ai proposé autre chose. Je raconterais par écrit les événements de 1963 et, sur la base de ce document précis, ils pourraient évaluer la pertinence de cet épisode de mon enfance.

» Tu tiens entre les mains le témoignage que j'ai rédigé cette nuit-là. À ma demande, les médecins me l'ont rendu quand j'ai quitté l'asile. Je pense qu'ils en ont gardé une copie dans leur dossier, au cas où tu voudrais faire des recoupements, ou peut-être m'ont-ils remis la copie…

» Oui, je n'y avais pas prêté attention, mais c'est bien une copie, ils ont conservé l'original.

» Toi et moi n'avons jamais parlé en détail de mes années d'enfance. Tu n'as jamais connu ton grand-père. Ta grand-mère n'est plus en vie. En un sens, pour toi, elle n'a jamais existé. Tu pourrais déduire de tout cela que je n'ai pas eu une enfance heureuse. Eh bien, c'est faux : il y a eu du bonheur, beaucoup de bonheur, des années de bonheur. Au fond de moi, je suis une fille de la campagne, j'ai des goûts simples et j'aime la vie au grand air. Ce n'était pas une existence malheureuse.

» L'été 1963, un événement a changé ma vie, l'a brisée et m'a rendue étrangère à ma propre famille. À présent, mes ennemis le distordent pour me faire interner. Pour me protéger, je n'ai pas le choix : je dois te révéler mon passé. Mes ennemis ont fabriqué une version des faits abominable, si inquiétante qu'à seulement les écouter, tu ne me regarderais plus de la même façon. Et si tu avais un enfant, tu ne me laisserais jamais seule avec lui.

J'ÉTAIS INCAPABLE d'imaginer quel événement terrible aurait le pouvoir de modifier totalement ma perception de ma mère, sans parler du pouvoir de jeter le doute sur son aptitude à prendre soin d'un enfant. Cependant il me fallait bien admettre que je savais très peu de choses sur son enfance. Je ne me souvenais pas de l'avoir entendue parler de l'été 1963. Impatient, j'ouvris le dossier. Une lettre d'accompagnement rédigée par ma mère précédait le corps du texte proprement dit.

— Tu veux que je le lise maintenant ?

Elle hocha la tête.

— C'est le moment.

CHERS DOCTEURS,

Vous vous demandez sans doute pourquoi j'écris en anglais plutôt qu'en suédois. Au cours de ma vie à l'étranger, mon anglais écrit s'est amélioré tandis que mon suédois écrit s'est appauvri. J'ai quitté le système scolaire suédois à l'âge de seize ans et je me suis à peine servie de ma langue maternelle tout le temps que je vivais à Londres. En revanche, j'ai travaillé dur pour progresser en anglais, en m'aidant de la grande littérature. Écrire en anglais ne signifie pas que je tourne le dos au suédois. Ni que je sois hostile à mon pays d'origine.

Je voudrais dire, pour que les choses soient claires, que je n'éprouve aucun désir de parler de mon enfance. On s'en sert pour, de façon cynique, détourner l'attention des crimes qui ont été perpétrés. Il n'existe aucun lien entre le passé et le présent, mais je comprends qu'un refus de vous raconter cette enfance vous conduirait à penser le contraire.

Mes ennemis ont décrit un événement qui s'est déroulé au cours de l'été 1963. Ils espèrent ainsi me piéger dans cet asile jusqu'à ce que je retire mes accusations, ou jusqu'à ce qu'elles se vident de sens d'elles-mêmes, ma crédibilité ayant été compromise. Je reconnais que certains éléments de leur histoire sont vrais. Je ne peux pas prétendre que tout soit un tissu de mensonges. Certains détails sont corrects et vérifiables, les lieux, les noms et les dates. Mais il ne me viendrait pas à l'idée de me prétendre amie avec une personne croisée dans un train bondé uniquement parce que nos épaules se sont touchées. De même, leur histoire ne peut prétendre à la vérité du simple fait que quelques détails correspondent à la réalité.

Ce que vous allez lire est le récit exact de ce qui est arrivé. Il s'agit cependant de souvenirs vieux de plus de cinquante ans et je ne peux me rappeler mot pour mot ce qui a été dit à l'époque. Vous pourriez en déduire que les dialogues sont inventés, et par conséquent douter de tout le contenu de mon témoignage. Je concède par avance que les dialogues ont pour seule fonction de rendre l'esprit général de la conversation, puisque les mots exacts sont perdus pour toujours, ainsi que certains de ceux qui les ont prononcés.

Sincèrement vôtre,

Tilde

LA VÉRITÉ SUR LA FERME

Notre ferme n'était guère différente de milliers d'autres en Suède. Elle était isolée et magnifique. La ville la plus proche se trouvait à vingt kilomètres. Enfant, le bruit d'une voiture de passage était assez inhabituel pour m'attirer dehors. Nous n'avions pas la télévision. Nous ne voyagions pas. Les forêts, les lacs et les champs étaient mon seul horizon connu.

La vérité sur moi

Ma mère faillit mourir en me donnant naissance. Des complications l'ont empêchée d'avoir d'autres enfants. C'est pourquoi je n'ai ni frères ni sœurs. Mes amis habitaient très loin. Je reconnais qu'il m'arrivait de me sentir seule.

La vérité sur mes parents

Mon père était sévère mais il n'a jamais levé la main sur ma mère ni sur moi. C'était un homme bon. Il était natif de la région et travaillait pour l'administration locale. Il avait construit la ferme de ses propres mains à tout juste vingt-cinq ans. Il y a toujours vécu. Sa passion, c'était l'apiculture. Il gardait des prairies à l'état sauvage pour ses ruches. Son mélange de fleurs, très personnel, produisait un miel blanc qui lui a valu de nombreuses récompenses. Les murs de notre salon étaient recouverts de prix d'apiculture nationaux et d'articles encadrés qui vantaient son miel. Ma mère l'aidait dans son travail, mais son nom n'apparaissait pas sur les étiquettes. Mes deux parents étaient des membres éminents de la communauté. Ma mère donnait beaucoup de son temps à l'église. En résumé, j'ai eu une enfance confortable et traditionnelle. Il y avait toujours de la nourriture sur la table. Je n'avais aucune raison de me plaindre. Mais venons-en à l'été 1963.

La vérité sur l'été 1963

J'avais quinze ans. L'école était finie. De longues vacances d'été m'attendaient. Je n'avais aucun projet au-delà des distractions et des corvées habituelles : aider à la ferme, aller au lac en vélo, nager, cueillir les fruits et explorer. Tout a changé le jour où mon père m'a annoncé qu'une nouvelle famille venait de s'installer dans le coin. Elle avait acheté une ferme voisine. C'était une famille insolite, car elle n'était composée que d'un père et sa fille, sans mère. Ils avaient quitté Stockholm pour commencer une nouvelle vie à la campagne. La fille avait mon âge. Quand j'ai appris la nouvelle, j'étais trop excitée pour m'endormir, je suis restée éveillée en pensant à l'éventualité d'avoir une amie pour voisine. J'étais nerveuse, craignant qu'elle ne veuille pas être mon amie.

La vérité sur Freja

Recherchant son amitié, je passais le plus de temps possible dans le voisinage de cette ferme. Trop timide pour frapper à la porte, je recourais à des méthodes indirectes qui pourraient sembler bizarres, mais je quittais une existence protégée et je n'avais aucune expérience de la sociabilité. Entre nos deux fermes, il y avait un bosquet, trop petit pour s'appeler un bois. C'était un terrain à l'état sauvage impossible à semer ou à cultiver à cause de plusieurs très gros rochers. J'y allais tous les jours. Je m'asseyais en haut d'un arbre, en face de la ferme de la nouvelle jeune fille. Tous les jours, j'attendais de longues heures en gravant des dessins dans l'écorce. Au bout d'une semaine environ, j'ai commencé à douter que cette fille veuille être mon amie.

Un jour, j'ai vu son père passer à travers champs. Il s'est arrêté au pied de mon arbre et il a crié :

— Hé, là-haut !

J'ai répondu :

— Hé, en bas !

Ce furent nos premiers mots :

— Hej dar uppa !

— Hej dar nerra !

— Tu ne veux pas descendre et faire la connaissance de Freja ?

C'était la première fois que j'entendais son prénom.

J'ai dégringolé au pied de l'arbre et j'ai marché avec lui jusqu'à leur ferme. Freja attendait. Le père nous a présentées. Il a expliqué qu'il espérait vraiment que nous deviendrions amies car Freja ne connaissait encore personne. Elle avait le même âge que moi, mais elle était beaucoup plus jolie. Elle avait déjà de la poitrine et se coiffait à la mode. C'était le genre de fille que tous les garçons regardent. Elle était plutôt adulte alors que j'étais encore une enfant. Je lui ai proposé de construire une cabane dans les bois, tout en redoutant de sa part une grimace de dégoût, parce qu'elle était de la ville et que je ne connaissais aucune fille de la ville. Peut-être n'aimaient-elles pas construire des cabanes ? Elle a dit d'accord. Alors nous avons couru jusqu'au bosquet. Je lui ai montré comment former un toit en ployant les branches et en les attachant ensemble. Pour des filles de quinze ans, cela semble des jeux de garçons manqués, et ça l'était peut-être. Mais les activités physiques étaient naturelles pour moi. Je ne connaissais pas d'autres distractions. Freja était plus sophistiquée. Elle s'intéressait à la sexualité.

Vers le milieu de l'été, Freja était devenue l'amie dont j'avais toujours rêvé. Je m'imaginais lui dire, vers la fin des vacances, qu'elle était la sœur que je n'avais jamais eue et que nous resterions amies pour la vie.

La vérité sur le troll

Un matin, en arrivant au bosquet, j'ai trouvé Freja assise par terre. Elle serrait ses genoux entre ses bras. Elle a levé la tête et m'a dit :

— J'ai vu un troll.

Je ne savais pas si elle voulait me faire peur ou si elle parlait sérieusement. Nous nous racontions souvent des histoires effrayantes. Alors je lui ai demandé :

— Tu as vu le troll dans la forêt ?

Elle a répondu :

— Je l'ai vu sur ma ferme.

J'avais le devoir de croire mon amie quand elle disait que quelque chose était vrai. Je lui ai pris la main. Elle tremblait.

— Quand l'as-tu vu ?

— Hier, après qu'on a joué dans les champs. Je suis retournée à la maison mais j'étais trop sale pour entrer, alors je me suis servie du tuyau extérieur pour rincer la boue sur mes jambes. C'est là que j'ai vu le troll, au fond du jardin, derrière les groseilliers.

— À quoi il ressemblait ?

— Il avait la peau pâle et épaisse comme du cuir. Et une tête gigantesque. Et au lieu de deux yeux, un seul œil noir, énorme, qui ne clignait pas et me fixait. J'ai voulu crier, appeler mon père, mais j'avais peur qu'il ne me croie pas. Alors j'ai lâché le tuyau et j'ai couru à l'intérieur de la maison.

Ce jour-là, Freja n'a pas joué. Nous sommes restées assises, en nous tenant les mains, jusqu'à ce qu'elle cesse de trembler. Et le soir, après lui avoir dit au revoir, je l'ai regardée rentrer à travers champs.

Le lendemain, elle était si heureuse qu'elle m'a embrassée et serrée dans ses bras en disant que le troll n'était pas revenu, et elle s'est excusée de m'avoir effrayée, ce devait être son imagination qui lui jouait des tours.

Mais le troll est revenu et Freja n'a plus jamais été la même. Elle ne se sentait plus en sécurité. Elle avait toujours peur. Elle est devenue quelqu'un d'autre. Plus triste et plus silencieuse. Souvent, elle ne voulait pas jouer. Le soir, elle avait peur de rentrer. Elle avait peur de sa ferme.

La vérité sur les miroirs

Plusieurs semaines après la première apparition du troll, j'ai trouvé Freja dans la forêt, un miroir à la main. Elle était convaincue que le troll-cyclope se servait de miroirs pour l'espionner. Ce matin-là, elle s'était réveillée et avait retourné tous les miroirs de la maison contre le mur, excepté celui de sa chambre. Elle a proposé qu'on le brise et qu'on enterre les éclats dans le sol. J'ai accepté. Elle a tapé dessus avec un lourd bâton et quand il s'est brisé, elle s'est mise à pleurer. En rentrant ce soir-là, Freja a trouvé tous les miroirs replacés à l'endroit. Son père ne tolérait pas ce comportement bizarre.

La vérité sur le lac

Mon plan était simple. Freja n'avait vu le troll que sur sa ferme. Et si nous nous enfoncions très loin dans les bois ? Il nous serait facile de survivre deux ou trois jours, à condition de prendre assez de provisions. Si le troll n'apparaissait pas, nous serions certaines que la solution serait de quitter sa ferme. Freja a accepté. Nous nous sommes retrouvées sur la route à six heures du matin et nous avons commencé à pédaler. Nous ne pouvions pas rester dans le bosquet, où nous serions vite découvertes. Il nous fallait atteindre les bois qui entouraient le grand lac. C'étaient des forêts si denses qu'on pouvait y disparaître sans qu'on vous retrouve jamais. Mes parents avaient l'habitude que je reste dehors toute la journée. Ils ne commençaient à s'inquiéter que si je n'étais pas rentrée à l'heure du dîner.

À midi, un orage a éclaté. Il pleuvait à torrents. Il fallait crier pour se faire entendre. Très vite, Freja a été trop fatiguée pour aller plus loin. Trempées jusqu'aux os, nous avons quitté la route en poussant nos vélos et nous les avons cachés sous des feuilles et des branches. J'ai fabriqué un abri sous le tronc d'un arbre tombé. Nous avons mangé des petits gâteaux à la cannelle glacés au sucre et bu du jus de groseille. La nourriture que j'avais prévue pour trois jours était pratiquement épuisée après un seul repas. Toutes les deux minutes, je demandais à Freja :

— Est-ce que tu vois le troll ?

Elle regardait alentour et secouait la tête. Nous étions trempées et épuisées mais heureuses, enveloppées dans nos imperméables. J'ai attendu que Freja s'assoupisse et je me suis laissée aller à fermer les yeux.

À mon réveil, Freja avait disparu et les bois étaient noirs. J'ai crié son nom. Il n'y a pas eu de réponse. Le troll était venu enlever Freja. J'ai commencé à pleurer. Et puis la peur m'a gagnée à l'idée que le troll allait venir m'enlever aussi. J'ai couru aussi vite que j'ai pu, mais je me suis trouvée coincée par le lac, prisonnière de la berge, convaincue que le troll était à quelques mètres à peine derrière moi. J'ai enlevé mon imperméable et j'ai commencé à nager. Je n'avais jamais lu d'histoires où un troll aimait nager. C'étaient des créatures massives et lourdes et moi, à mon âge, j'étais une excellente nageuse.

Cette nuit-là, j'ai nagé trop longtemps. Lorsque je me suis enfin arrêtée, je me trouvais très loin du rivage, je n'avais jamais parcouru une telle distance. Les pins géants qui entouraient le lac paraissaient minuscules. Au moins, j'étais seule. Cette pensée m'a d'abord réconfortée, car le troll ne pouvait pas m'attraper. Et puis je suis devenue triste : je me suis souvenue de mon amie perdue. Freja avait disparu et, de retour sur la rive, je serais à nouveau seule. Mes jambes s'alourdissaient. J'étais si fatiguée. Mon menton s'est enfoncé dans l'eau, puis mon nez, puis mes yeux, et enfin ma tête tout entière. J'étais en train de me noyer. Je n'avais pas pris la décision de mourir, mais je n'avais pas la force de nager.

J'ai coulé. J'aurais dû mourir cette nuit-là. J'ai eu de la chance. Même à des centaines de mètres du rivage, le hasard a fait que l'eau à cet endroit était peu profonde. J'ai touché un instant le fond limoneux du lac, puis, d'une poussée, je suis remontée à la surface. J'ai hoqueté et pris une longue respiration avant de descendre de nouveau sur le banc de sable. Je me suis posée un moment, puis je suis remontée à la surface et j'ai respiré. J'ai recommencé, encore et encore, en m'approchant chaque fois un peu plus du rivage. Grâce à cette étrange méthode, j'ai réussi à regagner la terre ferme où je suis restée couchée sur le dos un long moment, à regarder les étoiles.

Quand mes forces sont revenues, j'ai pris à travers la forêt. J'ai fini par retrouver la route, mais pas les vélos. Trempée, j'ai commencé à marcher. Devant moi sont apparus les phares d'une voiture. C'était un fermier du coin. Il était à ma recherche. Mes parents étaient à ma recherche. Tout le monde était à ma recherche, même la police.

Le mensonge

Quand je suis arrivée à la ferme, je n'ai pas cessé de répéter :

— Freja est morte !

J'ai parlé du troll. Tant pis s'ils trouvaient cette histoire fantaisiste : elle avait disparu. Ils n'avaient pas besoin d'autre preuve. Comme je ne cessais pas de parler du troll, on m'a conduite à la ferme de Freja. Mon père avait enfin accepté d'enquêter, ne fût-ce que pour me calmer. Freja était chez elle. En pyjama. Les cheveux peignés. Propre. Elle était belle. C'était comme si elle ne s'était jamais enfuie. Je lui ai dit :

— Raconte ce qui s'est passé avec le troll.

Freja leur a dit :

— Il n'y a pas de troll. Je ne me suis jamais enfuie. Et je ne suis pas l'amie de cette fille.

CHERS DOCTEURS,

J'ai écrit toute la nuit, cela n'a pas été facile et je suis épuisée. Nous devons nous revoir bientôt. Je manque de temps et je voudrais dormir avant de revenir sur ces pages avec vous, je vais donc m'en tenir pour les événements qui suivent à quelques points essentiels.

Le mensonge de Freja m'a rendue malade pendant plusieurs semaines. J'ai passé le reste de l'été alitée. Une fois guérie, j'ai eu interdiction de quitter la ferme seule. Ma mère récitait des prières pour moi tous les soirs. Elle s'agenouillait à mon chevet et priait, parfois une heure entière. À l'école, les autres me fuyaient.

L'été suivant, l'un des premiers jours chauds de l'année, Freja s'est noyée dans le lac, non loin de l'endroit où nous nous étions abritées sous le tronc d'arbre. Le fait que j'étais également allée nager ce jour-là a fait naître des rumeurs et des accusations. À l'école, il se disait que je l'avais tuée. Tout le monde trouvait suspect que je n'aie pas d'alibi. Ces histoires se sont répandues d'une ferme à l'autre.

Aujourd'hui encore, je ne sais pas si mes parents ont cru à mon innocence. Eux aussi se sont peut-être demandé si je n'avais pas rencontré Freja au lac par cette chaude journée d'été, si nous ne nous étions pas querellées, si, pendant la dispute, elle ne m'avait pas traitée de dingue, si, sur le coup de la colère, je ne lui avais pas enfoncé la tête dans l'eau et ne l'y avais pas maintenue jusqu'à ce qu'elle ne puisse plus mentir.

Les jours qui ont suivi ont été les pires de mon existence. J'allais m'asseoir en haut de l'arbre, je regardais la ferme de Freja et j'avais envie de sauter. Je comptais toutes les branches à travers lesquelles j'allais tomber. Je me voyais brisée au pied de l'arbre. Je fixais le sol et je répétais :

— Hé, en bas !

» Hé, en bas !

» Hé, en bas !

Mais si je me suicidais, tout le monde penserait que j'avais assassiné Freja.

Quand j'ai eu seize ans, le jour de mon anniversaire, à cinq heures du matin, j'ai quitté la ferme. J'ai quitté mes parents. J'ai quitté pour toujours cette région de la Suède. Je ne pouvais pas vivre dans un endroit où personne ne me croyait. Un endroit où tout le monde me rendait coupable d'un crime. J'ai emporté mes petites économies et pédalé de toutes mes forces jusqu'à l'arrêt d'autobus. J'ai jeté le vélo dans les champs et j'ai pris l'autobus pour la ville. Je ne suis jamais revenue.

Sincèrement vôtre,

Tilde

J'AVAIS FINI, mais je ne lâchais pas les feuillets, faisant semblant de lire parce que j'avais besoin d'un peu de temps pour rassembler mes idées. À aucun moment de ma vie je n'avais perçu chez ma mère, même fugacement, la jeune fille solitaire dont ce récit dessinait le portrait, recherchant l'amour d'une unique amie. Mon absence de curiosité avait été si totale qu'elle soulevait une question : connaissais-je mes parents ?

Mon affection pour eux avait sombré dans une sorte d'indifférence qui s'expliquait entre autres par le fait qu'ils ne m'avaient jamais confié leurs difficultés. Ils avaient souhaité s'éloigner du passé et se forger une existence plus heureuse. Peut-être, pour me justifier, m'étais-je considéré comme mal placé pour remuer des souvenirs douloureux. Mais j'étais leur fils, leur seul enfant – l'unique personne à même de leur poser des questions. J'avais confondu familiarité et perspicacité, assimilé les heures passées ensemble à un climat de compréhension. Pire, j'avais accepté ce confort sans me poser de questions, je m'étais vautré dans la complaisance sans chercher une seule fois à savoir ce que cachait leur désir de se construire une existence en tout point différente de celle qu'ils avaient connue.

Ma ruse n'échappa guère à ma mère qui voyait bien que j'avais fini ma lecture. Elle me prit le menton, m'obligeant doucement à la regarder droit dans les yeux. Je vis sa détermination. Elle n'était pas la jeune fille perdue dont je venais de lire l'histoire.

— Tu as une question à poser à ta mère, une question difficile pour un fils. Mais je n'y répondrai que si tu la poses toi-même. Il te faut prononcer ces mots. Tu dois avoir le courage de me regarder dans les yeux et de me demander si j'ai assassiné Freja.

MA MÈRE AVAIT RAISON. Je voulais lui poser la question. En lisant ces pages, je m'étais interrogé sur les événements de cette journée près du lac. Il n'était guère difficile d'imaginer une rencontre accidentelle – ma mère, avec sa force physique acquise grâce à son travail à la ferme, Freja, la citadine, belle et plus fragile. Leurs chemins s'étaient croisés. Ma mère s'était emportée, après des mois de solitude et de chagrin, elle avait attrapé son ancienne amie, lui avait enfoncé la tête sous l'eau, submergée par l'humiliation et le rejet. Ayant réussi à se maîtriser, honteuse de sa réaction, elle avait dû s'éloigner vers le rivage puis se retourner et voir que Freja n'était pas remontée à la surface, qu'elle était sous l'eau, inconsciente. Elle y était retournée pour tenter de la sauver, sans succès. Prise de panique, elle avait fui en laissant le corps de son amie couler au fond du lac.

— Es-tu responsable de la mort de Freja ?

Ma mère secoua la tête.

— Pose la question. Ai-je assassiné Freja ? Pose-la !

Elle se mit à répéter encore et encore.

— Ai-je assassiné Freja ? Ai-je assassiné Freja ? Ai-je assassiné Freja ?

Elle cherchait à me provoquer, tapait des doigts sur la table chaque fois qu'elle prononçait le nom. C'était affreux. Insupportable. Avant qu'elle ne frappe la table à nouveau, je lui saisis la main, et son énergie se propagea dans mon bras. Je lui demandai :

— L'as-tu assassinée ?

— Non. Va dans n'importe quelle école, n'importe où dans le monde, et tu trouveras un enfant malheureux. Au sujet de cet enfant malheureux, il y aura des ragots. Ces ragots seront la plupart du temps des mensonges. Mais cela ne change rien, car lorsqu'on vit dans une communauté qui croit à ces mensonges, qui les répète, ils deviennent réalité – pour toi et pour les autres. Impossible d'y échapper, parce qu'il n'y a pas de preuve qui tienne. Il s'agit là de méchanceté, et la méchanceté se moque des preuves. Tout ce qu'on peut faire, c'est disparaître dans sa tête, vivre dans ses propres pensées, dans son imagination, mais le répit est de courte durée. On ne peut pas éternellement fermer la porte au monde. Quand il commence à forcer le passage, il faut s'échapper pour de bon – faire sa valise et fuir.

» Quand j'y repense aujourd'hui, je comprends que Freja était fragile. Sa mère était morte ; sa vie, complètement bouleversée. Après avoir trahi mon amitié, elle a eu une liaison avec un jeune homme, un ouvrier agricole qui travaillait dans une des grosses fermes. On disait qu'elle était enceinte. Elle n'est plus venue au lycée pendant un certain temps. Le parfum du scandale. Ne me demande pas si c'était vrai, je ne le sais pas. Ce que les gens pouvaient dire m'était égal. J'ai pleuré la mort de Freja. Personne n'a pleuré plus que moi. J'ai pleuré, alors qu'elle m'avait trahie, alors qu'elle m'avait tourné le dos. J'en pleurerais encore aujourd'hui, tant je l'aimais.

» Maintenant que tu connais la vérité sur l'été 1963, tu dois admettre que ces événements n'ont rien en commun avec les crimes perpétrés cet été. Aucun lien. Il s'agit de personnes différentes, dans un lieu différent, à une époque différente.

IRRITÉ PAR CES RÉFÉRENCES SIBYLLINES à « des crimes », et brusquement enhardi, je rebondis sur la fin de l'histoire :

— Mia est-elle morte ?

Ma mère tressaillit. Jusque-là, elle contrôlait le flot d'informations. Je m'étais montré docile et accommodant. Mais terminé. Avant de la laisser poursuivre, je voulais un aperçu de ce dont nous parlions. Je l'avais trop longtemps laissée tourner autour du pot.

— De quoi croyais-tu qu'il s'agissait ? demanda-t-elle.

— Je n'en sais rien, maman. Tu ne cesses de parler de crimes et de complots mais tu n'en dis rien de précis.

— La sagesse réside dans l'ordre chronologique.

Elle avait prononcé cette phrase sur le ton de l'évidence.

— Mais qu'est-ce que cela signifie ?

— Si tu sautes d'une chose à l'autre, en avant, en arrière, les gens commencent à douter de ton état mental, comme pour moi. Le plus sûr consiste à commencer par le commencement et à progresser. Suivre la chaîne des événements. La sagesse réside dans l'ordre chronologique.

On aurait dit qu'elle parlait du vieux test des policiers pour évaluer la sobriété d'un conducteur en lui demandant de marcher sur une ligne droite.

— Je comprends, maman. Tu peux me raconter ce qui est arrivé comme tu l'entends, mais d'abord, je veux savoir de quoi nous parlons. Dis-le-moi en une phrase. Ensuite tu me donneras les détails.

— Tu ne me croiras pas.

En étant aussi directif, je prenais un risque. Si je la poussais trop loin, elle pourrait s'en aller. Avec un peu d'appréhension, je lui dis :

— Si tu me donnes une réponse tout de suite, je te promets de ne rien juger avant d'avoir entendu l'histoire jusqu'au bout.

— De toute évidence, tu crois toujours qu'il n'est rien arrivé en Suède. Je te l'ai dit dès le début, il s'agit de crimes. Il y a eu des victimes. De nombreuses victimes. Il te faut plus d'informations ? Oui, Mia est morte. Une jeune fille que j'ai aimée est morte. Elle est morte.

» Maintenant, pose-toi quelques questions. Ai-je jamais cru à des théories fumeuses ? Est-ce que je vois un complot derrière toutes les actualités ? Ai-je jamais porté de fausses accusations de crime contre quiconque ? Le temps me manque. Je dois aller à la police aujourd'hui, et si je me rends toute seule au commissariat, les policiers contacteront Chris. Il leur racontera l'histoire de ma folie, et il la racontera bien. Ces policiers seront très certainement des hommes, des hommes comme lui. Il réussira à les convaincre. Je l'ai déjà constaté. J'ai besoin d'un allié, de préférence un membre de ma famille, et il ne reste que toi pour me soutenir. Je suis désolée que cela retombe sur tes épaules.

» Tu m'as posé une question directe. Je t'ai répondu. Maintenant c'est mon tour de t'interroger franchement. Est-ce trop te demander ? Car si tu cherches à gagner du temps jusqu'à l'arrivée de ton père, si ta stratégie consiste à me faire parler sans écouter un mot de ce que je dis, à me piéger ici sous de faux prétextes pour que vous puissiez tous les deux me conduire à l'asile, je te préviens, j'y verrai une trahison si grave que notre relation ne s'en remettra jamais. Tu ne seras plus mon fils.

IL AVAIT TOUJOURS ÉTÉ SOUS-ENTENDU que notre relation souffrirait si je ne la croyais pas. Ma mère décrivait à présent la situation de façon plus radicale. Pour rester son fils, je devais la croire. Dans une situation moins extraordinaire, la menace aurait paru démesurée. Mais ma mère n'avait jamais tenu de tels propos. Leur nouveauté leur donnait un poids réel. Voilà quelque chose que je n'avais jamais envisagé – ne pas être aimé de ma mère. Je réfléchis à la manière dont, jeune fille, elle avait quitté la ferme, fui ses parents sans leur adresser la moindre lettre, sans téléphoner, sans laisser de trace. Elle avait déjà coupé tous les ponts. Elle pouvait recommencer. Cependant, elle prenait totalement à rebours ses recommandations de ne pas me laisser influencer par l'émotion. Notre relation devenait un enjeu. Je ne pouvais pas promettre de la croire simplement pour la rassurer.

— Tu m'as demandé de rester objectif.

J'ajoutai à la hâte :

— Je peux te répéter ma promesse : garder l'esprit ouvert. À ce moment précis, je ne sais pas ce qui est vrai. Ce que je sais, maman, quoi qu'il arrive dans les heures qui viennent, quoi que tu me dises, c'est que je serai toujours ton fils. Et que je t'aimerai toujours.

Son hostilité disparut. Je ne savais pas si elle avait été touchée par ma protestation d'amour ou si elle reconnaissait avoir commis une erreur tactique. Visiblement dépitée, elle reprit mes mots :

— Un esprit ouvert, c'est tout ce que je réclame.

Pas tout à fait, me dis-je, tandis qu'elle reportait son attention sur son agenda.

— Tout à l'heure, nous avons évoqué l'ancienne propriétaire, Cecilia, et le mystère entourant la vente de la ferme. Le mystère ne s'arrête pas là. Cecilia avait laissé un bateau amarré au ponton en bois, un canot luxueux équipé d'un moteur électrique. Neufs, tous les deux. Pose-toi la question : pourquoi aurait-elle dépensé autant d'argent pour un bateau alors qu'elle avait l'intention de vendre sa ferme et de s'installer en ville ?

» Je suis ignorante de bien des choses. Jusqu'à mon récent séjour en Suède, je ne m'étais pas une seconde intéressée aux moteurs de bateau. Dès que j'ai compris que celui-ci représentait un indice précieux, j'ai décidé d'en savoir plus. D'abord, j'ai appris qu'on achète le bateau en premier – le moteur s'acquiert ensuite. De surcroît, le E-Thrust Electric Motor qu'avait choisi Cecilia n'est pas, de loin, le moins cher. Il coûte trois cents euros. D'après mes recherches, on peut trouver des moteurs plus bas de gamme compatibles avec le bateau. Question suivante : pourquoi nous a-t-elle laissé précisément ce moteur ?

» Je voudrais que tu en examines les caractéristiques techniques. La réponse se trouve dans cette liste – la raison pour laquelle elle a choisi celui-là et nous l'a laissé. Regarde si tu réussis à la trouver.

MA MÈRE SORTIT DE SON AGENDA la brochure trouvée sur Internet qu'elle avait imprimée.

Moteur E-Thrust 55 lbs

Pour la première fois en Europe !

De conception et de technologie américaines, ces moteurs durables offrent les meilleures performances.

- Poussée : 55 lbs
- Puissance : batterie 12 v (non incluse)
- Sondeur : LCD 7 fonctions
- Rotation : 360°
- Axe : acier inoxydable
- Longueur : 133 cm
- Largeur : 12 cm
- Profondeur : 44 cm
- Poids : 9,7 kg
- Régulateur des vitesses intégré à la poignée : 5/2 (avant/arrière)
- Hélice : 3 pales
- Manuel d'utilisation : oui. Langues : anglais/ allemand/ français
- Poids maxi : 1 750 kg
- Label CE : oui

JE LUI RENDIS LE FEUILLET EN AVOUANT :

— Je ne sais pas.

— Facile de la laisser passer, elle mérite à peine qu'on s'y attarde – c'est la troisième caractéristique, le sondeur LCD sept fonctions. Laisse-moi t'expliquer. Nous habitions la ferme depuis près de deux mois et Chris n'était jamais allé sur la rivière. Pas même cinq minutes. Pour vendre des séjours aux touristes, il nous fallait apporter la preuve que l'Elk était riche en poissons, mais les cannes de Chris restaient dans la grange. Je lui demandais quoi ? Pas une corvée détestable puisqu'il adorait la pêche. Il avait même décidé d'acheter à cause de la rivière et l'avait explorée. Je lui disais régulièrement : s'il te plaît, va pêcher. Il haussait les épaules, roulait une cigarette et répondait que demain, peut-être… Et puis, après des semaines à m'ignorer, il a déclaré qu'il allait sur la rivière avec Hakan. Ils s'étaient alors déjà liés d'amitié et passaient beaucoup de temps ensemble. Je n'y voyais pas d'inconvénient, car cette amitié lui faisait du bien. L'humeur de Chris s'améliorait, elle n'était plus comme lors de ces sinistres matins d'avril glacés où il ne quittait pas le lit ou son fauteuil devant le poêle. Intérieurement, j'étais jalouse, non pas de sa relation avec Hakan, que je n'aimais pas et dont je me méfiais, mais de voir qu'un groupe d'amis lui avait ouvert les bras, dont le maire hypocrite, des hommes d'affaires en vue et des membres du conseil municipal. Chris avait été accueilli au cœur même de la petite communauté. Je me demandais si Hakan se montrait excessivement bon avec mon mari dans le seul but de me tourmenter. Mais je ne suis pas mesquine. Réaliste et pragmatique, oui. Il nous fallait entretenir de bonnes relations, et si celles-ci ne tournaient pas autour de moi, je l'acceptais. Naturellement, je trouvais blessant qu'après m'avoir opposé tant de refus, il ait répondu à l'invitation de Hakan avec un tel empressement. Malgré tout, je n'ai fait aucune remarque désobligeante. Au contraire, je l'ai remercié par avance pour le saumon qu'il allait me permettre de photographier.

» Après le petit déjeuner, Chris est allé chercher le moteur dans la grange. Je me souviens de ce matin-là avec plaisir. Je n'étais pas soupçonneuse, ni paranoïaque. J'ai préparé des sandwichs pour lui avec du pain cuit dans notre four, et préparé une thermos de thé. Je l'ai embrassé, lui ai souhaité bonne chance. Debout sur la jetée, je lui ai dit au revoir, confiante en son savoir-faire et pleine d'espoir pour notre rivière. Je lui ai crié de me rapporter un poisson magnifique. Et c'est exactement ce qu'il a fait.

MA MÈRE SORTIT UNE PHOTO DE SON AGENDA, la quatrième jusque-là.

— Elle a été prise peu après le retour de cette partie de pêche, tu peux voir le jour et l'heure imprimés dans le coin.

» Où est le problème ? J'avais demandé à Chris de rapporter un magnifique saumon et il y était parvenu. La photo constitue un parfait document promotionnel pour nos hôtes – deux hommes présentant fièrement leur prise. Mais quelque chose cloche complètement.

» Regarde de plus près.

» Examine l'expression de Chris.

» Ni fierté ni excitation. Il pince les lèvres comme s'il faisait un effort surhumain pour garder ce sourire.

» Maintenant, observe l'expression de Hakan.

» Tu peux voir la direction de son regard – un regard de biais vers Chris. Il y a là quelque chose de calculé. Ce n'est pas une photo joyeuse. Pourquoi ? Souviens-toi des enjeux. L'argent nous manquerait dès la fin de l'année et ce poisson devait apporter la preuve que nous pouvions en gagner plus.

» Je vois bien ce que tu penses : que j'ai peut-être gâché la soirée avec des soupçons inutiles et que ces hommes ont réagi à une attitude inappropriée de ma part. Tu te trompes. Je les ai félicités avec enthousiasme. J'ai même réussi à me montrer aimable avec Hakan, en lui proposant de partager notre repas. Mais je me suis vite sentie mal à l'aise. Les hommes brandissaient un spécimen exceptionnel et pourtant, ils réagissaient avec tiédeur. J'ai fait un geste pour prendre le saumon des mains de Chris, mais il a eu un réflexe de recul. J'ai expliqué qu'il fallait l'emballer et le mettre au réfrigérateur. C'est alors seulement qu'il m'a laissé le prendre. Pour ne pas faire tomber le poisson, j'ai glissé le doigt dans son ouïe. Sais-tu ce que j'y ai trouvé ?

» De la glace !

» Je la sentais au bout de mon doigt – un bout de cristal glacé qui a disparu aussitôt, fondant à la chaleur de ma peau avant que je puisse l'examiner. La preuve avait disparu mais je l'avais sentie, j'en étais sûre. Ce poisson ne provenait pas de la rivière. Il avait été acheté.

» J'ai couru dans la maison et posé le poisson sur la table de la cuisine. Seule, j'ai inspecté chacune des ouïes. Il n'y avait plus de glace, mais la chair était gelée. Je n'ai pas mis le saumon dans le réfrigérateur. Je suis discrètement allée dans le salon et me suis postée derrière les rideaux. Par la fenêtre, j'ai observé Chris et Hakan. Je ne sais pas lire sur les lèvres, je ne peux pas te dire de quoi ils parlaient, mais je peux t'assurer que ces deux-là n'avaient pas l'air de pêcheurs triomphants. Hakan a posé la main sur l'épaule de Chris. Lentement, Chris a hoché la tête, puis il s'est tourné vers la maison et j'ai dû m'écarter à toute vitesse.

» Dans la cuisine, quand Chris est passé, j'ai fait semblant d'être joyeuse et occupée. Il n'a même pas accordé un regard au saumon, sa belle prise. Il s'est douché et s'est mis au lit, disant qu'il était fatigué. Cette nuit-là, je n'ai pas pu dormir, Chris non plus, alors qu'il aurait dû être épuisé. Il est resté allongé à côté de moi en faisant semblant de dormir. J'avais envie de pénétrer ses pensées. Qu'est-ce qui éloignait le sommeil ? Pourquoi avaient-ils acheté un saumon hors de prix en guise d'alibi ? J'emploie le mot "alibi" exprès – un saumon en guise d'alibi. Un saumon acheté par Hakan, parce qu'une telle bête pouvait coûter dans les cinq cents couronnes, cinquante livres, et que nos finances étaient trop serrées pour que Chris dépense une telle somme à mon insu. Hakan l'avait donc acheté et donné à Chris.

» Je ne pouvais rien faire tant que Chris ne dormait pas. J'ai attendu jusqu'à deux heures du matin que sa respiration s'apaise et qu'il s'assoupisse. Il m'avait sous-estimée en n'imaginant pas que je m'apercevrais de la supercherie. J'ai quitté le lit sans bruit et me suis éloignée sur la pointe des pieds, j'ai enfilé un manteau puis je me suis dirigée vers la grange où était rangé le moteur. Une fois là, en regardant le bateau, j'ai d'abord pensé que Chris n'avait pas parcouru plus de quelques centaines de mètres en amont avant de s'arrêter devant la jetée de Hakan. Les deux hommes avaient ensuite dû monter en voiture pour se rendre en secret dans un autre endroit. Je me suis mise à examiner le moteur superficiellement, de l'extérieur, en poussant tous les boutons jusqu'à ce qu'une douce lumière bleue illumine l'écran du sondeur. J'ai fait défiler les fonctions, et le niveau de la batterie est apparu sous forme de pourcentage. La charge était pleine avant leur départ et la batterie indiquait maintenant six pour cent ! Autrement dit, ils avaient utilisé quatre-vingt-quatorze pour cent de la charge. Ma première théorie se révélait donc fausse. Ils avaient parcouru une longue distance. Ils avaient bien navigué sur la rivière, mais pas pour pêcher.

» J'ai repensé à la générosité de Cecilia. Pourquoi m'avoir laissé ce bateau ? Pour que j'explore la rivière ! Les caractéristiques de ce moteur servaient le plan de Cecilia. En prenant le sondeur LCD comme critère, je pouvais reconstituer le trajet de Chris et Hakan et voir quelle distance il était possible de parcourir avec la même charge. J'ai décidé de ne pas attendre. J'irais cette nuit, pendant que Chris dormait, avant l'aube. Je remonterais la rivière pour trouver où ils étaient allés – il fallait le faire tout de suite !

JE LEVAI LA MAIN POUR L'INTERROMPRE. Je voulais m'assurer d'avoir bien compris :

— Tu as pris le bateau en pleine nuit ?

— Qui sait si le lendemain une averse ne viendrait pas détruire les preuves – il fallait que ce soit la nuit, et en secret.

» La recharge du moteur a nécessité plus d'une heure. Je me suis assise dans la grange à regarder les chiffres grimper. Quand la batterie a atteint cent pour cent, j'ai entrepris de transporter le moteur jusqu'à la rivière, ce qui m'obligeait à prendre la brouette et la pousser à travers champs en essayant de ne pas faire de bruit et de ne pas la renverser. Si Chris se réveillait, je n'aurais aucune explication à lui fournir. Heureusement, je suis parvenue à la jetée sans attirer l'attention et j'ai facilement réussi à fixer le moteur au bateau. Cecilia avait dû y réfléchir au moment de choisir ce modèle. J'ai consulté ma montre, estimant que Chris ne se réveillerait pas avant huit heures au plus tôt. Pour plus de sécurité, j'ai calculé que je disposais de cinq heures pour effectuer ma reconnaissance et rentrer.

» Ayant choisi une vitesse moyenne, je me suis éloignée de la jetée. Ils n'avaient pas descendu la rivière – j'en étais sûre. On avait installé un barrage afin d'alimenter une petite centrale hydroélectrique censée ressembler à un vieux moulin. Impossible de passer en bateau. Ils avaient nécessairement remonté le courant. Mais jusqu'où ? J'ai fixé ma lampe de poche à la proue, en dirigeant le faisceau sur la surface de l'eau, attirant les insectes et risquant d'être vue, mais j'ai gardé mon sang-froid, dans ce petit bateau au milieu de la rivière obscure tandis que le reste du monde dormait, moi, la seule personne à garder les yeux ouverts pour trouver la vérité.

» La rivière sinuait doucement entre des champs appartenant à diverses fermes, des terres cultivées et monotones. Ne voyant pas où Chris avait pu s'arrêter, ni pour quelle raison, j'ai continué mon chemin jusqu'à l'orée des bois. C'était comme passer une frontière et pénétrer dans un autre monde. Les bruits étaient différents. L'atmosphère était différente. À partir de là, la rivière coulait entièrement en territoire clos. Alors que les fermes étaient plongées dans le silence, ces forêts grouillaient de vies qui se manifestaient à mon passage. Les broussailles frémissaient. Et des créatures m'observaient.

» À la fin, ne disposant plus que de quarante pour cent de batterie, j'ai éteint le moteur et laissé le bateau dériver. En toute logique, j'étais parvenue à peu près à leur destination finale, le reste de la charge assurant le trajet du retour. Dans mes calculs, j'avais aussi pris en compte la dépense moindre d'énergie au retour, dans le sens du courant.

» J'ai saisi la lampe et examiné les lieux tandis que le bateau tanguait doucement sous moi. Dans mon faisceau l'éclat d'yeux lumineux apparaissait fugacement. L'air nocturne était transparent, sans le moindre lambeau de brouillard ou de brume. En levant les yeux au ciel, j'ai vu un tapis d'étoiles et j'ai pensé qu'il y avait autant d'étoiles que de réponses possibles. Chris et Hakan avaient pu amarrer le bateau à n'importe quel arbre et s'enfoncer dans la forêt. Je n'avais aucun moyen d'en être sûre. Je suis restée assise, amèrement déçue, obligée d'admettre qu'il me faudrait rentrer sans avoir obtenu de réponse.

» En voulant fixer la lampe de poche à l'avant du bateau, j'ai remarqué, droit devant, une branche qui s'élançait vers moi en plein milieu de la rivière. Curieuse, j'ai scruté l'obscurité, et discerné un arbre posé sur un îlot – un îlot en forme de goutte. J'ai avancé et, saisissant la branche, j'ai amarré le bateau à la pointe de l'Île Goutte. Il y avait autour du tronc des traces de frottement aux endroits où d'autres bateaux s'étaient amarrés, trop nombreuses pour en faire le compte, le signe d'une innombrable série de visites. Sur la berge argileuse, juste au-dessus de l'eau, on voyait des empreintes partielles de pas, certaines anciennes, d'autres récentes – leur quantité et leur diversité laissant deviner que Chris et Hakan n'avaient pas été les uniques visiteurs. J'ai soudain songé que, même au beau milieu de la nuit, je n'étais peut-être pas seule. J'ai envisagé de dénouer les amarres et de continuer mon exploration à bonne distance, séparée de l'îlot par une étendue d'eau rassurante. Mais il me fallait le voir de près. Je me suis dirigée vers le bouquet d'arbres situé à l'arrière de l'îlot, la partie large de la goutte. Entre les arbres se dressait une forme sombre, anguleuse, un abri construit de main d'homme, une hutte faite non pas de branchages empruntés à la forêt, mais de planches clouées. Le toit semblait étanche. C'était un travail d'homme, pas d'enfant. En contournant la structure, j'ai vu qu'il n'y avait pas de porte, rien qu'un espace ouvert masqué par un rideau déchiqueté. Derrière le rideau, se trouvaient un tapis, un sac de couchage déplié comme une couverture, une lampe à pétrole au verre enfumé. L'endroit n'était pas assez haut pour qu'on s'y tînt debout, mais assez large pour s'y allonger. Indiscutablement, il s'en dégageait une odeur de sexe. Il y avait des mégots enfoncés dans la boue, de cigarettes industrielles et roulées à la main. J'en ai pris un qui sentait l'herbe. Du bout d'une brindille, j'ai fouillé les cendres de plusieurs feux et d'autres trouvé les restes décomposés d'un préservatif – une obscène traînée de morve en plastique.

-CET ENDROIT ÉVOQUAIT UN MYSTÈRE angoissant et je sentais bien que ma mère tournait autour d'une accusation étrange et angoissante, qu'elle y faisait allusion sans expliciter ce qu'elle avait à l'esprit. Mais ce n'était pas à moi d'émettre une supposition ou de remplir les blancs.

— Selon toi, que s'est-il passé sur cette île ?

Ma mère se leva et ouvrit les placards de la cuisine. Elle prit une poignée de sucre en poudre qu'elle versa délicatement sur la table, l'étalant devant moi en une couche régulière. Avec le doigt, au milieu des minuscules grains blancs, elle dessina la forme d'une goutte.

— En matière de sexe, sais-tu quel fantasme dépasse de loin tous les autres ? Disposer d'un lieu privé bien à soi, un lieu où il est possible de faire n'importe quoi sans que le reste du monde le sache jamais. Pas de jugement, pas de honte, pas de réprobation, et pas de conséquences. Pour les riches, cela peut être un yacht en pleine mer. Pour les pauvres, une cave où cacher des magazines pornos. Pour les campagnards, un îlot perdu dans la forêt. Je parle de baiser, pas de faire l'amour. Et quand il s'agit de baiser, tout le monde préfère garder ça secret.

COMME MUE PAR UN PUISSANT RÉFLEXE, ma main balaya d'un revers l'île en sucre, effaçant le dessin. Je compris trop tard à quel point mon geste était parlant. Ce mouvement brutal révélait de la colère et prit ma mère par surprise. Elle recula, me regarda fixement, interrogeant mon expression. Elle interprétait probablement mon geste comme un rejet dédaigneux de sa théorie. En réalité, c'était une manière pitoyable de la confirmer. J'avais créé ma propre version de l'île – cet appartement. Ma mère était assise à l'intérieur. Combien de fois m'étais-je demandé si je pourrais éviter de révéler ma sexualité à mes parents tout en préservant ma relation avec Mark. Il ne l'aurait jamais accepté, et cette pensée était restée un non-dit. Si cela avait été possible, j'aurais pu passer le restant de mes jours dans une île de mon cru, m'éloignant toujours un peu plus de mes parents. Les doigts collants de sucre, je lui demandai pardon.

— Je suis désolé. C'est difficile à accepter. Papa, je veux dire.

Ma mère ne fléchit pas, sentant quelque chose dans le cours de mes pensées qu'elle n'identifiait pas clairement. Je lui demandai, plein d'appréhension pour la suite :

— Tu crois que papa et Hakan allaient sur cette île ?

— Je sais qu'ils y allaient.

J'hésitai, tout en me préparant à la réponse :

— Que faisaient-ils là-bas ?

— Là n'est pas la question. La vraie question est qui – qui d'autre emmenaient-ils ? Nous savons avec certitude qu'ils n'allaient pas pêcher. J'ai fouillé chaque recoin de l'île sans rien trouver. J'ai eu du mal à partir sans réponse, mais en consultant ma montre, j'ai compris que j'étais en danger. Le soleil allait se lever.

» Heureusement, la descente était plus rapide. N'empêche, le jour pointait et le soleil commençait à briller. Hakan et Élise seraient réveillés. Ils se levaient toujours à l'aube. Je priais pour qu'ils ne soient pas sur la berge. Je suis passée devant leur jetée, soulagée de ne pas les voir. À l'instant où je me croyais tirée d'affaire, le moteur s'est arrêté. La batterie était morte. Je dérivais au milieu de la rivière.

» Cela ne prouvait pas que Hakan et Chris n'avaient pas pu atteindre l'Île Goutte, mais plutôt que j'avais manqué d'habileté en remontant le courant. J'avais fait plusieurs détours en cherchant une trace de quelque chose. Plus tard, quand je suis revenue sur l'Île Goutte, j'ai réussi à faire l'aller-retour avec une seule charge. Quoi qu'il en soit, ce matin-là, sachant que Chris ne tarderait pas à se réveiller, j'ai dû ramer pour rentrer, ce qui ne m'étais pas arrivé depuis des années. Plus je voulais aller vite, moins j'étais efficace. Parvenue à la jetée, les bras endoloris, j'avais envie de m'écrouler et de reprendre mon souffle, mais le temps pressait. Il était près de huit heures du matin. J'ai détaché le moteur et je l'ai soulevé. J'ai remonté la pente en poussant la brouette devant moi et là, mon cœur a cessé de battre. Chris était déjà debout. Il fumait dehors. Il m'a vue, m'a fait signe. Je lui ai bêtement rendu son geste en me forçant à sourire. J'ai jeté mon manteau par-dessus le moteur dans la brouette, mais il l'avait sans doute déjà vu. Il réclamerait une explication, la plus plausible étant que j'avais eu besoin de la brouette pour une autre tâche. J'ai continué en direction de la ferme, puis j'ai coupé à travers le champ et laissé la brouette derrière la grange.

» Je suis revenue dire bonjour à Chris, avec un baiser. J'ai prétendu être allée nettoyer la berge de ses hautes herbes. Il n'a pas relevé et, terminant sa cigarette, il est rentré prendre le petit déjeuner. J'ai saisi l'occasion pour repartir en courant pousser la brouette jusqu'à la grange, rentrer le moteur et le remettre en charge. Quand j'ai eu terminé, Chris était là. Il avait abandonné son petit déjeuner. Comme j'ignorais ce qu'il avait pu voir, je lui ai dit qu'il avait oublié de brancher le moteur. Il n'a pas répondu. J'ai ramassé un peu de linge et repris la direction de la maison. En regardant derrière moi, je l'ai vu devant la porte de la grange, les yeux fixés sur le moteur.

MES PARENTS se comportaient comme un couple de parfaits étrangers. Leur façon d'agir l'un avec l'autre avait, semblait-il, changé au cours de l'été.

— Mais, s'il t'a surprise, pourquoi papa n'a-t-il rien dit ? Pourquoi ne t'a-t-il pas demandé ce que tu faisais ? Je ne comprends pas ce silence.

— Que voulais-tu qu'il dise ? Il m'a surprise dans la grange à côté du moteur. Il était dans son intérêt de ne pas attirer l'attention sur le bateau.

Ma question allait beaucoup plus loin :

— Il semblerait que vous deux ayez cessé de vous parler.

J'allais préciser, mais ma mère leva la main pour me faire taire.

— Tu parles de notre couple ?

— Quarante ans de vie commune ne s'écroulent pas en l'espace de quelques mois.

— Cela prend parfois moins de temps que ça. Tu as un grand besoin de sécurité, Daniel. Depuis toujours. Je vais te dire une chose : ça n'existe pas. Une profonde amitié peut être balayée en un soir, un amant se métamorphoser en ennemi après un simple aveu.

Vu sous un certain angle, c'était un avertissement – voilà ce qui risquait de nous arriver si je refusais de croire à son récit.

— Ton père et moi jouions la comédie. Je jouais à ne

rien savoir de l'Île Goutte, il jouait à ne pas remarquer que mon enquête avait pris un tour sérieux.

Ma mère ouvrit son agenda et rechercha une page précise.

— Je vais te donner un exemple.

Un coup d'œil m'apprit que ses notes étaient devenues considérablement plus détaillées.

— Le 10 juin, je me suis réveillée tôt et, sautant le petit déjeuner, j'ai foncé en vélo à la gare, où je suis montée dans le premier train pour Göteborg. Je n'avais pas l'intention de parler de ce petit voyage à Chris. Dans d'autres circonstances, je ne le lui aurais pas caché, mais je voulais rendre visite à Cecilia pour qu'elle me parle de l'Île Goutte de vive voix, pas au téléphone à un moment où Chris aurait pu entendre. Je voulais qu'elle me dise pourquoi elle m'avait laissé le bateau, ce qu'elle soupçonnait, ce qu'elle me dissimulait.

» Cecilia s'était installée dans une maison de retraite à Göteborg, une ville chargée pour moi de mauvais souvenirs. Adolescente, j'y avais habité quelques mois, le temps d'économiser assez pour payer la traversée vers l'Allemagne. Je travaillais comme serveuse dans un café-hôtel sur Kungsportsavenyn – l'artère principale. À cette époque, j'imaginais que la police me recherchait pour le meurtre de Freja et je vivais en fugitive. J'avais coupé mes cheveux, changé de style vestimentaire et pris un faux nom. Je me souviens d'une fois où, parce que j'avais aperçu deux policiers en patrouille, j'ai été prise de tremblements tels que j'ai renversé son café sur mon client. Le directeur m'a réprimandée, mais ce n'est pas allé plus loin, parce que les hommes aimaient bien flirter avec moi et me laissaient de gros pourboires qu'il empochait toujours.

» À mon arrivée à Göteborg ce matin-là, j'ai décidé de marcher jusqu'à la maison de retraite. J'économisais un peu d'argent, le soleil brillait et j'avais envie de passer devant le café sur Kungsportsavenyn, maintenant que je n'étais plus la jeune fille apeurée d'autrefois. La maison de retraite se trouvait en périphérie, loin du centre, il fallait traverser un pont pour arriver devant le bâtiment accueillant, ses jardins bien entretenus, son bassin d'agrément entouré de bancs où les gens pouvaient s'asseoir pour bavarder. À l'intérieur, les parties communes étaient propres, la réception bien tenue, et l'hôtesse à l'accueil, sympathique. En me présentant, j'ai demandé si Cecilia recevait beaucoup de visiteurs. La femme m'a confié qu'elle n'en avait eu aucun, pas un seul visiteur depuis le début de son séjour. Cette nouvelle m'a mise en colère. On nous avait fait gober une histoire de communauté solidaire. Comment se faisait-il que personne ne soit venu voir cette femme ? Quel exil cruel ! Hakan la punissait de ne pas lui avoir vendu la ferme. Il avait décrété qu'elle ne devait pas recevoir la moindre manifestation de gentillesse.

» Cecilia était assise dans sa chambre, les genoux appuyés contre le radiateur, tournée vers le jardin. Elle ne lisait pas, ne regardait pas la télévision. Elle était simplement assise là, peut-être depuis des heures. Voir quelqu'un regarder de l'intérieur un jardin baigné de soleil a quelque chose de douloureux. Quant à la chambre, elle était impersonnelle. Deux heures de travail auraient suffi à la préparer pour un nouvel arrivant. Ce n'était pas un foyer, mais un lieu de transit – une salle d'attente entre la vie et la mort. Nous ne pouvions pas nous parler ici. Il me fallait lui rappeler le monde extérieur. Nous irions dans le jardin. Je me suis accroupie à côté d'elle, frappée par les changements intervenus dans son aspect physique. Quand nous nous étions rencontrés sur sa ferme, elle était physiquement frêle mais dégageait une certaine force, avec ses yeux brillants et son esprit vif. À présent, elle posait sur moi des yeux larmoyants et noyés, comme si sa personnalité s'était diluée dans des milliers de particules de néant. Mais elle m'a reconnue, à mon grand soulagement, et elle a accepté d'aller s'asseoir avec moi près du bassin.

» Un juge pourrait exprimer des doutes sur la crédibilité du témoignage de Cecilia. Je reconnais que son niveau de conscience était variable – tantôt elle participait directement à la conversation, tantôt ses pensées se perdaient et il fallait faire preuve de patience. Je lui ai laissé la liberté de digresser, tout en l'encourageant à m'expliquer par quel mystère elle m'avait vendu cette ferme. Spontanément, elle m'a demandé si j'avais découvert la vérité sur Anne-Marie, la femme de l'ermite des champs. Je n'avais même pas abordé le sujet ! J'ai résumé tout ce que je savais – elle était pieuse, elle brodait des versets de la Bible, elle était morte et son mari paraissait anéanti par cette perte. Cecilia s'est montrée très irritée par mon ignorance, comme si j'avais manqué à mon devoir. Elle a dit : “Anne-Marie s'est suicidée.”

» Dans un moment de lucidité, Cecilia m'a raconté l'histoire. À quarante-neuf ans, Anne-Marie n'avait jamais montré aucun signe de dépression. Cecilia l'aimait comme une amie, une très ancienne camarade. Un matin, cette amie plutôt facile à vivre s'était levée, avait pris une douche, enfilé des vêtements de travail, quitté la ferme à pied pour aller à la porcherie, prête à commencer sa journée de travail. Soit elle avait découvert quelque chose d'horrible, soit quelque chose d'horrible avait pris forme dans son esprit, car elle avait attaché une corde aux poutres et s'était pendue, à l'aube, pendant que son mari dormait. Ulf était descendu pour le petit déjeuner, il avait vu la porcherie ouverte et, convaincu que les porcs s'étaient échappés, il était sorti en courant pour les récupérer, mais il avait trouvé les bêtes dans le fond de la porcherie, serrées les unes contre les autres. À ce stade, selon la version officielle, il s'était retourné et avait vu sa femme. Il n'y avait eu ni lettre, ni explication, aucun signe avant-coureur et pas d'ennuis financiers.

» Selon Cecilia, les villageois avaient réagi comme ils le faisaient toujours, la mauvaise nouvelle avait été engloutie, à la manière d'un navire naufragé sur lequel l'océan se referme. Ils avaient tué les porcs, comme s'ils avaient été les témoins d'un crime, et démantelé la porcherie jusqu'à la dernière poutre. Pendant les obsèques d'Anne-Marie,

Cecilia avait pris le bras de Hakan en lui demandant pourquoi. Ce n'était pas une accusation, seulement une question mélancolique à laquelle Dieu seul pouvait apporter une réponse. Hakan l'avait repoussée avec colère en disant qu'il n'en savait rien. Peut-être n'en savait-il rien, mais il n'a eu aucun scrupule à profiter de sa mort. Hakan a agrandi son royaume en s'emparant des terres d'Ulf. À l'en croire, c'était un acte charitable : il aidait un homme accablé par le deuil.

» Cecilia parlait depuis un long moment. Elle avait les lèvres sèches et gercées. Craignant de la fatiguer, je lui ai dit de m'attendre sur le banc pendant que j'allais chercher quelque chose à boire. C'est une décision que je regretterai toute ma vie. Je n'aurais jamais dû l'interrompre dans son élan. Quand je suis revenue avec du café, elle n'était plus sur le banc mais debout au milieu du bassin, de l'eau jusqu'à la taille. Elle semblait parfaitement calme, les bras croisés sur sa poitrine. Sa robe blanche, fournie par l'établissement, était devenue transparente, une vraie scène de baptême, comme si elle attendait que le prêtre la plonge dans l'eau d'une rivière. Au lieu de quoi un infirmier est arrivé et l'a soulevée dans ses bras. Elle ne devait pas être bien lourde. Je les ai suivis à l'intérieur où ils l'ont aussitôt emmenée subir un examen médical. Profitant de la diversion, je suis retournée dans sa chambre et l'ai fouillée de fond en comble, stupéfaite de trouver si peu d'effets personnels. Ils avaient dû être vendus. Les tiroirs contenaient des livres, mais seulement des contes pour enfants, pas de bible ou de romans. Dans sa penderie, j'ai trouvé cette sacoche en cuir. Cecilia avait été maîtresse d'école et j'ai pensé qu'elle s'en était servie pour porter ses livres. Je l'ai volée parce que j'avais besoin d'un sac, pas un sac à main peu pratique mais un sac de bonne taille, assez grand pour contenir mes notes et toutes les preuves…

MA MÈRE ET MOI nous sommes levés en même temps, dans un sursaut. Quelqu'un essayait d'entrer dans l'appartement. On avait ouvert la porte et on essayait d'ôter la chaîne de sûreté. Ma mère avait dû la raccrocher dès que je lui avais tourné le dos, convaincue que mon père allait arriver sans prévenir. En bas, on l'entendait cliqueter tandis que quelqu'un tâtonnait sur la porte pour la décrocher. Ma mère cria :

— Il est là !

Elle commença aussitôt à rassembler ses documents. À toute allure, elle replaça chaque objet à l'intérieur de la sacoche, les plus petits dans les poches de devant, les plus gros, dont la boîte en fer rouillé, à l'arrière, dans un ordre parfait, sans espace perdu. Il était évident qu'elle l'avait déjà fait, qu'elle veillait à pouvoir tout ramasser et s'en aller d'un instant à l'autre. Elle regarda en direction de la porte donnant sur le toit-terrasse.

— Il faut passer par une autre sortie !

Mon père nous avait piégés. Il avait menti, pris un vol direct, il était arrivé plus tôt pour nous surprendre, exactement comme elle l'avait prédit – telles furent mes premières pensées, induites par l'intensité avec laquelle ma mère réagissait. Mais j'écartai cette explication : mon père n'avait pas les clefs. Il ne pouvait s'agir que de Mark.

La sacoche refermée, ma mère s'apprêtait à l'accrocher à son épaule. Je posai la main dessus.

— Ce n'est pas papa.

— C'est lui !

— Maman, non ! Ce n'est pas lui. S'il te plaît, attends-moi ici.

Je lui parlai sèchement, perdant mon calme, lui intimant par gestes de ne pas bouger, nullement convaincu qu'elle obéirait. Je courus dans l'escalier puis dans le couloir. Mark ne se débattait plus avec la porte, il avait glissé un pied pour la maintenir ouverte et, le téléphone à la main, il s'apprêtait à m'appeler. Accaparé par le récit de ma mère, je ne lui avais plus donné aucune nouvelle. J'aurais dû prévoir sa réaction – il avait déjà exprimé son inquiétude de me savoir seul. À voix basse, je lui dis :

— Excuse-moi, je n'ai pas appelé, mais le moment est mal choisi.

Je n'avais pas eu l'intention d'être agressif. Mark ne cacha pas sa stupéfaction. Je fus pris de panique ; après des années de mensonge soigneusement élaboré, toute la structure pourrie allait s'effondrer sans me laisser la possibilité d'en orchestrer la chute. Sentant la situation m'échapper, je lui fis signe de reculer, fermai la porte, ôtai la chaîne et ouvris grand le battant. Mark allait dire quelque chose quand il s'arrêta et regarda par-dessus mon épaule.

Serrant sa sacoche, ma mère se tenait à l'autre bout du couloir. Dans la poche de son jean, je voyais le contour du couteau en bois. Nous restâmes tous les trois immobiles, sans parler. Pour finir, ma mère avança d'un petit pas, examinant Mark, son costume et ses souliers de luxe.

— Vous êtes médecin ?

Mark secoua la tête.

— Non.

D'ordinaire courtois et disert, Mark, ne sachant trop ce

que je voulais qu'il dise, n'offrit d'autre réponse que ce monosyllabe.

— C'est Chris qui vous envoie ?

— J'habite ici.

J'ajoutai :

— C'est Mark. C'est son appartement.

J'eus conscience, trop tard, qu'après toutes ces années d'attente, c'était une piètre présentation. Les mots choisis le désignaient davantage comme un propriétaire que comme un amant. Ma mère, cessant de s'intéresser à ses vêtements, regardait maintenant son visage :

— Je m'appelle Tilde. Je suis la mère de Daniel.

Mark sourit, s'apprêta à faire un pas en avant, mais il se ravisa, sensible à l'équilibre instable des émotions.

— Heureux de faire votre connaissance, Tilde.

Pour une raison mystérieuse, sa façon de l'appeler par son nom déplut à ma mère. Elle recula d'un petit pas. Surmontant sa nervosité, elle dit :

— Voulez-vous que nous allions ailleurs ?

— Vous pouvez rester le temps que vous voudrez.

— Vous restez ?

Mark secoua la tête :

— Non, accordez-moi une minute, et je m'en vais.

Ma mère le dévisageait. En d'autres circonstances, c'eût été grossier. Mark soutint son regard, le sourire aux lèvres. Ma mère baissa les yeux.

— J'attendrai là-haut.

Avant de quitter le couloir, elle le regarda une dernière fois, la tête imperceptiblement penchée de côté, comme pour corriger sa perception du monde.

Nous attendîmes en silence pendant qu'elle gravissait lentement l'escalier de son pas lourd. La rencontre que je redoutais depuis si longtemps s'était produite dans des circonstances pour moi impossibles à imaginer – ma mère venait de faire connaissance de mon compagnon, et pourtant pas vraiment. Ils avaient seulement échangé des noms et des regards. Je m'étais encore enfoncé, incapable de dire : « Je te présente l'homme avec qui je vis », optant pour : « Cet homme vit ici. » Ce n'était pas un mensonge, mais j'avais été lâche. Cet échange laissait Mark mélancolique – il avait espéré davantage de ce moment. Balayant ses propres émotions, il parla à voix basse :

— Comment va-t-elle ?

— Je ne sais pas.

Je ne voyais pas l'utilité de lui résumer la conversation telle qu'elle s'était déroulée jusque-là.

— Dan, tu vas bien ? Je voulais être sûr.

Il ne serait pas venu simplement pour être partie prenante, ou parce qu'il se sentait exclu. Il était là pour me protéger d'un possible désastre, pour intervenir au cas où le contrôle de la situation m'échapperait totalement. Ma mère et lui auraient été d'accord : je n'étais pas préparé à naviguer en eaux troubles. Je hochai la tête :

— Tu as bien fait de venir, mais je me débrouille.

Mark parut sceptique.

— Qu'as-tu l'intention de faire ?

— Je vais l'écouter jusqu'au bout, et je verrai ensuite s'il faut qu'elle se soigne. Ou s'il faut se tourner vers la police.

— La police ?

— C'est encore difficile de savoir.

J'ajoutai :

— Mon père est dans l'avion. Il a changé d'avis. Il ne va pas tarder à atterrir.

— Il va venir ici ?

— Oui.

— Tu es sûr de vouloir que je m'en aille ?

— Elle ne parlera pas si tu restes dans l'appartement. Pas librement, pas comme elle a commencé à le faire.

Mark se mit à réfléchir.

— Entendu. Je m'en vais. Mais voilà ce que je propose :

je vais m'installer au café du coin, lire, travailler un peu. C'est à deux minutes. Tu m'appelles au moindre changement.

Il ouvrit la porte.

— Fais au mieux.

Je m'attendais à surprendre ma mère en train d'écouter la conversation, mais le couloir était vide. Je remontai et la trouvai devant la fenêtre. J'allai jusqu'à elle. Elle me prit la main et prononça le nom de Mark comme si elle s'entraînait à dire un son nouveau.

Et puis, une idée sembla éclore dans son esprit :

— Pourquoi tu ne parlerais pas un peu, à ton tour ?

Ne sachant trop comment réagir, je serrai sa main. Elle comprit, car elle répondit :

— Je me souviens de ces vacances sur la côte sud. Tu étais très jeune. Six ans. Il faisait chaud. Le ciel était bleu. En route pour la plage de Littlehampton, nous étions certains de passer une journée magnifique. À notre arrivée, il y avait un vent terrible. Plutôt que d'abandonner, nous avons cherché refuge à l'abri d'une dune, un petit relief sableux derrière la plage. Tant que nous restions bien allongés, nous ne sentions pas le vent. Le soleil était chaud, ainsi que le sable. Nous sommes restés longtemps, sommeillant, baignant dans le soleil. À la fin, j'ai dit : « On ne peut pas rester là éternellement », et tu t'es tourné vers moi en faisant : « Pourquoi pas ? »

— Maman, lui dis-je, on parlera de ma vie à un autre moment.

La voix de ma mère exprimait la même tristesse que depuis le début de la journée :

— Non, pas à un autre moment. Aujourd'hui. Quand j'aurai terminé, quand nous serons allés voir la police, je veux que tu me parles. Je veux t'écouter. Nous nous disions tout, autrefois.

— Nous le referons.

— Tu le promets ?
— Je le promets.
— Nous redeviendrons proches ?
— Nous redeviendrons proches.
— Tu es prêt à écouter la fin ?
— Je suis prêt.
— Nous commettons tous des erreurs. Nous pouvons nous pardonner certaines d'entre elles, mais pas toutes. Cet été, j'ai commis une impardonnable faute de jugement. Un court moment, j'ai douté de ma conviction que Mia courait un danger.

» Une fois par semaine, j'allais à la plage à vélo – pas la plage fréquentée par les touristes, mais une autre un peu plus au nord. La côte était sauvage, avec des dunes et des landes de bruyère bordées de forêts profondes. Je venais toujours là pour courir sur le sable. Un soir, je courais depuis une trentaine de minutes et j'allais rebrousser chemin quand un mouvement a attiré mon attention dans la forêt. Quelque chose de blanc et de lumineux, comme les voiles d'un petit bateau entre les troncs des pins. Généralement, ces plages et ces bois sont déserts. Surgissant d'entre les arbres, Mia est apparue sur la plage, habillée comme une mariée, des fleurs dans les cheveux et dans les mains. Elle portait une robe de la Saint-Jean, comme si elle s'apprêtait à danser autour du mât. Je me suis cachée derrière les bruyères pour voir ce qu'elle allait faire. Elle a continué à marcher sur la plage, jusqu'à un phare abandonné, à la porte duquel elle a accroché ses fleurs avant d'entrer.

» C'était comme si je venais de voir un fantôme, sauf que Mia était bien réelle et les empreintes de ses pas bien visibles dans le sable. Elle attendait quelqu'un, les fleurs signalant sa présence à l'intérieur. J'étais décidée à savoir qui allait venir la rejoindre. Plus j'attendais, plus j'étais confuse, et une part de moi se demandait si l'autre personne m'avait vue. Peut-être cette personne se cachait-elle dans la forêt et n'en sortirait-elle qu'après mon départ. Au bout d'une heure, j'ai commencé à douter. De toute évidence, Mia n'était pas en difficulté. Elle était entrée dans le phare de son plein gré. Parce que j'avais froid et que je craignais de tomber malade avant la fête de la Saint-Jean, je me suis décidée à partir.

» Je ne me le pardonnerai jamais. Je suis convaincue que l'homme venu rejoindre Mia était son assassin.

⁂

Ma mère ne cherchait plus à éluder certains détails, elle s'efforçait plutôt d'établir la cohérence des événements qui entouraient et expliquaient le meurtre de Mia. Elle ne s'était pas assise et ne semblait pas vouloir le faire. La sacoche toujours accrochée à l'épaule, elle l'ouvrit et en sortit une invitation.

— Tous les ans, pour la Saint-Jean, la ville organise deux célébrations distinctes, une pour les touristes en vacances dans la région, et une autre, plus prestigieuse, réservée aux résidents. Ceci est une invitation à la première fête, organisée sur les plages et dans les hôtels. En fait de petits enfants dansant autour du mât, des fleurs dans leurs cheveux dorés, il s'agit plutôt d'une opération commerciale. Les festivités sont organisées à peu de frais. Je le sais parce que j'y ai travaillé. Mia était passée à la ferme pour me parler d'un travail lucratif. Elle devait savoir que nous étions à court d'argent et tentait de nous aider. J'ai pris contact avec les organisateurs et ils m'ont proposé de tenir le stand de bière et de schnaps.

» Le jour de la fête, je suis arrivée dans le pré, qui appartenait à Hakan, le matin de bonne heure, pensant trouver une équipe de gens motivés pour faire honneur à un événement très important. Tout reposait sur nous. Cette fête célèbre l'amour du pays, elle est aussi ancienne que la fête des moissons et doit exprimer notre affection profonde à l'égard de la Suède. Ce que j'ai vu ce jour-là était déprimant. Les tentes blanches où on servait la nourriture étaient vieilles et poussiéreuses. Il y avait des poubelles partout, des panneaux peints à la main pour interdire ceci, obliger à cela. La succession de cabines de toilettes en plastique prenait plus d'importance que le mât. Le prix d'entrée incluait la nourriture et les boissons non alcoolisées. Pour deux cents couronnes, une vingtaine de livres, cela paraît raisonnable. Mais la nourriture était préparée en quantité industrielle et à moindres frais. Tu te souviens quand Hakan m'avait demandé d'apporter une salade de pommes de terre à sa fête ? J'ai vu tout de suite le peu de considération qu'on accordait à la salade de pommes de terre, préparée dans des seaux, servie à la louche, une nourriture pour touristes. C'est ce que Hakan voyait en moi. Une touriste parmi d'autres.

» On avait mobilisé beaucoup plus de gens pour distribuer les bières et les alcools que servir les repas : là-bas, les files d'attente s'étiraient sur plusieurs centaines de mètres. C'était une stratégie pour décourager les gens de se resservir. Inutile de le dire, les hommes en particulier n'ont pas tardé à venir chercher des bières. Nous avons été débordés dès le début. Je pouvais penser ce que je voulais de l'organisation, les gens s'amusaient. Il faisait chaud et les participants étaient décidés à passer un bon moment.

» Pendant ma pause-déjeuner, je me suis aventurée jusqu'au mât pour assister au spectacle. Les étudiants dansaient, vêtus de costumes traditionnels. Pendant que je regardais, on m'a tapé sur l'épaule et quand je me suis retournée j'ai vu Mia. Elle ne portait pas de robe blanche ni de fleurs dans les cheveux, comme sur la plage, mais un immense sac-poubelle plein de détritus. Elle m'a expliqué avoir demandé à effectuer ce travail précis parce qu'elle n'avait aucune envie de se déguiser et d'attirer les regards. Déjà, à ce moment-là, j'ai trouvé cette remarque surprenante. Pourquoi cette jeune femme craignait-elle autant d'être regardée ? En guise de réponse, Mia m'a raconté ce qui s'était passé l'année précédente, lors de la fête de la Sainte-Lucie, qui célèbre la lumière lors de la nuit la plus longue de l'année. L'église locale avait décidé de présenter une pièce spécialement écrite pour l'occasion afin de montrer comment on choisissait la jeune fille qui incarnerait sainte Lucie – la sainte couronnée de bougies. Dans la pièce, le maître de chœur bigot choisissait la fille répondant le mieux au stéréotype de la beauté suédoise. L'élue était revêche, mais belle et blonde. Le personnage joué par Mia demeurait secondaire à cause de la couleur de sa peau, alors qu'elle avait le cœur le plus pur. Au cours de la cérémonie, la jeune fille revêche en tête du cortège trébuche et ses cheveux prennent feu à cause d'un excès de laque. Au péril de sa vie, le personnage joué par Mia éteint les flammes. La pièce m'a paru étrange. Plus étrange encore, après la représentation de cette fausse procession, ils avaient lancé le vrai cortège de la Sainte-Lucie dans lequel Mia était placée en tête, ce qu'elle avait vécu comme un supplice. Après cette honte, elle avait juré de ne plus jouer en public.

» Notre conversation a pris fin lorsque Mia a aperçu quelqu'un derrière moi. Je me suis retournée et j'ai vu Hakan pénétrer sous la tente d'un pas furieux. Mia a couru derrière lui. Je les ai suivis jusqu'à l'intérieur, où régnait une grande agitation. Hakan tenait un jeune homme par la peau du cou, un garçon dans la vingtaine, beau, blond, les cheveux longs, un piercing à l'oreille. Le jeune homme, quoique grand et athlétique, n'était pas de taille à rivaliser avec Hakan, qui l'acculait en l'accusant de tourner autour de sa fille. Mia s'est précipitée, elle a pris le bras de Hakan et lui a affirmé ne pas connaître ce garçon. Guère convaincu, Hakan continuait d'exiger une réponse du jeune homme qui posa les yeux sur Mia et éclata de rire, disant que s'il voulait parler de cette fille-là, il était fou, parce qu'il n'aimait pas les Noires. En réalité, il a employé une insulte raciste que je ne répéterai pas. Tout le monde sous la tente devait le juger méprisable, sauf Hakan, qui, comprenant aussitôt que le garçon était raciste, s'est calmé. Quoi que ses espions aient pu lui rapporter, c'était faux. Il s'est détendu. Comme je te l'ai déjà dit, rien ne compte davantage pour lui que la notion de propriété. Au lieu de reprocher au jeune homme ses propos, Hakan s'est excusé de l'avoir accusé à tort.

» Bouleversée par cette scène, Mia a précipitamment quitté la tente en abandonnant son sac d'ordures. Je suis allée voir Hakan pour lui suggérer de courir à sa recherche. Il m'a lancé un regard haineux en me demandant de m'occuper de mes affaires. En passant devant moi dans la foule, les bras le long du corps, il a appuyé fortement sa main contre ma chatte, enfonçant ses doigts à travers ma robe de coton, à tel point que j'ai poussé un cri, après quoi il s'est éloigné comme si son geste avait été un pur accident. Si je l'avais accusé, il aurait nié. Il m'aurait traitée de menteuse. Ou bien il aurait dit que la tente était noire de monde et qu'il m'avait simplement frôlée. De retour au stand de bière, je sentais encore ses doigts sur moi, comme si j'étais faite de pâte et que je garderais pour toujours leur empreinte.

JE ME DEMANDAI si ma mère avait employé ce mot – « chatte » – pour me faire sentir à mon tour, au moins en partie, le choc qu'elle avait éprouvé. Si c'était le cas, elle avait réussi, car jamais ce terme n'avait été prononcé devant moi. Avait-elle une autre arrière-pensée ? Peut-être me croyait-elle trop à l'aise. Après la tendresse et l'intimité que nous venions de partager, elle ruinait mon espoir éventuel de rester à l'abri de la vérité en me rappelant que nous étions confrontés à une violence et une noirceur qu'elle était décidée à éclairer sans exercer aucune censure.

De son agenda, elle sortit une autre invitation, luxueusement imprimée, et plaça les deux cartons l'un à côté de l'autre sur la table pour les soumettre à mon examen.

— Voici l'invitation à la fête privée de la Saint-Jean. Inutile d'attirer ton attention sur leurs différences. Note que mon nom est calligraphié, d'une élégante écriture. On a ajouté mon deuxième prénom – Elin –, mais pas celui de Chris. Deux bizarreries : où avait-on trouvé cette information et pourquoi cette disparité ? Je n'avais donné ce deuxième prénom à personne. Je n'en faisais pas un secret, mais j'étais sûre de ne pas l'avoir laissé échapper par mégarde. La seule interprétation possible, c'est qu'ils agitaient la menace de faire remonter à la surface tout ce qui me concernait. À sa façon, Hakan me signifiait que l'enquête n'intéressait pas seulement l'un de nous deux, et que si je choisissais de le combattre, je devais me préparer à une guerre totale.

JE NE COMPRENAIS PAS LA NATURE DE CETTE MENACE.

— Maman, que pouvaient-ils révéler à ton sujet ?

— L'histoire de Freja ! S'ils l'apprenaient, j'étais fichue. Ces rumeurs m'avaient déjà forcée à fuir ma famille. Aux yeux de mes parents, j'avais tué ma meilleure amie. La vérité importait peu. Hakan parlerait à sa femme au cours du dîner, certain qu'elle répéterait tout à ses amies autour d'un café. Bientôt, des centaines de gens rapporteraient les mêmes rumeurs en même temps. Il y aurait des regards en biais et des sous-entendus. J'aurais été incapable de vivre au milieu de ces mensonges, pas une fois de plus, tout plutôt que ça. J'aurais beau me montrer forte et faire la sourde oreille, il serait arrivé un moment où je n'aurais pu m'exclure du monde. Je n'aurais pas le choix, je serais obligée de vendre notre ferme.

» J'ai décidé d'avancer dans mon enquête avant que ces soupçons n'apparaissent au grand jour. Je ne voulais pas vivre dans la peur, et cette fête de la Saint-Jean m'offrait l'occasion d'observer comment ces gens se comportaient entre eux. Bien sûr, ils feraient attention au début mais, l'alcool aidant, les langues se délieraient, les indiscrétions ressurgiraient et je pourrais alors entrevoir la suite. Si je m'étais inquiétée de la façon dont je serais accueillie le jour du barbecue chez Hakan, restant discrète, je me plaçais cette fois clairement en position d'observatrice. Ma réputation, savoir s'ils m'aimaient ou pas, ne me préoccupait plus. Mon objectif était de repérer les hommes qui tournaient autour de Mia.

» Je t'ai promis de ne pas perdre de temps en descriptions, sauf nécessité absolue. Si je te dis que l'orage menaçait, tu comprendras mieux pourquoi cette Saint-Jean a été la plus éprouvante de ma vie. À tout instant, les nuages risquaient d'éclater. L'atmosphère était lourde d'appréhension, et de nombreux invités en étaient contrariés. La veille, la fête touristique avait bénéficié d'un temps véritablement estival, soleil magnifique et ciel uniformément bleu. Les fêtards avaient bu de la bière jusque tard dans la nuit et s'étaient assoupis dans l'herbe. Ce jour-là, l'air s'était rafraîchi et le vent soufflait en bourrasques. Si l'organisation était bien meilleure, le mauvais temps assombrissait l'humeur générale.

» J'avais décidé de porter une robe traditionnelle suédoise, complétant ma tenue par un bouquet de fleurs sauvages et des nattes. Je m'efforçais ainsi d'apparaître joyeuse et inoffensive. Si on me soupçonnait de toucher la vérité de trop près, mon allure dissiperait les doutes, on se moquerait gentiment de cette bonne femme en robe bleue et tablier jaune. Chris a déclaré que j'allais me ridiculiser et que cela ne nous aiderait pas à nous rapprocher de la communauté. Il n'avait pas encore compris que j'avais abandonné cette ambition. D'abord, nos efforts resteraient vains et surtout, je ne voulais pas entrer dans ce groupe. Je ne pouvais pas lui expliquer tout cela et j'ai dû essuyer sa colère. Il a quitté notre ferme sans moi, dans la voiture de Hakan. Si j'étais décidée à me comporter comme une petite fille, c'était mon problème. En le regardant s'en aller, j'ai regretté que nous ne puissions nous épauler cette fois comme par le passé, dans les moments importants. Mais en réalité, je ne lui faisais pas confiance. Je suis donc partie seule, dans ma robe folklorique, avec ma vieille sacoche en cuir.

» À mon arrivée à la fête, j'ai dû affronter les regards condescendants de quelques femmes. Elles me parlaient comme à une nigaude, et me félicitaient pour mon courage. Comme prévu, tout le monde s'est moqué et a baissé sa garde. Sans conteste, la mise en scène était pittoresque. La fête se déroulait sur une portion de terrain bordant l'Elk, en aval de l'échelle à saumons, non loin du théâtre de verdure très fréquenté l'été. Les traiteurs et les fleuristes s'étaient surpassés. Mais surtout, il y avait le mât, la même structure que la veille, mais décorée du double ou du triple de fleurs. C'était si beau que j'en ai oublié un court instant toutes ces dissonances.

» Élise était là, l'air dédaigneux. Je t'ai dit que je refusais de m'aveugler comme elle, mais certains jours, quand j'avais le moral au plus bas, je comprenais son choix et, à ma grande honte, je l'enviais. Quel soulagement ç'aurait été de chasser de mon esprit le soupçon et de mettre mon énergie au service de la communauté. Finies, les insomnies, les inquiétudes – pas une seconde de plus à m'interroger sur ce qui se passait en amont de la rivière, dans les profondeurs de la forêt. Si j'avais opté pour l'aveuglement, je sais que Hakan s'en serait réjoui et aurait récompensé mon abdication par des marques d'amitié. Mais l'aveuglement n'est pas le chemin le plus facile. Il nécessite engagement et abnégation. C'était trop cher payé : je deviendrais alors une réplique d'Élise. Peut-être était-elle elle-même la réplique d'une autre femme, peut-être cet aveuglement obéissait-il à un schéma vieux de plusieurs générations, où les femmes, contraintes de refouler toute question ou critique, jouaient un rôle aussi ancien que ces fermes – dévotion et loyauté. J'aurais pu en contrepartie y gagner la reconnaissance, voire une sorte de bien-être. Sauf quand j'examinerais ma conscience parce que, alors, je me haïrais. C'est le jugement que nous portons sur nous-mêmes quand nous examinons notre conscience qui doit guider nos décisions.

» Comme moi, Mia est arrivée seule. Plus surprenant encore, elle aussi était déguisée. Elle portait une robe de mariée, elle avait des fleurs dans les cheveux et un bouquet à la main. C'étaient les vêtements que je lui avais vus sur la plage, mais ils avaient perdu leur blancheur éclatante. Sa robe était sale et déchirée, les fleurs perdaient leurs pétales. On aurait dit qu'elle avait été agressée dans la forêt en rentrant du phare. Au début, elle s'est tenue à l'écart de tout le monde, elle est allée au bord de la rivière où, le dos à la fête, elle a fixé le courant. Un peu plus tard, j'ai remarqué sa démarche étrange, comme si elle devait se concentrer sur chaque pas. Mon intuition ne m'a pas trompée car, quand j'ai fini par la saluer, Mia avait les yeux injectés de sang. Elle était ivre ! Elle avait probablement apporté sa propre bouteille – on ne l'aurait pas servie ici. Certes, il arrive que les adolescents s'enivrent et il est inutile de dramatiser, mais la voir ainsi hébétée en plein après-midi dans une fête comme celle-ci ne me paraissait ni anodin ni agréable : elle noyait manifestement dans l'alcool un esprit troublé.

» Lorsque nous avons commencé à danser autour du mât, Mia ne pouvait, ou ne voulait plus cacher son ivresse. D'autres invités avaient commencé à remarquer que quelque chose n'allait pas et je voyais que Hakan se préparait à la ramener à la maison. Une décision aussi radicale allait provoquer un certain émoi. Il avait dû estimer que mieux valait une interruption courte et contrôlée que le scandale qui risquait de se produire. Je ne pouvais pas le laisser faire. Si Mia buvait, il y avait une raison. Il m'apparaissait clairement qu'elle se soûlait afin d'affronter quelqu'un, pour se donner du courage. Il fallait absolument lui permettre de gagner du temps et de mettre son plan à exécution.

» J'ai pris doucement Mia par le bras et l'ai guidée vers la scène en faisant signe à tous de se rassembler. Une fois tous les invités autour de moi, y compris Hakan, j'ai improvisé sur l'histoire de la fête de la Saint-Jean, expliquant que lors de cette nuit, la magie opérait avec le plus de force, que nos aïeux dansaient pour accomplir un rituel de fertilité destiné à imprégner la terre et assurer de riches récoltes. Arrivée là, j'ai tendu à chaque enfant une fleur de mon bouquet en leur disant que, selon la tradition, ils devaient la placer sous leur oreiller, et que dans leur sommeil, ils rêveraient de leurs futurs amoureux, maris et femmes. Il y a eu des gloussements tandis que les enfants prenaient les fleurs. Je devais leur apparaître comme une gentille sorcière, mais mon excentricité dissimulait un autre motif. À Mia, j'ai donné le reste de mon bouquet. J'avais parlé d'amoureux et de maris : comment allait-elle réagir ? Mia a levé le bouquet. J'avais raison ! Elle était sur le point de dénoncer cette communauté et les secrets qu'elle dissimulait. Tout le monde la regardait, attendait. Elle a jeté les fleurs au-dessus de sa tête comme une jeune épousée le jour de son mariage. Nous les avons vues dessiner un arc, la ficelle s'est desserrée, les fleurs se sont échappées et ont pris leur envol, une comète de pétales d'été.

» Hakan s'est précipité, il a empoigné Mia et s'est excusé. Il veillait à ne pas la tirer ou donner l'impression de la brutaliser. Sans résister, elle s'est éloignée vers la Saab argentée. Il l'a fait asseoir sur le siège avant. Elle a baissé la vitre et regardé en arrière.

» “Parle ! avais-je envie de lui crier. Parle, maintenant !”

» Quand la voiture a accéléré, le vent a plaqué sa belle chevelure sombre sur son visage et l'a entièrement couvert.

» C'est la dernière fois que j'ai vu Mia vivante.

RIEN NE M'EMPÊCHAIT de vérifier le témoignage de ma mère. Il suffisait d'entrer le nom « Mia Greggson » dans un moteur de recherche. Si elle avait été assassinée, il y aurait des articles de journaux et des commentaires. Je pesai avec soin la question de savoir si je pouvais agir ouvertement. Annoncer mes intentions n'aboutirait à un résultat que si ma mère connaissait l'existence de tels articles. Elle pourrait même en sortir des copies de son agenda. Dans le cas contraire, elle risquait de prendre peur, de déduire que sans ces preuves je ne la croyais pas. Elle pouvait fuir. Une franchise totale, dans cette situation, n'avait rien d'héroïque – elle était risquée.

— Je voudrais voir si l'avion de papa a atterri, dis-je.

Depuis que Mark nous avait interrompus, ma mère semblait inquiète. L'appartement ne lui offrait plus un abri sûr. Elle avait refusé de s'asseoir ou de poser sa sacoche. Elle faisait les cent pas, de plus en plus nerveuse. Comme je prenais le téléphone, elle dit :

— Son avion a sûrement atterri maintenant.

J'ouvris une nouvelle fenêtre de navigation pour pouvoir afficher la page des arrivées à Heathrow, au cas où elle demanderait brusquement à voir mon téléphone. Ces précautions prises, je tapai le nom de Mia, les doigts hésitant sur le clavier, mauvais acteur cherchant à cacher son anxiété. Ma mère, jusqu'à présent, s'était révélée perspicace.

— Alors ?

— Je tape encore.

J'ajoutai le lieu du meurtre supposé et appuyai sur « recherche ». Écran vide. La connexion s'établissait lentement. Ma mère se rapprocha. Elle leva la main, réclamant l'appareil :

— Laisse-moi voir.

D'un rapide glissement du pouce, je changeai de fenêtre, affichai le site de l'aéroport et lui tendis le téléphone. Elle fixa intensément l'écran.

— Il a atterri il y a vingt minutes.

J'espérais qu'elle ne remarquerait pas l'icône indiquant qu'une deuxième fenêtre était ouverte. Elle ne possédait pas de Smartphone, mais son esprit prévoyait si bien toutes les ruses possibles qu'elle pouvait deviner ou, sans le vouloir, faire glisser l'autre page. Elle leva un doigt, toucha l'écran. Dans ma position, je ne pouvais pas voir quelle page elle consultait. Craignant de me trahir, je décidai de garder mon sang-froid et d'attendre. Elle me rendit le téléphone sans avoir vu l'autre fenêtre. À présent, la recherche sur Mia avait sans doute abouti. Les résultats devaient apparaître sur l'écran, mais je ne pouvais pas le regarder car ma mère s'adressait à moi :

— Chris va se dépêcher de prendre un taxi et traverser la ville. Il voudra profiter de l'effet de surprise. Il n'appellera pas avant d'être arrivé devant l'immeuble. Et quand il sera ici… impossible de m'échapper, pas sans me battre. Je ne m'en irai pas tranquillement comme l'autre fois.

J'ÉTAIS INCAPABLE de me représenter mes parents dans une scène de violence domestique, mais je croyais maintenant inévitable qu'ils échangent des coups s'ils se retrouvaient face à face.

— Maman, on s'en va.

Ma mère s'assura de n'avoir laissé aucune preuve derrière elle. La tentation de regarder mon téléphone était puissante, mais elle avait des réactions imprévisibles et je redoutais d'être pris sur le fait. J'attendis qu'elle soit en bas pour descendre à mon tour. N'y tenant plus, je regardai l'écran.

Le téléphone affichait toute une liste d'articles de journaux suédois. J'eus un choc. J'avais dû penser ne rien trouver du tout – rien qu'une page blanche. J'avais beau avoir promis de rester objectif et ouvert, j'avais dû croire, en mon for intérieur, qu'il ne s'était rien passé, que Mia n'était pas morte. Je cliquai sur le premier lien. La page commença à se charger. Un fragment d'image se dessinait. Je ne pouvais plus courir de risque. Je fis glisser le téléphone dans ma poche, juste à temps, ma mère s'étant retournée au bas de l'escalier. Je lui pris l'épaule, sans la moindre idée de notre destination.

— Où veux-tu aller ? Tu ne voulais pas me parler dans un lieu public.

— Nous déciderons plus tard. Il faut partir tout de suite.

— Et rester dans la rue ?

— Tu essaies de me retarder ? C'est ce que tu cherches ? Gagner du temps pour que Chris réussisse à m'attraper ?

— Non.

— Tu mens !

L'accusation était féroce.

— Je ne veux pas te voir te disputer avec papa. Je veux entendre ton histoire jusqu'au bout. C'est la vérité.

Ma mère ouvrit la porte et nous franchîmes le seuil. Sur le palier, elle appuya frénétiquement sur le bouton d'appel de l'ascenseur puis se ravisa :

— Et s'il était déjà dedans ? Allons-y à pied.

Sans protester, je la suivis dans l'escalier de secours qu'elle descendait à la hâte, presque en courant. Je criai, et l'écho de ma voix résonna dans la structure en béton.

— Maman, j'appelle Mark. Il a un bureau. Il nous trouvera peut-être un endroit pour parler. Il nous faut un lieu où nous serons seuls.

— Dépêche-toi !

Je sortis mon téléphone et examinai l'écran qui affichait un article accompagné d'une photo de Mia telle que ma mère l'avait décrite. L'article signalait sa disparition. Je fis défiler le texte et lus qu'on offrait une récompense à qui fournirait des renseignements. Il n'était pas question de meurtre. Cela dit, rien ne venait contredire le récit de ma mère.

Je composai le numéro de Mark. Il répondit aussitôt.

— Mon père arrive, dis-je. Son avion a atterri. Maman ne veut pas rester dans l'appartement. Il nous faut un autre endroit pour parler. Où nous serons seuls. Où mon père ne nous retrouvera pas.

— Tu es sûr de ne pas vouloir l'attendre ?

— Ce serait une catastrophe.

Mark trouva tout de suite la solution :

— Je vous réserve une chambre d'hôtel. Commande un

taxi et je te rappelle dès que j'ai les détails. Tu vas bien ? Ta mère va bien ?

— Nous allons bien.

— Je m'occupe de l'hôtel. Je te rappelle.

Il raccrocha.

En décalage avec la précipitation de ma mère, je me sentais engourdi, comme après un verre de trop. Est-ce que je prenais la bonne décision ou fallait-il attendre pour permettre à mon père de nous rattraper ? La conversation avec Mark me faisait douter de moi. Je n'avais pas songé à la chambre d'hôtel, la solution évidente à notre problème.

— Attends.

Elle s'arrêta. J'appelai une compagnie de taxis en indiquant vouloir me rendre au centre de Londres. Ils envoyèrent aussitôt une voiture. Pendant ce temps, ma mère, dressée sur la pointe des pieds, inspectait le hall à travers la petite vitre qui nous en séparait.

— On laisse le taxi nous rappeler, dit-elle, ayant constaté qu'il n'y avait personne. Je ne veux pas attendre dans la rue.

Le chauffeur appela au bout de quelques minutes et nous avançâmes dans le hall d'entrée avant de sortir furtivement. Un petit espace ouvert séparait l'immeuble et la grille principale. Il n'y avait nulle part où se cacher, nous étions exposés et incapables de parer à une rencontre fortuite avec mon père. Je sentis l'énorme tension que cette situation exerçait sur ma mère. Nous glisser dans le taxi fut un soulagement et, sans me laisser ouvrir la bouche, elle se pencha vers le chauffeur :

— Allez jusqu'au coin de la rue et arrêtez-vous.

Le chauffeur me regarda, cherchant une confirmation. La requête me surprit, mais je hochai la tête. Ma mère chuchota :

— Pourquoi ce besoin d'avoir une confirmation de ta part ? Il ne sait pas qu'on me soupçonne d'avoir l'esprit dérangé, c'est impossible. Alors pourquoi ? Je vais te le dire. Parce que je suis une femme.

Le chauffeur se gara au bout de la voie étroite qui coupait entre mon immeuble et la rue principale. Je suggérai qu'il m'avait peut-être consulté parce qu'il avait trouvé ses instructions étranges, mais elle écarta cette explication :

— Il n'y a rien d'étrange. Je veux que tu le voies arriver.

— Qui ?

— Ton père.

— Tu veux attendre que papa soit là ?

— Il faut que tu le voies de tes propres yeux. Tu gardes de lui le souvenir d'un homme normal. C'est pourquoi tu es sur la réserve. Mais il n'est plus le même homme. D'ici, tu le verras clairement. Nous ne pouvons pas risquer de rester plus près. Tu comprendras quand tu l'auras vu.

J'expliquai en termes clairs nos exigences particulières à un chauffeur maintenant inquiet. Nous lui achetions son temps. Nous attendrions ici un moment, après quoi il redémarrerait. Ma mère ajouta :

— À notre signal.

Le chauffeur nous examina longuement. Il ne faisait aucun doute qu'il avait déjà eu affaire à un tas de clients bizarres. Une fois le prix convenu, il se plongea dans la lecture de son journal.

À l'extérieur de l'appartement, à l'air libre, le comportement de ma mère avait changé radicalement. Elle refusait de parler, sinon pour exprimer un ordre ou une stratégie. Elle ne se laissait pas aller, pas une seconde, se retournant sans cesse pour surveiller la grille d'entrée par la lunette arrière. Je ne parvenais pas à engager la conversation. Nous attendions en silence, en planque devant mon immeuble.

Mon téléphone sonna. C'était Mark. Il m'indiqua l'adresse d'un hôtel de luxe à Canary Wharf. Il avait payé d'avance la chambre et les extras. Je n'aurais pas besoin de carte de crédit à l'arrivée. Il proposa de nous attendre à l'hôtel, à la réception ou au restaurant.

— Cela me paraît une bonne idée, dis-je.

Je raccrochai et exposai le plan à ma mère. Le taxi nous déposerait à l'hôtel, où elle pourrait terminer son récit sans crainte. Canary Wharf était un quartier excentré, anonyme, et nous n'y avions aucun souvenir. Mon père n'aurait pas l'idée de nous y chercher. Ma mère gardait les yeux fixés sur l'entrée. Comme j'insistais pour qu'elle me réponde, elle me prit soudain le bras, m'obligeant à me baisser. Un taxi nous dépassa. Ma mère retenait sa respiration. Le moteur de l'autre voiture faiblit. Lentement, nous pûmes nous relever, regarder par la lunette arrière comme par-dessus une tranchée. Un taxi noir s'était arrêté devant l'entrée. Mon père en descendit.

C'était la première fois que je le voyais depuis le mois d'avril. Il n'était plus le même. Maigre et mal fagoté, comme ma mère à sa descente d'avion. Il alluma une cigarette et prit une longue bouffée, comme si sa vie en dépendait. J'étais heureux de le voir et d'instinct, j'eus envie de quitter ma cachette et de l'appeler.

Un autre homme descendit du taxi.

— Pas lui ! s'écria ma mère.

L'homme posa une main sur l'épaule de mon père. Surpris, je me redressai, mais elle me tira vers le bas en sifflant :

— Ils vont te voir !

L'autre homme, qui devait avoir l'âge de mon père, était habillé avec soin. Je ne l'avais vu sur aucune photo ni coupure de journal. Mon père n'avait pas annoncé qu'il viendrait accompagné, omission si criante que je me demandai si j'avais écouté l'intégralité de son message. L'inconnu paya le taxi et glissa son mince portefeuille en cuir dans sa poche. Je sentis les doigts de ma mère se resserrer autour de mon bras. Elle avait peur.

— Maman, qui est cet homme ?

Elle pivota, touchant l'épaule du chauffeur, et l'implora :

— Allez ! Allez ! Allez !

Peu habitué à jouer le rôle de complice, le chauffeur prit son temps pour replier son journal, à la grande consternation de ma mère, qui semblait prête à se ruer sur le volant. En me retournant, je vis mon père et son compagnon non identifié devant les portes, en pourparlers. Quand notre taxi redémarra, mon père leva la tête et regarda vers nous ; ma mère disparut de nouveau sous le siège.

— Il nous a vus !

Elle n'accepta de refaire surface que lorsque je pus, quelques minutes plus tard, lui assurer que nous n'étions pas suivis. Je l'aidai doucement à se rasseoir.

— Qui était cet homme ? demandai-je.

Elle secoua la tête, refusant de répondre, posant un doigt sur ses lèvres comme dans le train d'Heathrow, comme Hakan l'avait fait quand il était venu à la ferme. Je me surpris à vouloir imiter ce geste, pour tenter de me l'approprier. Quelque chose en lui échappait à ma compréhension.

Ma mère continua à regarder en arrière pendant la durée du voyage, examinant toutes les voitures qui se faufilaient dans la circulation. Je ne pouvais pas répondre à l'interrogation muette de notre chauffeur que son état alarmait. Un instant j'étais sûr qu'elle souffrait de paranoïa, mais l'instant d'après, sa peur me paraissait justifiée et brusquement, j'en reconnaissais les effets sur moi : je me demandais pourquoi mon père ne m'avait pas prévenu qu'il serait accompagné de cet inconnu tiré à quatre épingles.

Il ne tarda pas à appeler mon téléphone. Je me tournai vers ma mère.

— Il va se demander où nous sommes.

— Ne réponds pas.

— Je devrais lui dire que tout va bien.

— Ne lui parle pas de nos intentions !

— Il faut que je lui explique.

— N'entre pas dans les détails.

Je répondis à mon père, très en colère.

— Le concierge dit que vous venez juste de partir.

Ma mère approcha son visage du mien pour écouter la conversation.

— Maman ne sent pas à l'aise pour parler là-bas. Nous allons ailleurs.

— Où ?

— Elle veut me parler en tête à tête. Je t'appellerai quand nous aurons fini.

— Tu te laisses manipuler, Daniel. Tu fais une bêtise. Plus elle te persuade, plus elle se persuade elle-même. Tu envenimes les choses.

Que je puisse aggraver l'état de ma mère ne m'avait pas effleuré. Mon assurance battait de l'aile.

— Papa, je te rappelle plus tard.

— Daniel…

Je raccrochai. Il rappela. Je ne répondis pas. Il ne laissa pas de message. Ma mère accueillit avec satisfaction ma façon de garder la main.

— C'était minable de t'accuser d'aggraver mon état. Il sait s'y prendre.

Craignant d'avoir commis une erreur, je dis :

— Plus d'attaque personnelle. Restons-en aux faits. Je dirais la même chose s'il parlait de toi de cette façon.

— Les faits, très bien. Pourquoi ne pas t'avoir dit qu'il était accompagné ?

Je la regardai.

— Qui était cet homme ?

Ma mère secoua la tête et, une fois de plus, posa le doigt sur ses lèvres.

Quand il nous arrêta devant l'hôtel, je payai le chauffeur. Nous descendîmes, environnés des architectures de verre et d'acier de Canary Wharf. J'escortai ma mère jusqu'à la réception couverte d'opulents bouquets de fleurs. Les employés de l'hôtel portaient des chemises blanches amidonnées. Je remplis les formalités à la hâte tandis qu'elle gardait les yeux fixés sur les portes, redoutant que les conspirateurs nous aient suivis. Elle me prit le bras, visiblement indifférente aux gens qui nous entouraient.

— Et s'il appelle la compagnie de taxis pour savoir où on nous a déposés ?

— Il ne peut pas savoir quelle compagnie et, s'il le savait ou s'il le devinait, on ne lui communiquerait pas cette information.

Devant ma naïveté, ma mère secoua la tête.

— On peut les acheter, comme tout le monde.

— S'il vient jusqu'ici, il ne trouvera pas notre chambre, l'hôtel ne lui donnera aucun renseignement.

— Ce qu'il faudrait, c'est prendre un autre taxi, une compagnie différente, donner un faux nom et demander qu'on nous dépose à un autre hôtel, mais pas devant la porte, et faire le reste du chemin à pied.

— La chambre est payée.

L'argent sembla faire effet.

— Papa n'a pas cessé d'appeler, ajoutai-je. Il ne le ferait pas s'il savait où nous sommes.

Ma mère considéra la situation et s'inclina. Les employés faisaient semblant de ne pas écouter. Refusant qu'on nous conduise à notre chambre, je pris la carte-clef et j'expliquai que nous n'avions pas de bagages.

Je me gardai bien de parler jusqu'à ce que nous soyons dans la chambre, porte verrouillée. Il fallait maintenant que ma mère approuve cette chambre du sixième étage, moderne et confortable. Elle se laissa distraire un moment en estimant son prix, sans doute considérable. Elle marcha jusqu'au canapé installé dans l'alcôve sous la fenêtre, garni de coussins de couleurs vives et offrant une vue sur la rivière. Mais son plaisir fut de courte durée. Elle se mit à fouiller la pièce, soulevant le téléphone, ouvrant tous les tiroirs, tous les placards. Assis dans l'alcôve, j'appelai Mark. Il était déjà à la réception. Ne sachant trop comment exprimer ma gratitude, je lui dis :

— Je te rembourserai.

Il ne répondit pas. À vrai dire, je n'avais aucune idée du prix et je ne pouvais pas le rembourser. Entre-temps, ma mère, passée de la chambre à la salle de bains, avait inspecté le couloir puis étudié le plan des autres chambres et des issues de secours. Cela fait, elle posa la sacoche sur la table basse, à côté de la coupe de fruits et de la bouteille d'eau gazeuse qu'on offrait maintenant en guise de bienvenue.

J'ouvris le minibar et choisis une boisson énergisante sucrée et caféinée, que je versai sur des glaçons et commençai à siroter.

— Maman, tu veux quelque chose ?

Elle secoua la tête.

— Prends donc un fruit.

Elle examina la coupe, opta pour une banane. Nous nous installâmes dans l'alcôve, l'air de pique-niqueurs plutôt que de clients d'hôtel.

— Qui était cet homme ?

MA MÈRE OUVRIT SA SACOCHE, en sortit l'agenda et me tendit une liste de noms manuscrite. Au premier coup d'œil, j'en comptai six.

— L'homme figure dans ce répertoire de suspects. Je te l'aurais montré plus tôt si je n'avais pas été sûre que tu y verrais un pur produit de mon imagination. Cette liste, maintenant, commence à exister concrètement. L'un de ces hommes m'a suivie jusqu'ici, prêt à prendre des mesures radicales pour m'arrêter.

» En tête, il y a Hakan et Chris. Ton père aussi. Désolée, mais c'est ainsi.

» Il y a Ulf Lund, l'ermite des champs.

» Il y a le maire, Kristofer Dalgaard, dont je t'ai déjà parlé – c'est lui qui m'a trahie en racontant à Hakan mon aventure avec l'élan.

» À ce propos, tous ceux qui figurent ici, y compris Ulf, assistaient à la fête de la Saint-Jean ce jour où Mia, ivre, a été vue en vie pour la dernière fois. Ces six hommes se trouvaient dans la foule quand elle a jeté ses fleurs en l'air. En me repassant le film, j'ai essayé de déterminer l'endroit où le bouquet aurait atterri s'il ne s'était pas défait, à quels pieds il serait tombé. Je ne peux pas le dire avec certitude, mais je crois que Mia visait le nom suivant sur la liste.

» Stellan Nilson est inspecteur, l'un des plus hauts fonctionnaires de la région. Il deviendra très important dans la suite des événements. Plus qu'un ami, c'est un frère pour Hakan. Ils vont jusqu'à se ressembler – grands, forts, sérieux. Quand ils se tiennent debout l'un à côté de l'autre, les gens demandent souvent s'ils ont un lien de parenté ; ils en sont ravis et répondent que ça pourrait être le cas.

» En dernier vient Olle Norling, une célébrité de la télévision et de la radio, médecin – sur le papier car il n'a ni cabinet ni véritables patients. C'est un homme de spectacle, une vedette, un amuseur dont le numéro de cirque consiste à délivrer des messages sur le développement personnel. Il présente des émissions de santé sur des chaînes de télévision populaires, publie des livres qui expliquent comment perdre du poids en souriant cinquante fois par jour et donnent des conseils tirés par les cheveux. C'est un simulateur, un charlatan adulé par le public et très soucieux de préserver son image de sorcier doux et empathique. En réalité, il a atteint ces sommets en combinant technique bien rodée et matraquage indécent. Le Dr Norling a été le premier à me déclarer folle :

» – Vous êtes malade, Tilde.

» C'est ce qu'il a dit, en anglais, en hochant lentement la tête, comme s'il ne pouvait désirer pour moi que le meilleur.

» L'un de ces hommes est à Londres en ce moment même, avec Chris, à ma poursuite.

JE DEVINAI LEQUEL, à sa description véhémente du personnage.

— Le docteur ?

— Le Dr Olle Norling. Ils n'ont pas réussi à me faire interner en Suède, ils essaient ici. L'asile m'a laissée libre et les véritables médecins m'ont déclarée parfaitement saine d'esprit, mais ils s'accrochent à l'idée de me voir enfermée, abrutie de drogues et privée de toute crédibilité. Ils arrivent trop tard pour t'empêcher d'entendre la vérité. Leur seule option désormais consiste à nous séparer pour t'obliger à rejoindre leurs rangs – pour anéantir en moi la force capable de les faire comparaître devant la justice. Les conspirateurs, à raison, doutent que ton père parvienne à ce résultat. J'ignore si c'est Norling qui a eu l'idée d'émettre des réserves sur ma santé mentale. En tout cas, il a été le premier à le dire à haute voix, et à utiliser contre moi sa réputation et son savoir médical. La question de ma santé mentale ne s'est posée que parce que j'ai refusé leurs explications concernant Mia.

» Après la Saint-Jean, j'espérais pouvoir parler avec elle de cette étrange journée. Mais Mia demeurait introuvable et j'avais peur pour elle. C'était les vacances d'été. Elle aurait dû être dehors, dans la campagne. J'ai commencé à marcher à travers champs, le soir, en jetant des coups d'œil vers la ferme de Hakan, dans l'espoir d'apercevoir Mia sur la véranda ou à la fenêtre de sa chambre. Toujours en vain.

» Une semaine plus tard, la réponse est enfin venue. Je m'étais levée tôt pour travailler à nos chambres d'hôtes et, perchée sur une échelle, je repeignais les murs de la grange quand j'ai vu la Saab argentée de Hakan passer en trombe. Hakan n'est pas un frimeur. Je ne l'avais encore jamais vu conduire avec imprudence. Il devait s'agir d'une urgence. J'ai pensé qu'il allait continuer son chemin à toute vitesse devant notre ferme mais, à ma grande stupéfaction, il s'est engagé dans notre allée. Il est descendu et s'est mis à courir jusqu'à la maison, sans me voir. Craignant de tomber, je me suis accrochée à l'échelle. Quelle explication à tout ça, sinon qu'il était arrivé quelque chose de terrible à Mia ?

» En redescendant à la hâte, j'ai entendu des éclats de voix. Par la fenêtre, j'ai vu Chris et Hakan dans la cuisine. Hakan a tourné les talons, il est ressorti de la maison comme une flèche et il est remonté en voiture. J'ai laissé tomber mon pot de peinture pour courir derrière lui, j'ai posé la main sur la vitre où j'ai laissé des traces de doigts jaunes. Il fallait que je l'entende de sa propre bouche. Il a baissé la vitre.

» – Mia a disparu !

» Ensuite, je ne me souviens de rien, je me suis retrouvée allongée sur le gravier, regardant vers le ciel. Chris tenait ma tête sur ses genoux. La voiture de Hakan n'était plus dans l'allée. J'étais restée inconsciente très peu de temps. Mia a aussitôt ressurgi dans mes pensées et j'ai prié pour que ce soit un cauchemar : j'étais tombée de l'échelle, sur la tête, Mia allait très bien – sauf que je connaissais la vérité. Je l'avais toujours connue. Mes ennemis te diront que cet évanouissement a marqué un tournant décisif : j'ai plongé dans un état second et depuis, rien de ce que j'ai pu dire, penser et affirmer ne doit être pris au sérieux. Des propos dérangés issus d'un cerveau dérangé. Mais voilà la vérité :

mon évanouissement n'a entraîné aucune séquelle. Je reconnais que j'ai pu paraître affaiblie et vulnérable, mais à cause de mon sentiment d'échec absolu. J'avais passé les deux derniers mois à pressentir qu'un danger menaçait Mia et je n'avais rien fait pour la protéger.

» Hakan a donné sa version de ce qui est arrivé la nuit où Mia a disparu.

» Ils se sont querellés, elle s'est mise en colère, elle a attendu que la maisonnée s'endorme, rempli deux sacs de vêtements et disparu en pleine nuit, sans adieu ni mot d'explication.

» C'est ce qu'on nous a raconté. C'est ce qu'on a raconté dans toute la ville, et toute la ville l'a cru.

» Stellan, l'inspecteur, l'ami intime de Hakan, s'est rendu à sa ferme. Je me trouvais par hasard dans les champs à ce moment-là. J'ai vu sa voiture dans l'allée. Je les ai même chronométrés. Au bout de dix-sept minutes, l'inspecteur Stellan est sorti et les deux hommes se sont serré la main. Une enquête de dix-sept minutes, achevée par une tape dans le dos.

» Le lendemain, Hakan est venu nous expliquer que le signalement de Mia avait été diffusé dans plusieurs grandes villcs – Malmö, Göteborg, Stockholm. Mais ce n'était pas une enfant et la recherche de fugueurs était toujours difficile. Tout en répétant ces informations, Hakan baissait la tête, parfois à court de mots, écrasé par le chagrin. En tout cas, c'est ce que nous étions censés croire. Chris l'a réconforté, ajoutant qu'il était sûr que Mia reviendrait, que c'était un comportement typique d'adolescente. Cette conversation n'avait aucune réalité ! C'était une comédie – que les deux hommes jouaient pour moi, Hakan dans le rôle du père brisé, Chris lui donnant la réplique. Mais au-delà de la comédie, ils me mettaient à l'épreuve. Est-ce que j'allais moi aussi poser la main sur son épaule ? Je n'ai pas pu. Je suis restée dans un coin de la pièce, aussi loin que possible.

Si j'avais été plus habile et avisée, je l'aurais pris dans mes bras, j'aurais versé des larmes de crocodile sur son chagrin. Mais je ne suis pas comme lui, douée pour le mensonge et, dans un geste de défi et d'opposition, je lui ai bien signifié que je ne le croyais pas. Avec le recul, je comprends mon erreur d'appréciation. À partir de ce moment-là, j'ai été en danger.

RETOURNANT À SA SACOCHE, ma mère en sortit une affichette qu'elle déplia sur la table basse, puis revint s'assoir à côté de moi.

— Elles n'ont pas été imprimées sur l'ordinateur de Hakan. Il s'est adressé à une imprimerie professionnelle qui a utilisé du papier de première qualité. La mise en pages elle-même est soignée, plutôt comme un encart dans *Vanity Fair* ou *Vogue*. C'est l'avis de recherche le plus extravagant au monde. Il y en avait partout. Un jour, j'en ai compté plus de trente, autour des arbres, sur un panneau à la plage, à l'église et dans les vitrines le long de l'artère commerçante. Ces emplacements me laissaient perplexe, car Mia ne se serait cachée dans aucun de ces endroits. Si elle avait fugué, elle serait allée dans une ville. Si elle avait fugué, elle serait allée loin, très loin, pas à moins de deux kilomètres de chez elle. Et si elle avait fugué, elle ne l'aurait dit à personne, parce que Hakan l'aurait su dans la seconde, et donc ces affichettes ne servaient à rien, sinon à montrer que Hakan avait fait ce qu'on attendait de lui, et sans regarder à la dépense.

» On annonce ici une forte récompense pour tout renseignement et il n'y a pas de faute d'impression : cent mille couronnes suédoises, dix mille livres ! Il aurait pu offrir un million de dollars ou un coffre rempli d'or ; il savait qu'il n'obtiendrait rien. C'était la façon la plus grossière de se mettre en avant : “Regardez combien je suis prêt à payer ! Mon amour pour Mia a un prix et il est plus élevé que tout ce que vous avez jamais vu sur un avis de recherche !”

» À en juger par ton expression, tu vois dans ces affiches la preuve de son innocence, exactement comme il l’escomptait.

MA MÈRE AVAIT LA PRÉTENTION DE TOUJOURS DEVINER ce que je pensais, mais elle se trompait.

— Je ne crois pas que ces affiches prouvent son innocence. Elles ne prouvent rien. Tu peux y voir une chose et son contraire. S'il n'avait pas dépensé cet argent, s'il n'avait pas placardé les affiches, ou alors une seule et de mauvaise qualité, tu l'aurais accusé d'être insensible. Ou dévoré de culpabilité...

— Mais je ne peux pas juger une chose qu'il n'a pas faite.

— Ce que je veux dire...

— Pour toi, ce n'est pas une preuve. Soit. Passons là-dessus. Tu ne dois pas douter de son innocence parce que je le dis, ni à cause de ces affiches. Tu dois en douter parce que le récit de Hakan ne tient pas debout. Mia se serait enfuie de la ferme le 1er juillet. Qu'est-ce qu'une fille de seize ans pouvait faire ? Mia n'avait pas de voiture, personne n'a appelé de taxi, comment a-t-elle quitté une ferme au milieu de nulle part en pleine nuit ? Sa bicyclette était restée à la ferme. On ne l'a pas vue à la gare le lendemain matin. Elle n'a pas pu marcher parce qu'il n'y avait nulle part où aller à pied, les distances étaient trop grandes. Je me suis échappée d'une ferme à l'écart de tout et je peux te le dire d'expérience : on ne fait pas ça sans un plan. Selon Hakan, elle disposait d'un créneau de dix heures pour disparaître, dix heures pendant lesquelles, à des kilomètres à la ronde, le monde était plongé dans le noir, les gens dans leur sommeil. Aucune boutique ouverte. Aucun transport public. Mia s'était tout simplement volatilisée. Voilà ce que nous étions censés croire.

» J'ai jugé de mon devoir de parler à la police, sans avoir consulté Chris, pour voir s'ils prenaient l'affaire au sérieux. Je suis allée en ville à bicyclette. Les boutiques étaient pleines. L'artère commerçante grouillait de monde. Dans le café où, à peine quelques semaines auparavant, j'avais partagé une pâtisserie avec Mia, d'autres gens buvaient, riaient, indifférents à la disparition de cette jeune fille. Le désir de tranquillité est l'un des grands maux de notre époque. Hakan l'avait parfaitement compris : nul ne s'émeut tant qu'on ne découvre pas un corps, la preuve qu'il y a eu crime. Tout le monde préférait croire que Mia s'était enfuie plutôt que d'envisager la possibilité qu'on l'ait assassinée.

» Plus silencieux qu'une bibliothèque, le commissariat était aussi absurdement propre, comme s'ils passaient tout leur temps à cirer le parquet et à laver les vitres. De toute évidence, ces policiers n'avaient jamais eu à résoudre aucune affaire criminelle. C'étaient des novices. À Stockholm, j'aurais eu une chance de trouver un allié, un familier de la noirceur du cœur humain. Mais pas ici. Ces hommes et ces femmes étaient bien accrochés à leurs postes et au fait des arcanes d'une petite ville de province.

» À l'accueil, j'ai demandé à parler à l'inspecteur Stellan. Je m'attendais à patienter de longues heures, mais j'avais à peine lu une page ou deux de mes notes quand Stellan m'a fait entrer dans son bureau. Peut-être à cause de sa ressemblance avec Hakan, il ne semblait pas à sa place ici, avec ces stylos et ces trombones. Il m'a indiqué un fauteuil, et, dressé au-dessus de moi, m'a demandé en quoi il pouvait m'être utile. J'ai voulu savoir pour quelle raison on ne m'avait pas interrogée sur la disparition de Mia. De but en blanc, il a demandé si je savais où elle se trouvait. J'ai répondu que non, je ne savais pas, bien sûr, mais que je ne croyais pas à une simple fugue. Je n'avais pas le courage d'énoncer clairement mon hypothèse, pas encore, pas sans preuves suffisantes. Le plus intéressant, c'est que Stellan ne me regardait pas comme si j'étais folle ou comme si je débitais des absurdités. Il me regardait comme ça…

MA MÈRE POSA SUR MOI UN REGARD qui pouvait signifier la tristesse, l'attention ou l'ennui.

— Comme si je représentais une menace ! Pour estimer dans quelle mesure j'allais poser un problème. Ce commissariat et son plus haut fonctionnaire n'avaient aucune intention de dévoiler la vérité. Tout leur travail s'appliquerait à dissimuler la vérité. Cette enquête exigeait quelqu'un de sceptique – quelqu'un d'extérieur. C'est le rôle que j'ai joué malgré moi. J'ai remercié Stellan de m'avoir accordé du temps et décidé que l'étape suivante, la seule étape logique en l'absence de forces de police dignes de ce nom, en l'absence de mandat de perquisition, consistait à entrer par effraction dans la ferme de Hakan.

TANDIS QUE J'IMAGINAIS, perplexe, ma mère en train de pénétrer par effraction dans une maison, elle fit disparaître ses mains dans la poche la plus profonde de la sacoche. Je ne pus rien voir jusqu'au moment où, lentement, elle les ressortit. Elle avait enfilé une paire de gants rouges qu'elle me montra avec gravité, comme s'ils fournissaient une preuve aussi concluante que des gants trempés de sang. La situation était un peu absurde, et pourtant cet écart entre le sérieux qu'affichait ma mère et ces gants fantaisie ne prêtait pas à rire.

— Pour ne pas laisser d'empreintes ! C'étaient les seuls gants que je possédais, des gants de Noël épais. Je les ai glissés dans ma poche au plus haut de l'été, pour le cas où l'occasion de m'introduire chez Hakan se présenterait. Tu peux en témoigner : je n'ai encore jamais fait pareille chose. Je n'allais pas m'introduire chez lui au milieu de la nuit comme un cambrioleur professionnel. J'attendrais le moment opportun, je profiterais d'une absence combinée de Hakan et d'Élise. N'oublie pas que nous sommes dans la Suède rurale, personne ne verrouille sa porte, il n'y a pas d'alarmes. Le comportement d'Élise avait changé depuis la disparition de Mia. Elle ne travaillait pas, restait assise sur la véranda, perdue dans ses pensées. Je te l'ai décrite au début comme une femme toujours occupée, et c'était fini. Avant que tu me coupes – je t'accorde qu'il existe mille explications. Quelle que soit la manière dont tu interprètes ce changement, celui-ci me rendait la tâche plus difficile, car elle se trouvait plus souvent chez elle.

» Un jour, j'ai vu Élise et Hakan partir ensemble. Je ne savais pas où ils allaient ni pour combien de temps, quelques minutes ou quelques heures, mais c'était ma seule chance et je l'ai saisie, abandonnant mon travail dans le potager, traversant les champs au pas de course et frappant à leur porte pour bien m'assurer que la maison était vide. Sans réponse, j'ai frappé à nouveau et je me suis demandé, en enfilant ces gants épais, si j'aurais le courage d'ouvrir la porte et de pénétrer dans leur maison. Comme tous les gens intelligents, je suis prête à violer la loi s'il le faut. Mais cela ne veut pas dire que je trouve cela facile.

» Enfile les gants et prends ce verre.

» Tu vois ?

» Ils glissent. Ils ne sont pas pratiques. Aucun cambrioleur professionnel ne s'en servirait. Debout devant la maison, j'ai commencé à m'énerver, parce que je portais des gants en plein été pour essayer de pénétrer dans une ferme et que je ne parvenais même pas à ouvrir la porte. La poignée ronde et lisse ne tournait pas facilement. J'ai essayé plusieurs fois. À la fin, j'ai dû saisir la poignée à deux mains.

» Ces premiers pas à l'intérieur, de la porte d'entrée jusqu'au bas de l'escalier, ont été parmi les plus angoissants de ma vie. J'étais tellement marquée par la tradition suédoise du respect dû au foyer que je me suis même déchaussée – rien de plus idiot pour un cambriolage – et que j'ai déposé mes sabots sur la première marche, belle façon d'annoncer ma présence à quiconque rentrerait.

» Je n'avais jamais gravi l'escalier de cette maison. Qu'ai-je découvert ? Prends un catalogue de mobilier milieu de gamme et tu y trouveras la chambre à coucher de Hakan. Propre et bien rangée. Un lit en pin, une armoire en pin, immaculée, pas de désordre sur les tables de chevet, ni médicaments, ni livres, ni tas de linge sale. Les touches décoratives, aussi rares qu'inoffensives, se limitaient à des œuvres d'artistes locaux acceptables, encadrées et accrochées au mur. Tout cela donnait l'impression d'un magasin d'exposition de meubles, sans réalité et, je te livre mon sentiment avec précaution, sans esprit critique mais avec mon expérience de femme mariée pendant des années – j'étais sûre, debout au milieu de cette pièce, à côté d'un vase de tulipes en bois peint, que personne ne faisait l'amour là-dedans. C'était un espace asexué, et non, je n'en ai pas la preuve. Mais une chambre peut révéler beaucoup de choses et j'ai la conviction que Hakan cherchait ailleurs la satisfaction de ses besoins sexuels. Élise avait dû céder là-dessus et pour la première fois, j'ai eu pitié d'elle, la loyale Élise, prisonnière de cette chambre en pin. Je suis sûre qu'elle-même n'était pas autorisée à coucher à droite et à gauche. Elle lui appartenait. Pas lui.

» En toute logique, Mia occupait la deuxième chambre de l'étage. Mais là, le mobilier était identique à celui de l'autre chambre, même armoire en pin, même lit en pin que ceux de ses parents, aucune touche personnelle excepté un miroir ouvragé. Il n'y avait ni affiches, ni cartes postales, ni photos. On était très loin des chambres d'adolescents que j'avais vues. Il régnait une immense solitude dans cet espace décoré et rangé selon les critères d'Élise, où Mia n'avait joui d'aucune liberté. La pièce semblait lui intimer de devenir comme eux. Mia y dormait peut-être, mais elle ne lui appartenait pas, elle ne reflétait pas sa personnalité. Et puis soudain, j'ai perçu l'odeur ! La pièce avait été complètement nettoyée, le lit refait, les draps étaient frais et repassés, propres, et l'aspirateur avait ôté le moindre grain de poussière. Un diffuseur électrique poussé au maximum envoyait un parfum de lavande. Si la police scientifique venait effectuer des prélèvements, j'étais sûre que les inspecteurs ne trouveraient pas une seule particule de peau appartenant à Mia. C'était la propreté portée à un degré sinistre.

» J'ai ouvert l'armoire. Elle était pleine. J'ai ouvert les tiroirs. Ils étaient pleins. Selon Hakan, elle avait emporté deux sacs. Remplis de quoi ? me suis-je demandé. Il ne manquait pas grand-chose. Je ne peux pas dire quelle quantité de vêtements renfermait l'armoire avant son départ et comparer, mais on n'avait pas l'impression d'être dans une chambre mise à sac par une jeune fille se préparant à fuguer. Il y avait une bible sur la table de chevet. Mia était catholique. Je ne sais pas si elle croyait en Dieu ou pas ; en tout cas, elle n'avait pas emporté la bible. Je n'y ai trouvé aucun indice, ni notes, ni pages arrachées, ni commentaire en regard du verset de l'Épître aux Éphésiens qu'Anne-Marie avait brodé avant de se donner la mort. Sous la bible se trouvait un agenda qui listait des événements, des devoirs de classe, mais aucune référence à sa vie sexuelle, des petits amis ou petites amies, des confidences. Aucun adolescent au monde ne tient ce genre de carnet. Mia devait se douter qu'on fouillait sa chambre. Elle écrivait ce journal en sachant qu'il serait lu – c'était celui qu'elle voulait mettre entre les mains de Hakan et d'Élise. Il s'agissait d'une ruse, d'une diversion destinée à apaiser la curiosité d'un parent. Mais pourquoi inventerait-on un leurre pareil si l'on n'avait pas beaucoup à cacher ?

» Je m'étais juré de ne rester que trente minutes, mais au terme du délai, je n'avais trouvé aucune preuve et me refusais à partir les mains vides. J'ai décidé de continuer jusqu'au moment où j'aurais trouvé quelque chose, quel que soit le risque. Je me suis rendu compte que je n'avais pas prêté attention à ce miroir qui détonnait. Il ne provenait pas d'une brocante ni d'un magasin de meubles, il avait été façonné à la main par un artisan ambitieux, le cadre en bois dessinant des volutes autour de la glace ovale. En m'approchant, j'ai remarqué que le miroir n'y était pas fixé : il y avait des griffes d'acier en haut et en bas, que j'ai fait pivoter comme des clefs. Le miroir s'est échappé du cadre et je l'ai aussitôt rattrapé pour qu'il ne se fracasse pas au sol. Derrière, creusé dans le bois, était ménagé un espace profond. La personne qui avait fabriqué ce miroir insolite avait une arrière-pensée. Il avait été conçu comme une cachette, spécialement pour Mia. Voici ce que j'ai trouvé à l'intérieur.

MA MÈRE ME PRÉSENTA LES RESTES DÉCHIQUETÉS d'un petit carnet. Il y avait une couverture devant et derrière, mais les pages intérieures avaient été déchirées. Pour la première fois, je me sentis réagir avec une émotion intense à la pièce qu'elle produisait, comme si cet objet conservait quelque trace incontestable de violence.

— Imagine l'auteur du crime en pleine action, ses mains puissantes arrachant les pages, l'air rempli de mots. Si sa motivation avait été de détruire une preuve, le feu ou les eaux de l'Elk auraient été plus efficaces. C'est pourquoi je pense qu'il faut voir là la marque d'une réaction farouche aux pensées consignées dans ces pages, une expression de haine impliquant un crime à venir, ou déjà commis.

» Examine par toi-même.

» Il ne reste presque plus rien, rien que des fragments accrochés à la reliure, des dents de papier marquées de bribes de mots. J'ai compté exactement cinquante-cinq lettres isolées et seulement trois mots complets.

» *Hans*, qui veut dire "son" en suédois.

» *Rök*, le mot suédois pour "fumer", et pense, s'il te plaît, à qui fume et qui ne fume pas.

» *Räd*, qui n'existe pas en suédois, mais je crois que le dernier "*d*" a été arraché et que ce devait être *rädd* – "terrifié".

» Le carnet était trop important pour que je le remette à

sa place. Mais voler ce qui restait du journal de Mia constituait une provocation, le signe indiscutable de mon intention de poursuivre le coupable jusqu'au bout. Quand Hakan constaterait la disparition de la pièce à conviction la mieux à même de prouver que Mia n'avait pas fugué, il passerait sa ferme au peigne fin pour brûler les indices à charge contre lui. En toute logique, ce n'était plus la première mais la seule chance pour moi de réunir des preuves. Je ne pouvais pas partir. Debout dans la chambre de Mia, me demandant quel autre endroit fouiller, j'ai regardé en direction des champs et j'ai vu la butte, l'abri souterrain où Hakan sculptait ses trolls obscènes et où il y avait une porte cadenassée. Je devais agir tout de suite.

» Glissant les restes du journal de Mia dans ma poche, j'ai inspecté le petit placard à clefs sculpté accroché au mur. Dans les fermes, il y a toujours un grand nombre de clefs, pour les granges et les tracteurs. Je les ai passées en revue l'une après l'autre, aucune ne portait d'étiquette, il me faudrait des heures pour les essayer toutes : j'ai donc couru jusqu'à la cabane à outils et volé une pince coupante. Sans quitter mes gants rouges, je suis vite allée jusqu'au souterrain, j'ai cisaillé le premier cadenas puis, ayant ouvert la porte, j'ai cherché le cordon à tirer pour allumer la lumière. Le spectacle qui m'attendait était si dérangeant que j'ai dû lutter pour ne pas fuir à toutes jambes.

» Dans un coin, des trolls entassés pêle-mêle formaient comme une montagne de corps atrocement défigurés, coupés en deux, énucléés, décapités, écrasés. Il m'a fallu quelques secondes pour réunir le courage de passer devant cet empilement, en marchant sur les débris de bois, et d'approcher l'autre porte. Ce cadenas-là était bien différent de celui accroché à la porte extérieure, nettement plus solide. Pour finir, au prix d'un gros effort, les lames ont cisaillé l'acier, j'ai saisi la poignée et j'ai ouvert.

» À l'intérieur, j'ai trouvé une table en plastique. Sur la

table, une boîte en plastique. Dans la boîte, une caméra vidéo numérique. La mémoire avait été effacée. Trop tard. Les réponses avaient disparu, ne laissant que d'autres questions. La pièce était équipée de prises de courant – une série de cinq. Pourquoi ? Une mousse antibruit recouvrait les murs. Pourquoi ? Le sol était parfaitement propre. Pourquoi, alors qu'il régnait un tel capharnaüm à côté ? C'est là que j'ai entendu la voix de Hakan appeler depuis la ferme.

» J'ai reposé la caméra et je me suis précipitée à la porte extérieure pour jeter un coup d'œil. L'abri était visible depuis la maison. J'étais piégée. Il n'y avait pas d'arbre, pas de buissons, nulle part où me cacher. Je voyais Hakan devant la cabane à outils. Bêtement, j'avais laissé la porte ouverte et il inspectait les lieux, se demandant sans doute si on l'avait cambriolé. Il ne tarderait pas à remarquer l'absence de la pince coupante et appellerait la police. Mon temps était compté. Dès qu'il a eu tourné le dos, j'ai couru vers les champs aussi vite que j'ai pu. Parvenue à la lisière des blés, je me suis jetée au sol et j'ai attendu en haletant de trouver le courage de lever la tête. Hakan se dirigeait vers l'abri, à une centaine de mètres. Lorsqu'il est entré, j'ai commencé à ramper sur mes coudes.

» Quand je suis arrivée sur notre terrain, j'ai constaté que j'avais gardé les deux cadenas. Je les ai enterrés profondément, j'ai fourré mes gants dans ma poche par-dessus le carnet et je me suis dirigée vers la maison en frottant mes vêtements. J'ai pris le panier plein de pommes de terre que j'avais laissé près du potager et je suis entrée en lançant que j'avais ramassé de bien belles pommes de terre pour le dîner ! Mais Chris n'était pas là, et mon alibi – des pommes de terre valaient bien un saumon – ne servait à rien. J'ai entrepris de laver et d'éplucher les pommes de terre, une quantité considérable, car il me faudrait bien expliquer ce que j'avais fait ce matin si on me posait la question.

» Un peu plus d'une heure s'était écoulée et j'avais

accumulé de quoi nourrir dix fermiers affamés, quand j'ai entendu Chris à la porte. Je me suis retournée pour lui raconter mon innocente histoire, et c'est l'imposante silhouette de Stellan que j'ai découverte sur le seuil.

MA MÈRE N'EN AVAIT PAS TERMINÉ AVEC LES GANTS. Elle les ramassa, les enfonça dans la poche de son jean, laissant dépasser un bout de laine.

— L'inspecteur voulait m'interroger et les gants étaient restés dans ma poche. Comme ça !

» Un doigt rouge vif dépassait et en dessous, il y avait le journal de Mia. Difficile d'expliquer leur présence au milieu de l'été. S'il les remarquait, il trouverait le carnet et j'irais en prison.

» Stellan ne parlait pas bien l'anglais. Dans la situation présente, il lui fallait communiquer en suédois pour éviter tout malentendu. J'ai demandé à Chris d'attendre que notre conversation soit terminée pour que je lui en fasse ensuite la traduction. Je me suis installée à la table de la cuisine, Stellan en face de moi, Chris restant debout à côté de l'inspecteur. D'une certaine manière, on aurait dit un interrogatoire, ces deux hommes contre moi. J'ai d'abord demandé si cela concernait Mia. L'inspecteur a répondu que non, il ne s'agissait pas de Mia mais de l'effraction qui avait eu lieu à la ferme de Hakan. On avait forcé la porte de son atelier de sculpture. J'ai dû dire quelque chose comme : “C'est terrible”, avant de demander ce qu'on avait volé. Il m'a répondu que rien n'avait été volé, que les cadenas avaient été sectionnés mais qu'on n'avait rien emporté d'autre. J'ai dit que c'était curieux, très curieux, que peut-être les voleurs cherchaient quelque chose en particulier, espérant qu'il mentionnerait l'autre pièce, aussi propre et sinistre que la chambre de Mia, mais il n'a pas mordu à l'hameçon. L'inspecteur Stellan s'est penché en avant et m'a dit qu'il n'y avait jamais de cambriolages dans cette région de Suède. Que de tels incidents se produisaient très rarement. Je n'aimais pas la façon dont il me regardait. Avec cet air accusateur et hostile. Je n'aimais pas sa référence à "cette région de Suède", comme s'il était le gardien de ce royaume, et moi une étrangère dont il fallait se méfier, comme si j'avais introduit le crime dans le pays du simple fait d'être une étrangère, alors que j'étais née ici ! Je n'allais pas le laisser m'intimider, quels que soient sa carrure ou son statut, et j'ai donc imité sa posture, me penchant en avant, sentant l'épaisseur des gants de laine contre le haut de ma cuisse. Je lui ai demandé pourquoi il parlait de crime puisqu'on n'avait rien volé. Stellan rétorqua que de toute évidence, la disparition des deux cadenas prouvait l'effraction. À quoi j'ai répondu, appréciant ma logique, que la disparition d'un objet ne prouve en rien qu'un crime a été commis. Une jeune fille avait disparu, une belle jeune fille, mais personne ne pensait qu'il y avait eu un crime. En quoi était-ce différent ? Pourquoi la disparition de deux cadenas était-elle plus grave que celle d'une jeune fille ? Je ne comprenais pas : deux cadenas faciles à remplacer, disponibles n'importe où, deux cadenas sans aucune valeur, que personne n'aimait… et il aurait fallu nous terrer chez nous parce que jamais un cadenas n'avait disparu dans cette région ? C'était peut-être bien la région la plus sûre au monde pour les cadenas, mais je n'avais pas les moyens de résoudre ce mystère, aussi grave soit-il. S'il voulait mon avis, il fallait draguer l'Elk, retourner la terre, parcourir les forêts, car nous ne gardions aucun cadenas volé ici.

» Il espérait quoi ? M'arrêter ?

JE REGARDAI MA MÈRE sortir une boîte d'allumettes de la plus petite poche de la sacoche. Elle la déposa soigneusement dans la paume de sa main et l'ouvrit. À l'intérieur se trouvait une girolle dorée nichée dans une boule de coton.

— Un champignon ?

— Seulement une demi-preuve.

Ma mère s'assit à côté de moi, et ce fut l'une des rares fois où je la vis réfléchir à la meilleure façon de me présenter sa preuve.

— Toi et moi allions souvent cueillir des girolles quand tu étais petit. Nous formions une équipe formidable. Tu zigzaguais entre les arbres et tu avais l'œil pour repérer les endroits où elles poussaient. Nous y passions la journée et nous rapportions des paniers pleins. Mais tu les détestais, même quand je les faisais simplement sauter pour les servir sur une tranche de pain grillé. Un jour, tu as même pleuré tant tu étais déçu de ne pouvoir dire comme moi à quel point elles étaient délicieuses. Tu avais l'impression de me trahir. Mieux que n'importe qui au monde, tu peux témoigner de mes connaissances : je n'ai jamais ramassé le moindre champignon dangereux.

J'acquiesçai d'un hochement de tête :

— Pas que je sache.

Ma mère devint plus pressante :

— Tu crois que je pourrais commettre ce genre d'erreur ?

— Difficilement.

— Une fois l'inspecteur parti, Chris a commencé à dire que les travaux que j'avais entrepris dans la grange pour préparer nos chambres d'hôtes sapaient toute mon énergie. J'y passais quatorze heures par jour, sept jours sur sept. Il a dit que j'avais maigri et que je devais profiter un peu plus de la vie en Suède. Comme si l'idée venait de lui traverser l'esprit, il a suggéré que nous prenions un jour de repos pour cueillir des champignons dans la forêt. Je ne savais pas très bien si sa proposition était sincère. Il l'avait présentée de façon si parfaite que je n'avais pas de raison de refuser. Je lui ai accordé le bénéfice du doute, naturellement.

» Le lendemain, il pleuvait, mais Chris ne voulait pas annuler notre projet. Comme un peu de pluie ne me gênait pas, nous sommes partis en bicyclette vers le nord, en direction de la forêt, celle où se trouvait l'Île Goutte. Je me suis efforcée de ne pas penser à l'île, ou aux visites de Chris là-bas. Quittant la route, nous avons emprunté un sentier. Les zones facilement accessibles ne valaient rien. Il nous fallait nous enfoncer dans les parties les plus impénétrables. Nous avons laissé nos bicyclettes sous le couvert d'un arbre non loin de la rivière et emporté nos paniers, tapissés de feuilles de journal afin d'éviter que la couche inférieure des champignons ne s'abîme. Au bout d'un moment, nous avons atteint une colline couverte de rochers gros comme des voitures. Certains étaient complètement couverts de mousse. Personne ne devait s'aventurer là pour cueillir des champignons. J'ai donc indiqué le sommet en disant que j'allais chercher là-bas. Sans attendre de réponse, j'ai commencé à grimper, escaladant les pierres, mes semelles glissant sur la mousse. De là-haut, on voyait des arbres par centaines – sapins, pins et bouleaux argentés – à perte de vue, ni routes, ni hommes, ni habitations, ni lignes électriques, rien que la forêt telle qu'elle existait dans mon enfance, et telle qu'elle existerait longtemps après ma mort. Chris est venu me rejoindre au sommet, à bout de souffle, pour admirer la vue.

» Chris n'a jamais ramassé des champignons avec le même sérieux que toi ou moi. Il manque toujours de conviction. Il aime faire des pauses, fumer et bavarder. Je n'avais pas envie de m'encombrer de lui. Nous avons décidé de nous retrouver aux bicyclettes en fin de journée. Je l'ai laissé derrière moi et n'ai pas tardé à trouver mes premières girolles, réunies en un petit groupe. Plutôt que de les arracher, j'ai utilisé mon couteau spécial afin qu'elles puissent repousser. Au bout de quelques minutes, j'avais trouvé mon rythme et c'était à peine si je redressais la tête entre les zones humides et ombragées où elles perçaient le sol. Et puis j'ai trouvé, niché sous les racines proéminentes d'un arbre d'âge vénérable, un véritable trésor : une bonne trentaine de girolles d'un coup, assez pour me faire pousser un cri de gratitude, comme si la forêt elle-même me faisait un présent. Je ne me suis pas arrêtée avant que mon panier soit plein, oubliant de déjeuner. C'était une cueillette magnifique, comme celles que nous faisions toujours toi et moi. Tu aurais été fier.

» À la fin du jour, il m'a fallu marcher longtemps pour rentrer. J'étais fatiguée et heureuse – plus heureuse que jamais au cours de ces derniers mois, parce que j'avais retrouvé la véritable raison de mon retour au pays, regoûter à des plaisirs comme celui-là. La pluie fine n'avait pas cessé et après toutes ces heures, j'avais les cheveux trempés, mais ça m'était égal. J'étais convaincue que Chris avait abandonné sa cueillette depuis longtemps. J'allais le trouver près des bicyclettes, à l'abri, peut-être devant un feu, au chaud près de la rivière – c'était vraiment ce que j'espérais.

» À mon arrivée, il n'y avait pas de feu. Chris était assis au bord de la rivière, sur le tronc d'un arbre tombé, et fumait l'herbe de Hakan, le dos tourné, la capuche relevée. J'ai posé mon panier à côté du sien, qui ne contenait pas le moindre champignon, et suis allée le rejoindre sur la berge. Il s'est retourné en souriant, ce qui m'a surprise, car je m'attendais à le trouver irrité. Il avait dû m'attendre des heures. Il m'a proposé de m'assoir pour prendre une tasse de thé de la thermos. J'avais les mains mouillées et les doigts gourds. Une boisson chaude serait la bienvenue. Après plusieurs minutes, je l'ai entendu m'appeler.

» Quelque chose clochait. Je me suis levée et j'ai vu Chris debout devant les bicyclettes, les yeux fixés sur mon panier. Il semblait inquiet. C'est le moment de vérité, me suis-je dit. Je n'en connaissais pas la nature, mais je sentais les mâchoires du piège se refermer autour de moi. Mon bonheur n'avait été qu'un leurre. Angoissée, j'ai lentement marché vers lui, ne sachant trop ce qui allait se passer. Il s'est accroupi et a pris mon panier. Au lieu de girolles, il était plein de ça…

MA MÈRE OUVRIT PLUS GRANDE la boîte d'allumettes, faisant apparaître une feuille de bouleau dorée sur le lit de coton.

— Des feuilles, Daniel !

» Des feuilles !

» Le panier était rempli de feuilles ! Chris me regardait avec un air de fausse commisération. Il m'a fallu quelques secondes pour comprendre qu'il ne s'agissait pas d'une blague. Il prétendait que j'avais passé la journée entière à ramasser des feuilles. J'en ai pris une poignée, les écrasant dans ma main, puis j'ai plongé jusqu'au fond. Toutes les girolles avaient disparu. J'ai commencé à jeter des poignées de feuilles en l'air. Chris est simplement resté là, tandis qu'elles retombaient en pluie. C'était parfaitement grotesque. Je n'aurais jamais pu faire une telle erreur. Et puis je me suis rappelé mon couteau. Il portait les traces des pieds coupés. Je l'ai brandi devant Chris pour lui prouver que j'avais raison, mais il a reculé, comme si je le menaçais. Enfin, je comprenais la nature du piège. L'explication semblait évidente : il avait remplacé les girolles par les feuilles qu'il avait ramassées et préparées pendant mon absence. Sous prétexte d'aller me chercher du thé, il avait fait l'échange. En criant, j'ai exigé de savoir où étaient mes champignons, j'ai tâté ses poches, en vain. Les champignons ne pouvaient pas être bien loin. Peut-être avait-il creusé un trou et les avait-il enfouis, puis recouverts de terre. Je me suis mise à chercher, comme un chien creuse à la recherche d'un os. Quand j'ai levé les yeux, j'ai vu Chris venir vers moi, les bras grands ouverts comme pour me maîtriser. Cette fois, je me suis servie de mon couteau pour le tenir à distance. Il essayait de me calmer comme on le fait d'un cheval craintif, mais le son de sa voix me rendait malade. Il fallait que je m'échappe. Je me suis enfoncée dans la forêt en courant. Il s'est élancé derrière moi. J'ai couru plus vite en direction d'une hauteur, pour profiter de mon agilité et de mon endurance. Plusieurs fois il a failli me rattraper, frôlant l'ourlet de mon imperméable, jusqu'à ce que je parvienne au pied de la colline rocheuse que j'ai grimpée à quatre pattes. Je l'ai senti me saisir la jambe, alors je me suis débattue en ruant jusqu'à ce qu'un coup l'atteigne au visage. Il hurlait, furieux :

» – Tilde !

» Mon prénom se répétait en écho dans la forêt, mais je n'ai pas regardé en arrière, je suis parvenue en haut le plus vite possible et je suis entrée dans les bois, laissant Chris hurler au pied de la colline.

» Pour finir, épuisée, je me suis effondrée sous un arbre, sur la mousse détrempée, m'efforçant de bien saisir les implications de la machination orchestrée contre moi. Un peu plus tard j'ai entendu des voix et aperçu les pinceaux lumineux de lampes torches à travers les arbres – un, deux, trois, quatre, cinq, six, sept faisceaux de lumière. Une équipe de recherche. En quelques heures à peine, à la suite de ma dispute avec Chris, on avait réuni une équipe de recherche. C'était une réaction excessive. Pourquoi recruter autant de personnes sinon pour disposer de témoins, faire en sorte que cet incident soigneusement mis en scène soit reconnu de tous ? Chris avait probablement raconté sa version des faits, preuves à l'appui – les bicyclettes, le panier rempli de feuilles, l'endroit où je l'avais menacé du couteau. Il avait été rapide et rusé. Moi, j'avais cédé à une colère irréfléchie.

» Pense au caractère de Chris. Comme tu le sais, il déteste tout ce qui représente l'autorité, il n'aime pas les médecins et il se méfie de la police. S'il n'avait rien eu à se reprocher, il m'aurait recherchée tout seul. Quelles chances pour qu'il appelle la police afin d'organiser une battue ? Zéro. Je n'étais ni perdue, ni blessée – je suis adulte et je n'ai nul besoin qu'on vienne me chercher dans la forêt comme une enfant perdue. Pour réaffirmer mon autorité et ma clarté d'esprit, une seule option s'offrait à moi. Je devais retrouver seule le chemin de la ferme. Voilà qui prouverait que j'avais l'usage de ma raison. Il existe pour cela une expression que j'ai entendue un grand nombre de fois au cours des dernières semaines, une expression latine – *non compos mentis* – irresponsable en raison de son état mental. Si on me retrouvait glacée, errant dans les bois, on me déclarerait irresponsable. Je n'étais pas perdue, j'étais saine d'esprit, et dès que j'aurais retrouvé l'Elk, il me suffirait de suivre le courant jusqu'à la maison.

» Il était minuit quand je suis arrivée à la ferme. Il y avait plusieurs voitures dans l'allée. Mes ennemis m'attendaient. J'ai reconnu la Saab de Hakan, le véhicule de l'inspecteur Stellan et un autre que je ne pus identifier. Une grosse voiture de luxe. J'ai envisagé un instant de m'enfuir, mais c'était une réaction puérile. Je n'avais aucun plan, ni mon carnet, ni ma sacoche, et surtout, je ne pouvais abdiquer ma responsabilité à l'égard de Mia. Fuir ne ferait que conforter mes ennemis qui diraient que j'agissais de façon confuse et incohérente. Je suis entrée dans ma ferme, certaine de tomber sur une embuscade. Même ainsi, je n'étais pas préparée à ce qui allait suivre.

» Le mystérieux et luxueux véhicule appartenait au populaire Dr Olle Norling. Nous nous étions peut-être croisés à l'occasion d'une réception, mais il ne m'avait pas jugée digne de son attention. C'était la première fois que nous nous adressions la parole. Chris se tenait dans un coin, un bandage sur le front, j'ai pensé qu'il s'agissait de la blessure que je lui avais infligée en voulant m'enfuir, un coup de pied à la tête. Celle-ci constituait maintenant une preuve contre moi et s'ajoutait aux feuilles de bouleau. J'ai demandé ce qui se passait, sans agressivité. Il me fallait paraître calme, m'exprimer avec mesure, maîtriser mes émotions. Ces hommes chercheraient à me piéger par les émotions. Ils essaieraient de me provoquer puis me traiteraient d'hystérique. J'ai raconté notre dispute dans la forêt, ma colère et ma décision de rentrer à pied, en insistant sur le fait qu'une intervention policière était disproportionnée. Les inspecteurs n'auraient-ils pas dû plutôt rechercher Mia, le grand Dr Norling présenter son émission, le puissant Hakan s'occuper de son empire ? Pourquoi étaient-ils réunis là, dans notre humble ferme, solennels, avec ces têtes d'enterrement ?

» – Vous m'inquiétez, Tilde, ont été les premiers mots de Norling.

» Il parlait un anglais parfait, d'une voix douce et moelleuse comme un coussin sur lequel on avait envie de poser la tête et s'endormir. Il prononçait mon prénom comme si j'étais une amie chère. Sa capacité à imiter les accents de l'affection véritable devait être la clef de son succès populaire. J'ai dû me pincer pour ne pas me laisser prendre à la ruse de cet homme de spectacle parfaitement exercé.

» En voyant mes ennemis ligués contre moi, j'ai compris toute l'étendue de leur pouvoir. Piliers de la communauté, ils disposaient en plus d'un allié extérieur, Chris, à même de leur fournir une foule de détails personnels. L'idée qu'il leur avait peut-être déjà parlé de Freja me terrifiait. Mais le plus surprenant, c'était la présence de la boîte en fer rouillé posée sur la table, la boîte que j'avais glissée sous l'évier des mois auparavant et qui ne contenait rien d'autre que de vieilles pages à l'encre délavée. Que faisait cette boîte sans valeur à cet endroit bien visible ? Le Dr Norling a remarqué que je la regardais et me l'a placée entre les mains, comme s'il m'offrait un cadeau. Sa voix douce m'a commandé :

» – Ouvrez cette boîte, Tilde.

» Je détestais sa façon de prononcer mon nom.

» – Ouvrez-la, Tilde.

» Je l'ai ouverte.

⁂

Pour la deuxième fois, ma mère sortit la boîte en fer rouillé de sa sacoche. Elle la posa sur mes genoux.

— Norling m'a demandé pourquoi, selon moi, cette boîte était importante. J'ai répondu que je l'ignorais mais il ne me croyait pas, il m'a demandé si j'en étais sûre. Je n'avais aucune idée des raisons pour lesquelles ces messieurs donnaient soudain un poids considérable à une liasse de feuillets endommagés par l'eau, tout froissés et décolorés, sur lesquels on ne distinguait plus rien.

» Ouvre la boîte maintenant et regarde bien les feuillets du fond.

» Tu vois ?

» Ils sont couverts d'écriture, d'une belle écriture surannée, en suédois, bien sûr, du suédois ancien. J'étais sous le choc. Était-il possible que je n'aie pas remarqué les pages du fond, les croyant toutes effacées ? Il y avait si longtemps que je ne me souvenais plus clairement si j'avais regardé toutes les pages ou non. Norling m'a demandé de les lire. En anglais, je me suis écriée :

» – C'est un coup monté !

» Je ne connaissais pas l'expression en suédois. Norling s'est approché, en me demandant pourquoi je croyais à un “coup monté”, répétant l'expression en anglais, la traduisant pour l'inspecteur Stellan avec un air de connivence, comme si celle-ci confirmait sa théorie d'une crise de paranoïa, d'un délire de persécution. J'ai déclaré que les pages étaient vierges quand je les avais trouvées. Norling a insisté à nouveau pour que je les lise à haute voix.

» Je vais te les lire parce que tu ne connais plus aussi bien le suédois qu'avant. La traduction sera approximative car la langue est ancienne. Je veux ajouter, avant de commencer, que personne ne dit que ces pages sont authentiques – ni moi, ni mes ennemis. Quelqu'un a écrit ces lignes récemment, au cours de l'été. La question est de savoir qui, et pourquoi.

JE JETAI UN COUP D'ŒIL SUR L'ÉCRITURE, élégamment calligraphiée à l'aide d'une encre brune peu commune qui semblait avoir coulé avec grâce d'un stylo plume. Ma mère surprit mon regard.

— J'avais l'intention de poser la question à la fin de ma lecture. Comme tu as une longueur d'avance, je te la pose maintenant.

Elle me tendit un feuillet.

— Est-ce mon écriture ?

En me servant de son agenda, je tentai des comparaisons et commençai ainsi :

— Je ne suis pas un expert.

Ma mère écarta mon argument.

— Tu es mon fils. Qui mieux que toi connaît mon écriture ?

Il n'y avait rien de comparable entre les deux tracés. Dans mon souvenir, ma mère n'avait jamais possédé de stylo plume, quant à s'en servir avec cette fluidité, n'en parlons pas. Elle préférait les stylos-bille jetables dont elle mâchonnait souvent le bout quand elle peinait sur ses comptes. Mais surtout, l'écriture ne paraissait pas délibérément déformée ou déguisée. Elle dénotait une personnalité structurée et cohérente. Je pris mon temps, en m'efforçant de discerner des correspondances, fût-ce d'une seule lettre. Impossible. Ma mère s'impatientait :

— Est-ce mon écriture ? Parce que si tu réponds que non, tu dois accepter l'idée que je suis victime d'un complot.

— Maman, autant que je puisse en juger, ce n'est pas ton écriture.

Ma mère se leva, laissant les feuillets sur la table basse. Elle se dirigea vers la salle de bains. Je la suivis.

— Maman ?

— Je ne dois pas pleurer. J'ai promis, pas de larmes. Mais je suis tellement soulagée. C'est pour ça que je suis rentrée à la maison, Daniel. C'est pour ça que je suis revenue !

Elle remplit le lavabo d'eau chaude, défit l'emballage d'un petit savon et se lava le visage et les mains. Elle vit les serviettes bien empilées, prit celle du dessus et s'essuya le visage. Elle me sourit, comme si l'ordre était rétabli. Son sourire me surprit, me rappelant sa grande aptitude au bonheur. Aujourd'hui cependant, il m'évoquait plutôt l'apparition fugace d'un oiseau rare et exotique.

— Je me sens libérée d'un poids, dit-elle.

Si elle avait été libérée d'un poids, celui-ci pesait maintenant sur moi.

Elle éteignit la lumière et regagna la chambre, me prenant la main au passage, me guidant encore vers la fenêtre où nous vîmes disparaître les derniers rayons du soleil.

— Ces pages sont un faux, minutieusement mis au point. Leur but est de suggérer que j'en suis l'auteur, que je suis donc malade et que j'ai besoin de soins. Quand je te les lirai à haute voix, tu percevras le raffinement de leur ruse. On y trouve d'astucieuses références à ma vie. Inutile que je les souligne – tu vas les reconnaître. Mais l'écriture ne ressemble en rien à la mienne et ce simple fait prouvera mon innocence à la police. Mes ennemis prétendent que ce journal est le produit de mon imagination malade, que j'ai inventé un personnage de fiction, une femme qui a habité notre ferme il y a plus de cent ans, en 1899, une femme souffrant de solitude et d'isolement. C'est une attaque audacieuse et créative, bien plus subtile que le coup des champignons. Mais c'était sans compter avec toi, mon précieux fils, qui n'as aucun lien avec les événements de cet été et qui confirmes que je n'ai pas rédigé ce journal.

MA MÈRE COMMENÇA SA LECTURE DEBOUT, comme une comédienne de théâtre lisant son texte mais le jugeant médiocre.

1er décembre – La vie est solitaire dans cette ferme. J'attends avec impatience le jour où mon mari rentrera de voyage. Heureusement, cela ne devrait plus tarder.

4 décembre – Il n'y a pas assez de bois sec pour tenir encore une semaine. Je vais être obligée d'aller dans la forêt en couper un peu plus, mais la forêt se trouve loin et il fait un froid glacial. Il y a d'énormes congères. Je vais économiser le bois restant en espérant que la neige va s'arrêter et que mon mari va rentrer.

7 décembre – Le besoin de bois devient urgent. La neige tombe toujours. Il va être difficile d'aller dans la forêt, et plus difficile encore de rapporter le bois que j'aurai réussi à couper. Je mettrai les bûches en tas sur ma luge. Je n'ai pas le choix. Je ne peux plus attendre.

8 décembre – Ma première incursion dans la forêt a été un succès. J'ai traîné ma luge sur la rivière gelée car la couche de neige y est plus mince que sur la terre. J'ai progressé lentement, mais sûrement. À l'orée de la forêt, j'avais l'intention de chercher les arbres tombés au cours des tempêtes de neige, les plus faciles à couper. Au bout d'un moment, j'en ai trouvé un et je l'ai tronçonné du mieux que j'ai pu. Chargée à plein, ma luge était bien trop lourde pour que je puisse la tirer et j'ai été obligée d'ôter presque tout le bois. J'irai chercher les bûches demain. Mais je suis heureuse. Ce soir, pour la première fois depuis des semaines, j'ai pu profiter de la chaleur de mon feu.

9 décembre – Quand je suis retournée dans la forêt pour ramasser le reste du bois, j'ai vu un grand élan sur la rivière gelée. L'animal a entendu le bruit de ma luge, il s'est tourné et m'a regardée, puis il a disparu entre les arbres. Ma joie a été de courte durée, car j'ai constaté que le bois que j'avais coupé n'était plus là. On me l'avait volé. Il y avait des empreintes de pas dans la neige. Il faisait terriblement froid, il n'aurait donc pas été étonnant que d'autres soient venus en chercher, mais notre ferme est isolée, nous n'avons pas de voisins et ces empreintes s'enfonçaient dans la forêt, pas en direction des habitations. Est-il possible que quelqu'un vive dans ces bois ?

10 décembre – Pas de trace de l'élan aujourd'hui. Je suis allée plus loin. La neige épaisse rend la recherche de bois difficile et j'étais épuisée. J'en ai rapporté très peu.

11 décembre – J'ai revu les empreintes de pas et j'ai décidé de les suivre, espérant retrouver ma provision de bois ou la personne qui l'avait volée. Les pas m'ont conduite jusqu'à une île au milieu de la rivière gelée. Sur cette petite île, il y avait une cabane en bois, beaucoup plus petite qu'une maison. Je n'ai pas vu de lumière aux fenêtres alors je ne peux pas savoir à quoi sert cette cabane. C'est trop petit pour qu'on y habite. Dehors, j'ai trouvé le bois que j'avais coupé. J'ai frappé à la porte, mais personne n'a répondu. Comme j'avais reconnu mon bois, j'en ai pris autant que j'ai pu. Craignant qu'on m'attrape, je me suis vite éloignée de cette étrange cabane.

14 décembre – Pendant plusieurs jours, j'ai eu trop peur de retourner dans la forêt et de tomber sur la personne qui habite dans la cabane. Seulement, ma provision de bois était épuisée et j'ai été obligée de repartir, bien décidée à récupérer encore un peu du bois de la cabane. S'il le fallait, j'affronterais le voleur. Parvenue sur l'île, j'ai vu de la lumière aux fenêtres de la cabane. Il y avait un homme à l'intérieur. J'ai eu peur et j'ai pensé que c'était dangereux. Je me suis éloignée à la hâte en tirant ma luge, mais les lames métalliques faisaient du bruit en grattant la glace. En me retournant, j'ai vu l'homme à la porte de la cabane. Il s'est mis à marcher vers moi. J'ai eu si peur que j'ai abandonné ma luge et couru aussi vite que possible, en glissant sur la glace, sans me retourner jusqu'à la sortie de la forêt. C'était stupide. Maintenant je n'ai plus ni bois ni luge. Je suis au désespoir.

17 décembre – Il gèle dans la ferme. Je ne parviens pas à me réchauffer. Où est mon mari ? Je n'ai aucune nouvelle de lui. Je suis seule. J'ai du mal à tenir mon stylo. Il faut que je récupère ma luge. Je vais affronter l'homme de la cabane. Il n'a pas le droit de garder ce qui m'appartient. Pourquoi ai-je cédé à la panique ? Je dois être forte.

18 décembre – Je suis retournée sur l'île avec ma hache, prête à me défendre si besoin était. De loin, j'ai vu de la lumière à la fenêtre de la cabane. De la fumée s'échappait de la cheminée. Je me suis donné du courage. À la pointe de l'île, j'ai trouvé ma luge chargée de bois coupé. Je me suis sans doute trompée sur cet homme. Il n'est pas mon ennemi. Inondée de joie, j'ai décidé de le remercier pour son généreux travail. Peut-être, en retour, ne désirait-il que ma compagnie. On devait se sentir seul au milieu de ces bois. J'ai frappé à sa porte, mais personne n'a répondu. J'ai ouvert. Devant moi, j'ai vu une femme monstrueusement déformée, le ventre gonflé, les bras aussi maigres que des brindilles. J'allais pousser un cri quand je me suis aperçue que la femme n'était autre que mon reflet dans un miroir incurvé. Qui peut posséder un miroir aussi étrange ? Mais j'ai fait des découvertes plus étranges encore dans cette cabane. Il n'y avait pas de lit. Dans un coin, une montagne de copeaux de bois. Pas de nourriture et pas de cuisine. Quel genre d'habitation était-ce ? J'ai commencé à me sentir mal à l'aise et je suis partie. Je n'avais plus envie de remercier cet homme. De retour à la ferme, en préparant mon feu, j'ai remarqué que sur les bûches que j'avais rapportées, on avait sculpté des visages. C'étaient des visages grotesques avec des yeux horribles et des dents pointues. Je ne pouvais pas les garder. Elles me faisaient peur. Je les ai toutes jetées dans le feu, un vrai gâchis, ce bûcher de visages. Soudain, j'ai senti une terrible piqûre dans le dos, comme si quelque chose me mordait la peau. J'ai arraché ma chemise, je l'ai jetée par terre, mais il n'en est sorti aucun insecte, rien qu'un épais copeau de bois. Je l'ai ramassé et je l'ai jeté au feu, en me promettant de ne jamais retourner dans cette cabane, même si je mourais de froid. Mais je crains de devoir le faire. Je crains de ne pas avoir le choix. Et je crains ce qui arrivera alors.

À MESURE QUE MA MÈRE LISAIT, la distance qu'elle avait mise entre elle et le texte s'amenuisait. Elle se laissait prendre à l'histoire. J'avais l'impression que ma mère était consciente des signaux contradictoires qu'elle envoyait.

— Le journal s'arrête là.

Elle replaça les feuillets dans la boîte et referma le couvercle.

— Quel est ton avis ? demanda-t-elle.

C'était une question dangereuse, comme si elle demandait si on allait voir la police ou le docteur.

— Le récit est très précis.

— Il reflète parfaitement le sérieux et la détermination de mes ennemis.

— Est-ce que papa aurait pu l'écrire ?

— Non. C'est le Dr Norling. Selon les instructions de Hakan.

— Pourquoi aurait-il fait ça ?

— Parce qu'il est complice.

— Complice de quoi ?

— Mia n'est que la partie émergée de l'iceberg.

— Tu vas m'expliquer ce que tu veux dire ?

— Très bientôt.

Je repris la chronologie des événements :

— Qu'est-il arrivé après ? Tu es à la ferme, dans le salon.

Il y a l'inspecteur, le docteur. Il y a Chris et Hakan. Ils t'ont fait lire ces pages devant eux. Ils t'observent. Et ensuite ?

— J'avais peur, mais j'ai fait semblant d'être calme. J'ai refusé de mordre à l'hameçon et d'accuser Hakan. Ce journal était un piège. Ils cherchaient à me provoquer. Ils espéraient me rendre furieuse, que j'accuse l'un d'entre eux. Je n'avais aucune preuve. Ma stratégie a consisté à prendre un air perplexe et un peu idiot. J'ai dit que ces pages étaient un témoignage extraordinaire sur la vie dans ces fermes, comme si je le croyais authentique. Avec un bâillement appuyé, j'ai déclaré que j'étais épuisée, que la journée avait été longue et que je voulais dormir. Norling a demandé si je consentais à venir chez lui le lendemain, pour parler – lui et moi, en tête à tête. Voyant que c'était la seule façon de me débarrasser d'eux, j'ai accepté et, forts de cette promesse, ils sont partis. J'ai annoncé à Chris que j'allais passer la nuit dans la future chambre d'hôte, expliquant qu'il me serait impossible de dormir avec lui après la façon dont il s'était conduit.

» Mais je ne suis pas allée dormir. J'ai attendu le milieu de la nuit, je me suis levée sans faire de bruit et j'ai allumé l'ordinateur pour t'envoyer un mail. La lumière vive de l'écran me paniquait, au point que je n'ai pas eu le courage d'écrire longtemps. Il y avait tant de choses que je voulais dire. Je suis restée prudente parce que les recherches sur Internet peuvent être surveillées et interceptées, rien n'est protégé et rien ne disparaît jamais. Alors pour finir, j'ai opté pour un seul mot, ton prénom.

CET ÉTÉ, nos vies ne s'étaient croisées qu'en de très rares occasions. Mon père avait pris conseil auprès de Hakan et du Dr Norling longtemps avant de m'informer des événements en cours. Dans le conseil de guerre réunissant ces hommes à la ferme, je n'avais eu ni siège ni voix. Deux raisons pouvaient expliquer cela : soit, comme ma mère l'affirmait, ils complotaient pour couvrir un crime, soit je m'étais effacé de la vie de mes parents avec une telle efficacité que mon père, dans ces conditions, ne voyait plus en quoi je pourrais être utile. La première raison présentait l'avantage de m'absoudre de toute responsabilité : j'avais été tenu à l'écart pour des motifs détournés plutôt qu'en raison de mes défaillances personnelles. Plus troublant encore, je me demandai si ma mère n'avait pas vu dans ma carence une preuve supplémentaire d'un complot contre elle. Jusque-là, j'avais eu honte de mon absence, mais je comprenais maintenant que j'avais au contraire joué un rôle très précis. Si j'avais pris part à la réunion de cette nuit-là dans la ferme, ma mère aurait pu croire que nous étions tous ligués contre elle.

Ma réaction à ce message désespéré ? Une désinvolture insouciante. Je ne pouvais pas savoir que dans son esprit, j'étais devenu une alternative à mon père, quelqu'un qu'elle aimait et qui la croirait. Son sentiment de persécution commençait à déteindre sur moi.

— Tu aurais dû quitter la Suède après ce mail.

Elle me fit signe de m'asseoir et j'obéis.

— Ce qui est fait est fait. Je suis là avec toi, maintenant. Nous avons bientôt fini. Il ne reste qu'une seule pièce à conviction.

Elle ouvrit son sac, comme si elle s'apprêtait à me donner de l'argent de poche.

— Approche la main.

Je lui tendis ma paume.

— C'est une dent humaine, calcinée, sans le moindre reste de chair ou de peau. Aucune dent d'animal ne ressemble à ça.

» À présent, tu vas me demander si je crois que cette dent appartient à Mia. Et si je l'affirme, tu tiendras la preuve que je suis folle et tu me conduiras à l'hôpital.

» Ma réponse est celle-ci : c'est une dent de lait. Mia avait seize ans, elle ne peut donc pas lui appartenir, et je n'ai jamais prétendu le contraire.

» Cette dent est entrée en ma possession quelques heures avant mon entretien avec le Dr Norling. Notre rendez-vous était fixé pour l'après-midi – il avait fixé l'heure, ce qui m'avait paru sans conséquence mais qui s'est révélé très important.

» J'avais décidé de disposer de la matinée pour me reposer et rassembler mes esprits. Si l'entretien avec le Dr Norling se passait mal, j'étais finie, comme enquêtrice et comme femme libre. Étais-je *non compos mentis* ? Si j'échouais au test, ils me conduiraient directement à l'hôpital où Norling veillerait personnellement à mon admission. Je ne pouvais pas ne pas honorer le rendez-vous, sinon l'issue aurait été la même. Alors, j'ai résolu de m'y rendre, à l'heure, ponctuelle, bien habillée, et de ne rien leur donner à se mettre sous la dent. Tomber dans leur piège et m'en libérer aussitôt ! Je ne parlerais ni de meurtre ni de conspiration, j'exposerais mes projets pour la ferme, la transformation de la grange, la pêche au saumon, le potager, les confitures maison, je jouerais l'épouse docile et inoffensive parfaitement à l'aise dans sa nouvelle vie, épuisée par le travail, bien sûr, mais pleine d'espoir pour les belles années à venir. Ne rien leur accorder, pas le moindre froncement de sourcils, la moindre allégation, la moindre mauvaise pensée, et le docteur ne pourrait rien faire.

» Mon plan était parfait, et je voulais passer la matinée sans être dérangée. J'ai fait un peu de bateau et nagé. Je paressais sur la jetée, les pieds dans l'eau, quand au loin, j'ai vu dans la forêt des volutes de fumée s'élever dans le ciel. J'ai su – je l'ai su tout de suite – que la fumée provenait de l'Île Goutte.

» J'ai sauté dans le bateau, pieds nus, et j'ai remonté le courant à la vitesse maximum, passant devant la ferme de Hakan où j'ai remarqué que son bateau n'était pas amarré. Peut-être se trouvait-il déjà là-bas. J'ai avancé sans cesser de fixer la colonne de fumée noire. En approchant, j'ai compris à l'odeur que le feu avait été allumé avec de l'essence. Devant moi, l'Île Goutte flambait. La cabane disparaissait derrière un rideau de flammes deux fois plus haut que moi. Des braises tombaient dans l'eau, mais je n'ai pas ralenti, dirigeant le bateau vers la pointe de l'île. J'ai débarqué dans la vase d'un bond et me suis retrouvée devant les flammes, dans une chaleur intense qui me forçait à reculer. Avec les moyens du bord, j'ai tenté d'étouffer l'incendie mais la cabane tout entière n'a pas tardé à s'effondrer. M'aidant d'une rame, j'ai fait basculer quelques planches enflammées dans la rivière, où elles tombaient en crachotant.

» Ma première conclusion était la plus évidente. On y avait mis le feu pour détruire les preuves. Il ne faisait presque aucun doute que les incendiaires se cachaient dans les bois, observant les flammes et m'observant, moi, à présent.

» Qu'ils regardent !

» Je n'avais pas peur. J'ai continué à jeter de l'eau de la rivière sur les braises et, quand l'eau a cessé de se transformer en vapeur, j'ai fouillé les décombres. C'est là que j'ai trouvé la dent que tu tiens en ce moment. Si j'avais été folle, j'aurais sauté directement à la conclusion la plus bouleversante et crié à l'assassin !

» Mais je n'ai rien fait de tel. Je suis restée assise sur l'Île Goutte, les yeux fixés sur la dent. Je suis restée là très longtemps et j'ai longuement réfléchi – que faisait-elle ici ? On n'avait pas brûlé de cadavre, où étaient le crâne, les os ? C'était une idée ridicule. D'où provenait cette dent, cette toute petite dent, cette dent de lait, pas celle de Mia mais celle d'un très jeune enfant ? C'est alors que j'ai compris que le but véritable de l'incendie n'était pas de détruire des preuves, mais de me détruire moi. On avait mis cette dent ici, peut-être avec plusieurs autres, une poignée de dents pour s'assurer que j'en trouverais au moins une. Mes ennemis avaient placé cette preuve horrible pour me provoquer avant de mettre le feu à l'île.

» Réfléchis aux conséquences. Pourquoi allumer un incendie précisément ce matin-là ? Pourquoi n'avoir pas attendu que je sois chez le Dr Norling, loin – je n'aurais pas vu la fumée et je n'aurais rien pu faire. Mais non : il fallait me déstabiliser avant ma visite chez le Dr Norling, que j'arrive chez lui en sentant la fumée et la cendre, les cheveux couverts de suie, en brandissant la dent et en criant à l'assassin.

» Une simple analyse de laboratoire aurait révélé qu'il s'agissait de la dent d'une petite fille en parfaite santé dans une autre ferme. Elle l'aurait apportée sur l'île pour la montrer à une camarade, ou un mensonge du même ordre. Où en serais-je alors ? Qu'aurais-je pu dire ? On m'aurait envoyée directement à l'asile.

» J'ai agité les poings et maudit les ennemis qui se cachaient au milieu des arbres. Je n'étais pas l'imbécile qu'ils croyaient.

» Ils avaient toutefois déjà remporté une petite victoire, car j'allais arriver en retard au rendez-vous chez le docteur.

J'ai repris mon bateau en toute hâte, remarquant pour la première fois que je m'étais brûlé le pied sur les braises et qu'il était couvert de cloques. Tant pis. Je n'avais pas de temps à perdre.

» Aussitôt débarquée, je me suis débarrassée de mes vêtements qui sentaient la fumée et j'ai plongé dans la rivière pour me laver. Puis j'ai couru, toute nue, jusqu'à la maison où j'ai pris des vêtements propres et caché la dent calcinée dans mon sac.

» Chris m'attendait devant le minibus blanc, vêtu de ses habits les plus élégants. Tu sais bien que ton père ne porte que des jeans et des pulls. Il était évident qu'il s'était préparé pour le rôle qu'il allait jouer à l'hôpital, pour le moment où il apparaîtrait devant les médecins et les infirmières en mari inquiet, dévoué et aimant. Disparus les tee-shirts puant l'herbe. Disparues les horribles bottes. Tout comme un agresseur choisirait un costume peu indiqué pour une audience au tribunal, Chris avait ressorti les vêtements qu'il ne portait jamais. Il n'a pas évoqué la fumée dans le ciel, n'a pas demandé pourquoi j'avais pris le bateau. Il m'a observée longuement et a proposé de conduire. Méfiante, j'ai refusé, sous le prétexte que nous avions peu d'essence, ce qui était vrai, et très peu d'argent, ce qui était vrai aussi. J'ai ajouté que je serais très heureuse d'y aller à bicyclette, puis évoqué quelques petits problèmes à régler à la ferme, comme si je devais immanquablement rentrer très vite. Il avait ressorti ses plus beaux habits pour rien. Pas de visite à ce foutu asile aujourd'hui !

» J'ai quitté la ferme sur mon vélo, ma sacoche en bandoulière, et j'ai même lancé un hypocrite :

» – Je t'aime !

⁂

— Maman, demandai-je, tu n'aimes plus papa ?

Sans prendre le temps de réfléchir, elle secoua la tête.

— Non.

— Non ?

— Non.

— Pour moi, de tout ce que tu as dit aujourd'hui, c'est le plus difficile à croire.

Ma mère hocha la tête, comme si elle s'attendait à cette remarque sentimentale.

— Daniel, il ne s'agit pas de ce que tu préfères penser. Je voulais vraiment vieillir dans cette ferme avec ton père. Je voulais bâtir le foyer dont je rêvais depuis l'enfance. Je voulais que cette ferme devienne, pour la famille, notre petit coin à nous, qu'il soit précieux et que tu reviennes nous rendre visite comme tu ne l'as plus fait depuis longtemps.

Je ne sentais dans son commentaire final aucune agressivité. C'était la description prosaïque de son rêve.

— Papa ne voulait-il pas la même chose ?

— Peut-être autrefois. Mais il a connu la tentation. Et il y a cédé.

— Maman, tu le dis toi-même : papa et toi formiez une équipe indestructible. Ça ne peut pas s'arrêter, pas comme ça, en l'espace d'un été. Je refuse de le croire.

Je craignis d'avoir outrepassé les limites, mais à ma grande surprise, ma mère ne semblait pas fâchée.

— Je suis heureuse que tu le défendes. Moi aussi, je l'ai défendu, dans mon esprit, des mois durant. J'ai aimé l'homme que tu connais comme ton père. Mais je n'aime pas l'homme que j'ai découvert en Suède. Je ne pourrai jamais aimer cet homme-là.

— Tu crois qu'il est mêlé au meurtre de Mia ?

J'étais allé trop loin.

— Une conclusion perd toute logique dès qu'elle est sortie de son contexte. C'est pourquoi je t'ai demandé de ne pas aller trop vite. Laisse-moi raconter à mon rythme.

Il était tard et le personnel de l'hôtel ne tarderait pas à venir effectuer les préparatifs du soir.

— Je vais accrocher la pancarte à la porte pour qu'on ne nous dérange pas.

Ma mère me suivit. Elle jeta un coup d'œil dans le couloir puis m'entraîna à l'intérieur de la chambre.

— Nous en étions au rendez-vous avec le Dr Norling, lui dis-je.

Debout au milieu de la pièce, elle ferma les yeux, comme pour retourner en pensée vers l'épisode en question. Je décidai de me percher au bord du lit, sentant que ma mère ne voudrait probablement pas se rasseoir. J'attendis, sans pouvoir endiguer les souvenirs des soirs où elle venait me lire des histoires. Elle ouvrit les yeux.

— J'étais en retard, mais j'ai pédalé lentement, en respirant à fond, dans l'espoir de retrouver un peu de calme. Tout ce que j'avais à faire, me répétais-je, c'était simuler, sourire, jouer à l'épouse heureuse et à la fermière laborieuse, évoquer mes espoirs et mes rêves, dire combien j'aimais cette région et combien les gens étaient sympathiques. Tout irait bien.

» Le Dr Norling habite au bord de la mer une maison posée sur la plage devant les dunes et les broussailles, sur cette partie de côte sauvage où j'allais courir. Je ne sais par quel mystère il avait obtenu un permis de construire pour cette immense maison – si intimidante qu'on ressentait un malaise en passant devant. Restez à l'écart, semblait-elle dire, parce qu'elle devait certainement son existence à la corruption et à des liens étroits avec le pouvoir. Les gens ordinaires ne possédaient pas de telles maisons. J'ai ralenti en arrivant, mais c'était inutile car la grille s'ébranla automatiquement avant même que je sois descendue de selle. Il m'avait vue arriver. Mon assurance chancela. Allais-je réussir à tenir mon rôle et ma langue ? Je ne savais plus.

» Devant la maison, j'ai calé ma bicyclette sur sa béquille et j'ai attendu. Il n'y avait pas de sonnette à proximité des deux lourds vantaux de bois qui évoquaient la porte d'un château. D'un même mouvement fluide, les battants se sont ouverts, laissant apparaître le renommé et respecté Dr Norling. Il était vêtu de façon décontractée, le col de sa chemise déboutonné, une ruse destinée à me mettre en confiance et que j'ai interprétée à l'inverse. J'avais tout à craindre ! Si Chris n'avait pas remarqué mon pied brûlé, ma démarche hésitante n'a pas échappé à Norling qui m'a demandé si j'avais un problème. Ce n'était rien, l'ai-je assuré, une simple écharde. Je m'en tenais à mon plan.

» Il me fut en revanche difficile de ne pas être impressionnée par la maison. Magnifique, pas opulente, rien ici de la richesse tapageuse qui fait lever les yeux au ciel mais plutôt une simplicité minimaliste, si on peut qualifier ainsi les immenses baies vitrées, les fenêtres cathédrale qui faisaient entrer la mer et la plage à l'intérieur de la maison. Les fenêtres encadraient la mer comme une œuvre d'art, elles avaient pris possession de ce qui ne peut être possédé, transformant un bien public en bien privé – la vue exprimait un pouvoir, et c'était lui, bien plus que la mer grise et plate, qui m'intimidait. Une poignée de gens dans le monde détiennent un tel pouvoir. Norling était l'un d'entre eux.

» Un autre homme était présent, un majordome vêtu d'une livrée qui aurait paru grotesque s'il n'avait pas été aussi solennel. C'était un bel homme, dans la trentaine, cheveux blonds plaqués à la façon des maîtres d'hôtel anglais des années trente. Il s'est adressé à moi avec déférence, voulant savoir si je désirais boire quelque chose. J'ai décliné un peu trop sèchement – je me tenais sur la défensive, je craignais qu'on me serve une boisson trafiquée. Rien n'avait échappé à Norling qui réclama aussitôt une bouteille d'eau et deux verres, en insistant pour que la bouteille soit scellée et qu'il n'apporte pas de glaçons. Je m'attendais à ce qu'il me reçoive ensuite dans une petite pièce intime, mais il m'a conduite sur la terrasse, en surplomb des dunes. Là, j'ai subi mon premier test, le premier des trois. Il a gratté une allumette et allumé un feu dans un de ces appareils à gaz modernes en forme de coupe en cuivre entourés de sièges capitonnés. Les flammes ont jailli et Norling m'a invitée à prendre place devant le feu – allusion évidente à l'incendie de l'Île Goutte car la température de ce jour d'été ne justifiait pas qu'on ait besoin de se réchauffer. Il voulait qu'au spectacle des flammes je perde pied.

» Mais j'ai gardé mon sang-froid et je me suis assise. Pour la deuxième fois aujourd'hui, j'avais le visage brûlant, et cependant, avec un sourire forcé, j'ai dit que c'était agréable, très agréable.

» Le docteur m'a alors demandé si je préférais parler anglais – Hakan avait dû lui dire que je le prenais comme une insulte horripilante, mais je n'allais pas tomber deux fois dans le même piège. J'ai donc souri et plaisanté sur le fait que ce serait comme deux Suédois qui se parlent en latin. Norling a désigné sa terrasse d'un geste large en m'expliquant qu'il organisait souvent des fêtes ici. J'ai pensé : Je n'en doute pas, docteur, mais suis restée muette.

» Pressentant la défaite, Norling est passé au test numéro deux, plus sournois que le feu. Il m'a proposé de me montrer la vue dans la lunette d'approche installée sur la terrasse, prétextant que je pourrais observer les bateaux en mer. Je n'étais pas vraiment d'humeur, mais j'ai accepté, me préparant à faire l'éloge de la vue superbe. Mais ce que j'ai découvert alors ç'a été un gros plan sur le phare abandonné, ce vieux phare à l'intérieur duquel Mia avait attendu, vêtue d'une robe de mariée, le phare auquel elle avait accroché les fleurs pour signaler sa présence à un observateur. Les fleurs étaient toujours là, desséchées, noircies, comme ces bouquets gisant sur le bas-côté d'une route où s'est produit un accident. Norling avait positionné la jumelle, choisi cette vue. La provocation était rusée et violente. J'ai orienté la lunette jusqu'à l'endroit où je m'étais cachée de Mia, m'apercevant que d'ici, il avait très bien pu m'observer et donc s'abstenir de se montrer ce jour-là. Lentement, je me suis redressée, déterminée à ne trahir aucune émotion. En réponse à sa question, j'ai dit que je trouvais cette vue révélatrice – très révélatrice.

» Ses deux tests avaient échoué. Déçu, Norling m'a brusquement reconduite à l'intérieur, appuyant sur un bouton pour éteindre le feu dans la coupe en cuivre, tel un sorcier lassé de son propre jeu. Il m'a ensuite précédée dans une suite de couloirs jusqu'à un bureau. Ce n'était pas une pièce destinée à de longues recherches, un de ces bureaux où règne un désordre de papiers, de notes et de livres écornés, plutôt la pièce témoin d'un architecte d'intérieur au budget illimité. Les livres, aussi beaux que la vue, s'étageaient du sol au plafond sur des rayonnages munis d'échelles. Au premier coup d'œil, j'ai vu des ouvrages en différentes langues. Dieu sait s'il les avait lus ou s'il les lisait. De toute évidence, ils n'étaient destinés qu'à laisser le visiteur bouche bée. J'ai réfléchi au rôle joué par le phare. J'avais jusque-là considéré Norling comme un disciple de Hakan, mais je m'étais peut-être trompée, peut-être était-ce Hakan son subordonné. Norling m'a fait signe de prendre un siège et j'ai hésité, évaluant la hauteur et l'inclinaison de chacun, préférant ne pas me retrouver avachie, ni en position de faiblesse. À ce moment-là, j'ai remarqué sur la table basse, soigneusement disposé au centre de la pièce, un élément à charge. Tu l'as vu, il est dans ma sacoche. Peux-tu deviner ce que cet homme allait me montrer en guise de troisième et dernière provocation ?

JE PASSAI EN REVUE LES OBJETS qu'elle m'avait montrés et tentai une réponse :

— Le verset de la Bible provenant de la ferme de l'ermite ?

Ma mère était ravie. Elle sortit le verset de la sacoche et le plaça sur le lit à côté de moi.

— Je l'ai volé. Mais pas à Ulf, à Norling !

— Comment est-il arrivé chez Norling ?

— Excellente question ! Il était là, sur sa table ! Le verset avec son mystérieux message codé, brodé par Anne-Marie quelques jours avant qu'elle se pende dans la grange qui n'existe plus, devant un parterre de cochons. Je me suis jetée dessus, oubliant ma promesse de rester calme. J'ai fait face à Norling, les poings serrés, exigeant de savoir qui le lui avait donné. Norling a tiré parti de son avantage, se délectant de ma réaction émotive, sa voix douce se refermant comme des mains autour de mon cou, disant que Chris lui avait parlé de la fascination que ces mots exerçaient sur moi, que je les avais recopiés des centaines et des centaines de fois, que je les marmonnais, les psalmodiais comme des prières. Il voulait savoir quel sens je leur donnais, m'encourageait à lui confier ce qui, selon moi, se passait dans ce coin tranquille de Suède :

» – Parlez-moi, Tilde, parlez-moi.

» Il avait une voix séduisante et il devinait juste : je voulais plus que tout dire la vérité, sachant pourtant que c'était un piège. Sentant ma volonté faiblir, j'ai fermé les yeux et me suis exhortée au silence.

» Norling a pris la bouteille d'eau et m'a servi un verre. Je l'ai pris docilement, malgré le soupçon qu'il pouvait contenir des substances destinées à altérer mes facultés mentales, invisibles à l'œil, indétectables au goût, qui me forceraient à parler et à m'avouer coupable. J'avais très soif, j'ai porté le verre à mes lèvres et j'ai bu. Dans les secondes qui ont suivi, j'ai ressenti un besoin irrésistible de parler, et ce n'était pas mon cœur qui parlait. Il m'est venu à l'esprit que cette pièce était truffée de caméras minuscules, de la taille d'un bouton ou dissimulées dans les pointes des stylos. Mon envie de parler augmentait. Je me suis efforcée de la ravaler, sans succès. Si je ne maîtrisais plus ce besoin, je pouvais au moins tenter de maîtriser le contenu de mes paroles, alors j'ai dit des choses qu'on ne pourrait pas utiliser contre moi. J'ai parlé de mon potager, le plus vaste que nous ayons jamais planté, avec des laitues, des carottes, des radis, des oignons, des rouges et des blancs, de la ciboulette et des fines herbes, basilic, romarin et thym. J'ai dû déblatérer ainsi pendant dix, vingt minutes, je ne sais pas, mais quand je me suis retournée, j'ai trouvé Norling assis dans son magnifique canapé en cuir ; il n'avait pas bougé d'un cil et semblait prêt à attendre indéfiniment. Mes défenses se sont écroulées.

» Je lui ai tout raconté.

MA MÈRE SORTIT UNE COUPURE DE JOURNAL de son agenda. C'était un article du *Hallands Nyheter* daté de la fin avril, quelques semaines seulement après leur arrivée en Suède.

— Je n'ai pas besoin de te traduire l'article. Il s'agit d'une enquête à charge sur les procédures d'adoption, rédigée après le suicide d'une jeune fille, qui pose la question de savoir si une réforme est nécessaire. Née en Angola, le même pays d'origine que Mia, cette jeune fille avait été adoptée par des Suédois à l'âge de six mois. À treize ans, elle s'est tuée avec l'arme de son père adoptif. Le journaliste évoque la difficulté pour une petite fille noire de grandir dans une région isolée de la Suède rurale. L'article avait fait sensation. Quand j'ai appelé ce journaliste, il a refusé de revenir dessus, expliquant qu'il ne voulait plus faire aucun commentaire. Il semblait avoir peur. Son papier ne fait qu'effleurer la surface d'un scandale beaucoup plus profond.

MALGRÉ SON AVERSION POUR LES CONCLUSIONS, le moment était venu de poser la question :

— Maman, quel est ce scandale ?

— Tu dois bien le savoir maintenant.

Depuis le début, elle maîtrisait parfaitement son récit, développé à coups de faits précis et solides, mais pour présenter ses conclusions, certainement ce qui comptait le plus, elle semblait préférer rester dans le flou, un peu comme devant une maquette qu'il fallait assembler. Je mis de côté ma culpabilité de ne pas avoir été présent au cours de l'été, ni depuis plusieurs années, pour souligner :

— La police posera des questions directes. Qu'est-il arrivé ? Qui est impliqué ? Tu dois être explicite. Tu ne peux pas, comme à moi, leur demander d'opérer leurs propres déductions. Ils n'étaient pas là. Je n'étais pas là.

Ma mère répondit lentement, en choisissant ses mots :

— Des enfants étaient victimes de violences. Des enfants adoptés. Le système d'adoption était corrompu. Ces enfants sont vulnérables. Leurs parents adoptifs les considèrent comme leur propriété.

— Mia aussi ?

— Surtout Mia.

— Est-ce pour cette raison qu'elle a été assassinée ?

— Elle était forte, Daniel. Elle allait les démasquer. Elle allait empêcher d'autres enfants de connaître les souffrances qu'elle avait vécues. Si elle ne se révoltait pas, cela recommencerait, elle le savait. Son histoire se répéterait avec d'autres filles et d'autres garçons.

— Qui l'a tuée ?

— L'un de ceux qui sont sur ma liste, Hakan peut-être. Elle était sa fille, son problème, il se sera senti obligé de la neutraliser. Ou bien l'un des autres – une rencontre qui aurait mal tourné, une obsession. Je ne sais pas.

— Le corps ?

— Je n'ai pas le pouvoir de ratisser les forêts ni de draguer les rivières. C'est pourquoi nous avons besoin de la police pour enquêter.

— Mais le scandale ne concerne pas seulement Mia.

— Ni toutes les adoptions, pas même une majorité d'entre elles, mais une minorité non négligeable. Tout à l'heure, je t'ai montré une carte de la Suède. Les cas y sont répartis dans une zone très vaste. Regarde les chiffres, ils ne mentent pas.

J'allai me rasseoir sur le lit et je croisai les jambes, mobilisant mes pauvres connaissances du suédois pour lire l'article. Sous la pression, ma mère m'avait apporté quelques éclaircissements. Il existait un réseau pédophile en connexion avec le circuit d'adoption. Couvert par une collusion. L'article confirmait les problèmes d'intégration et présentait une série d'échecs, dont un décès.

— Tu penses qu'un certain nombre des hommes dont tu as parlé – l'inspecteur, le maire – sont impliqués, même s'ils n'ont pas d'enfants adoptifs ?

— Il y avait régulièrement des fêtes. C'est ainsi que ton père s'est trouvé compromis, en acceptant une invitation. J'ignore ce qui se passait exactement au cours de ces fêtes, je ne peux que conjecturer. Certaines avaient lieu chez Norling, d'autres dans la pièce du fond du cabanon de Hakan. Il y avait de l'alcool. Ils prenaient des drogues. On a amené une des filles.

— Je ne peux rien dire sur les autres, mais je connais papa.

— C'est ce que tu crois, mais non, tu ne le connais pas.

Ma mère avait relié une succession de points entre eux, dont certains, je le reconnaissais, étaient très significatifs et dérangeants. Cependant, c'était elle qui avait tiré les lignes. Je m'efforçai de demêler les fils, cherchant un argument très facile à contester ou un autre qu'au contraire on n'aurait pas pu éliminer comme une simple supposition.

— La femme qui s'est suicidée dans la grange ? demandai-je.

— Elle avait certainement découvert la vérité. Certainement ! C'est à cela que renvoyait son message – "Car-j'ai-à-lutter-contre-la-chair-et-le-sang-contre-les-dominations-contre-les-autorités-contre-les-princes-de-ce-monde-de-ténèbres-contre-les-esprits-méchants-dans-les-lieux-terrestres." Peut-être son mari était-il impliqué. Elle n'était pas aussi forte que Mia. Elle est morte de honte.

— Tu ne peux pas l'affirmer avec certitude.

— Tout ce que je t'ai dit nous ramène à la conspiration. Pourquoi Cecilia nous a-t-elle choisis parmi d'autres acheteurs ? Elle était au courant, mais, trop faible pour lutter, elle avait compris que seuls des gens de l'extérieur pouvaient lever le voile.

— Maman, je ne dis pas que tu te trompes, mais il m'est tout aussi impossible d'affirmer que tu as raison. Cecilia ne t'a jamais rien raconté en ce sens.

Ma mère répondit de façon étrangement abstraite :

— Je t'ai dit tout à l'heure que rien n'est plus dangereux que d'être un objet de désir. J'ajouterai ceci : il n'y a pas plus dangereux qu'un lieu dont on ferme les portes. Les gens trouvent toujours le moyen d'assouvir leurs désirs. À défaut d'une option permise, ils se tourneront vers celles qui sont interdites. Hakan et les autres ont créé une organisation complexe destinée à la satisfaction de leurs besoins.

Ils se sont servis de Mia. Elle n'était pas une enfant. Elle était une chose. Un actif. À présent, Daniel, je t'en prie, allons voir la police.

MA MÈRE REPLIA LA BRODERIE qu'elle rangea dans sa sacoche et se tint prête à partir. Je posai la main sur la sienne :

— Maman, reste avec moi.

Non sans réticence, elle s'assit sur le lit, si légère et si petite que le matelas bougea à peine. Nous regardions tous les deux devant nous, tels deux enfants qui jouent à voler sur un tapis magique. L'air soudain fatiguée, elle baissa les yeux sur l'épaisse moquette. Je lui dis, m'adressant à sa nuque :

— Qu'est-il arrivé ensuite ? Tu as développé ta thèse devant le Dr Norling ?

— Oui.

— Tu l'as accusé d'être complice ?

— Oui.

— Qu'a-t-il dit ?

— Il n'a rien dit. Je suis restée assise et il m'a fixée. Son visage était vide d'expression. C'était ma faute. J'avais mal raconté l'histoire. J'avais commencé par mes conclusions, présentées de façon sommaire, sans détails ni contexte. Depuis, j'ai tiré la leçon de ces erreurs, c'est pourquoi j'ai été plus rigoureuse avec toi, en commençant par le commencement, mon arrivée en Suède, et en suivant la succession chronologique des événements, sans sauter les étapes pour te fournir les réponses rapides que tu exigeais.

» Pendant que je parlais, le majordome blond était entré dans la pièce. Il se tenait derrière moi. On l'avait appelé je ne sais comment, un bouton d'urgence peut-être, car Norling n'avait pas prononcé un seul mot. J'ai demandé si je pouvais aller aux toilettes, timidement d'abord, comme une écolière avec son professeur, puis avec plus d'assurance – j'avais besoin d'aller aux toilettes et ils ne pouvaient pas me le refuser. Norling s'est levé, cédant à ma requête ; c'étaient ses premiers mots depuis que j'avais lancé mon accusation. Il a fait signe au majordome de me montrer le chemin, malgré mes objections. J'ai suivi le majordome en observant ses bras musclés et en me demandant s'il n'était pas un infirmier déguisé en majordome, ses drogues et ses camisoles à portée de main. Il m'a accompagnée jusqu'aux toilettes et il m'a regardée avec pitié quand j'ai refermé la porte. Pitié ou mépris ? Il est parfois difficile de faire la distinction.

» J'ai verrouillé la porte derrière moi et j'ai compris que je me trouvais dans une impasse. Au lieu de me taire, j'en avais trop dit. Il ne me restait plus qu'à fuir. J'ai examiné la fenêtre, mais, comme tout dans cette maison, elle avait été conçue spécialement et elle ne s'ouvrait pas. L'épais verre dépoli ne se briserait pas facilement, et certainement pas sans fracas. Il n'y avait pas d'issue. J'avais gardé le verset brodé, je l'ai plié soigneusement et l'ai glissé dans ma sacoche, bien décidée à ne pas le rendre car c'était la plus importante pièce à conviction parmi celles que j'avais réunies. Il ne me restait qu'à trouver une autre voie de sortie. Le majordome ne m'avait pas attendue, bras écartés pour me faire barrage, et j'ai longé le couloir en sens inverse. Norling et lui se tenaient devant le bureau, en pleine conversation. Norling a levé la tête et m'a vue, je me suis dirigée vers lui. J'allais lui dire tout simplement que j'étais fatiguée et que je voulais rentrer. Légalement, ils n'avaient aucun droit de me retenir. J'ai donc déclaré que j'allais partir.

» Norling a réfléchi. Hochant la tête, il a proposé de me reconduire. Cela pouvait-il être aussi facile ? J'ai décliné son offre, expliquant que j'avais besoin d'air frais et que je préférais prendre ma bicyclette. Norling a doucement protesté, me rappelant que j'étais fatiguée comme je l'avais dit moi-même. Mais je n'ai pas changé d'avis, c'est à peine si je parvenais à croire que mon supplice touchait à sa fin.

» Elles n'étaient pas ouvertes, mais je me suis dirigée vers les grandes portes en chêne, sûre que les deux hommes allaient se jeter sur moi pour me faire une piqûre, mais le majordome a consciencieusement poussé un bouton, les portes géantes se sont écartées et je me suis retrouvée dans la brise marine. J'étais libre. J'avais mystérieusement survécu. Je suis descendue en toute hâte récupérer ma bicyclette.

» Une fois sur le chemin côtier, tout en pédalant furieusement, je me suis retournée. La luxueuse voiture de Norling émergeait de son garage telle une araignée de son trou. Il me suivait. J'ai regardé devant moi et, oubliant la douleur des brûlures, j'ai accéléré. Norling a roulé lentement derrière moi jusqu'en ville. J'ai filé sur le pont et tourné brusquement sur la piste cyclable longeant la rivière où il ne pourrait pas me suivre. Enfin, j'étais débarrassée de lui, fût-ce pour un temps limité, car bien sûr il se dirigeait vers la ferme. Peut-être avait-il besoin de l'accord de Chris pour me faire admettre à l'hôpital. J'ai freiné brutalement. Serais-je en sécurité chez moi ? Mon plan était tombé à l'eau. Je leur avais tout dit, les choses ne pourraient pas continuer comme si de rien n'était. Plus question de revenir à la vie d'avant. C'était la fin de notre rêve, la ferme, la grange, la pêche au saumon, tout. Il ne restait que l'enquête ou le déni, sans place pour le compromis, et ma décision était prise.

» J'étais seule. Il me fallait trouver un allié. La seule personne qui m'est venue à l'esprit, puisque tu étais à Londres, la seule personne à même de m'écouter avec impartialité parce qu'elle vivait retirée, loin des événements de cette communauté, c'était mon père.

LA DÉCISION DE MA MÈRE ME SURPRIT :

— Tu n'avais pas vu ton père depuis cinquante ans ! Il ne savait même pas que tu vivais en Suède !

— Je ne me tournais pas vers lui parce que nous étions proches, mais pour sa personnalité.

— Comment pouvais-tu en juger ? Tu pensais trouver l'homme que tu avais connu enfant ?

— Il n'aurait pas changé.

— Selon toi, papa a changé. En l'espace d'un seul été.

— Chris est différent.

— En quoi ?

— Il est faible.

Mon père venait d'être désigné comme l'auteur d'un crime sexuel des plus graves, mais, je ne saurais dire pourquoi, cette remarque-ci me parut particulièrement injurieuse. Peut-être parce que, de tous les défauts, ma mère méprisait principalement la faiblesse. Et peut-être parce que, si papa était faible, je l'étais aussi, nécessairement.

— Ton père est quelqu'un de fort ?

— Il est incorruptible. Il ne boit pas. Il ne fume pas. Il a été un élu local. Cela peut prêter à sourire, mais dans la région où il vit, cela signifie qu'il était scrupuleux et très respecté. Son image et sa réputation représentaient tout pour lui. Peu lui importait que nous soyons ostracisés. Il prenait toujours le parti de la justice.

— Maman… il te croyait coupable du meurtre de Freja.

— Oui.

— Pourquoi te tourner vers lui au moment où tu avais besoin de quelqu'un qui puisse te croire ? Tu l'as quitté précisément parce qu'il n'avait pas eu foi en toi !

Ma mère se retourna et nous nous retrouvâmes tous les deux assis en tailleur sur le lit, tels deux adolescents, face à face, les genoux en contact, nos âmes à nu.

— Tu as raison de te poser la question. Mais cette fois, ce n'était pas moi la criminelle. Et, autre différence, je détenais des preuves, des faits, des dates, des noms. Je lui demandais d'être objectif.

Je risquai une provocation :

— Selon moi, ça ne peut avoir de sens que si tu reconnais qu'il voyait juste en 1963.

Ma mère leva les yeux au ciel :

— Toi aussi, tu crois que j'ai tué Freja ?

— Non. Mais puisque ton père s'était trompé, pourquoi te tourner vers lui ?

Ses yeux se remplirent de larmes.

— Parce que je voulais lui accorder une seconde chance.

Puisque l'argument était émotionnel, je ne pouvais rien objecter mais seulement tenter de comprendre sa logique. Peut-être, au cours de l'été, y avait-il eu des contacts que j'ignorais.

— Quand as-tu eu de ses nouvelles pour la dernière fois ?

— Il m'a écrit à la mort de ma mère.

Je me rappelai, environ dix ans plus tôt, ma mère lisant une lettre à la table de la cuisine, au milieu des restes du petit déjeuner. J'allais au lycée. C'était le dernier trimestre. Craignant que la nouvelle nuise à mes examens, elle avait tenté de la dissimuler, mais j'avais entrevu quelques lignes en suédois et je l'avais interrogée. Pour moi, cette annonce ne changeait rien à nos vies. Ma grand-mère n'était jamais venue nous voir, elle ne s'était jamais manifestée. La lettre, postérieure aux obsèques, n'avait laissé aucune possibilité à ma mère de retourner en Suède pour y assister.

— Étais-tu même certaine de son adresse ? demandai-je, puisqu'ils n'avaient plus communiqué depuis.

— Mon père ne déménagera jamais. Il a construit la ferme de ses propres mains. C'est là qu'il mourra.

— L'as-tu appelé d'abord ?

— J'ai décidé de ne pas le faire : il est plus difficile de fermer sa porte à quelqu'un que de lui raccrocher au nez. Tu vois, moi aussi, j'avais des doutes. Bien sûr, je ne pouvais pas y aller à bicyclette. La seule solution consistait à voler le minibus et traverser la Suède. J'ai abandonné mon vélo dans un champ et me suis approchée de la ferme par les terres cultivées, pour le cas où ils surveilleraient la route. La voiture de Norling était devant la ferme, garée dans l'allée – je n'ai pas été étonnée. Le problème, c'est qu'il bloquait le minibus. Impossible de partir. Mais je ne voulais pas admettre ma défaite.

» Par la fenêtre, j'ai vu Norling avec Chris. Pas trace de Hakan, mais il ne tarderait pas. Je n'ai pas eu besoin d'entrer, car j'avais les clefs dans ma sacoche. J'ai couru à toutes jambes jusqu'au minibus et me suis enfermée à l'intérieur. J'ai fait démarrer le moteur, le vieux minibus s'est ébranlé bruyamment. Chris est sorti en courant. Comme je faisais marche arrière, il a donné des coups de poing contre la portière et il a essayé de monter mais je l'ai ignoré. J'ai engagé la vitesse et roulé droit sur la voiture de Norling. Au tout dernier moment, je l'ai contournée – je ne voulais pas qu'on m'accuse de dégradation de biens. J'ai traversé mon potager, mon précieux potager, détruisant les oignons, les courgettes, des mois de travail, puis traversé la haie et grimpé sur la route. Le minibus avait perdu de la vitesse et je voyais dans le rétroviseur que Chris courait derrière moi, avec en arrière-plan mon potager dévasté. J'en ai eu le cœur brisé, mais ce rêve-là était terminé – la vie à la ferme était terminée. J'ai accéléré.

» Bien évidemment, ils m'ont poursuivie avec leurs voitures de luxe sur les petites routes de campagne, ils m'ont pourchassée tel un gibier, et un minibus blanc était facile à repérer, alors j'ai roulé vite, trop vite, prenant des routes au hasard.

» Ayant réussi à les semer, j'ai établi un itinéraire sur une carte routière, estimant qu'il me faudrait six heures pour atteindre la ferme de mon père. Le voyage a été éprouvant. Le minibus est difficile à conduire, il est lourd et peu maniable. Le temps changeait par à-coups, alternant soleil doux et fortes averses. J'ai quitté le Halland pour le Västergötland, où j'ai été contrainte de faire le plein. Dans la station-service, l'homme au comptoir m'a demandé si tout allait bien, et cette marque de bonté m'a fait monter les larmes aux yeux. J'ai répondu que j'allais mieux que bien, que j'étais au comble de l'excitation. Que j'étais lancée dans une grande aventure, la dernière de ma vie. Je voyageais depuis plusieurs mois, c'est pourquoi je devais lui paraître un peu bizarre, mais j'avais presque atteint mon but.

» Dans les toilettes de la station-service, j'ai examiné mon reflet dans la glace, obligée de reconnaître que j'avais perdu beaucoup de poids ces dernières semaines et que je paraissais négligée. Les femmes, quand elles se négligent, sont regardées avec soupçon, plus que les hommes. L'apparence est un élément important si l'on veut apporter la preuve de sa santé mentale. Je me suis lavé le visage au savon rose et âcre du distributeur, j'ai remis de l'ordre dans mes cheveux, lissé les mèches rebelles, je me suis gratté les ongles et me suis arrangée au mieux pour mon père, qui insistait toujours sur la propreté. "Vivre à la campagne, avait-il coutume de dire, ne signifie pas vivre comme des porcs."

» La nuit tombait et il eût été difficile pour un étranger de s'orienter à l'aide d'une simple carte. Mais j'étais chez moi et, même après cinquante ans, le paysage était resté le même. Je retrouvais mes repères, comme une tortue marine son lieu de naissance, les ponts et les forêts, les villages pittoresques qui, avec leurs boutiques exotiques, semblaient des métropoles à mes yeux d'enfant : un grand magasin sur trois étages, des places animées, des boutiques où les gens riches achetaient des parfums français, et des bureaux de tabac lugubres où les hommes trouvaient leurs cigares et mastiquaient leur chique. À présent, je voyais une ville endormie dès dix heures du soir, un unique bar au fond d'une ruelle, dont la devanture miteuse attirait ceux qui ne se couchaient pas en même temps que le soleil.

» J'ai roulé sur la route de campagne où, si longtemps auparavant, j'avais abandonné mon vélo et pris l'autobus. J'ai parcouru en sens inverse l'itinéraire de ma fuite, longeant les prairies sauvages de mon père jusqu'à la petite maison rouge bâtie de ses mains avant ma naissance, flanquée de son traditionnel drapeau, avec en toile de fond des étangs et des buissons de cassis, une lampe au-dessus de la porte pour seul éclairage, entourée d'un nuage de moucherons et de moustiques, unique lumière à des kilomètres à la ronde.

» Je suis descendue du minibus et j'ai attendu. Nul besoin de frapper à la porte, dans ces contrées isolées, un simple bruit de moteur était assez rare pour qu'on aille voir dehors, mon père m'avait sûrement entendue approcher. Il avait dû se poster à la fenêtre, suivre des yeux le minibus, constater, stupéfait, qu'il se dirigeait vers sa ferme et, encore plus stupéfait, qu'il s'arrêtait devant sa porte. Un visiteur inattendu – tard dans la nuit.

» Quand il a ouvert, j'ai eu envie de partir en courant. N'avais-je pas commis une terrible erreur de jugement en venant jusqu'ici ? Mon père portait une veste de costume. À la maison, il portait toujours une veste et un gilet, ne les quittant que pour travailler dans les champs. J'aurais même pu reconnaître le costume, marron et rêche. Mais ils étaient tous pareils – lourds, râpeux et inconfortables, des habits austères pour un homme austère. Tout me paraissait familier, excepté le délabrement général – ça, c'était nouveau. Les cassis étaient envahis de mauvaises herbes, à l'exception d'un seul qui était mort. Les étangs n'étaient plus entretenus, les algues étouffaient les nénuphars. La peinture de la grange s'écaillait et les machines agricoles étaient piquées de rouille. En contraste avec tout cela, mon père semblait en excellente santé, du haut de ses quatre-vingt-cinq ans, toujours solide et droit, ni frêle ni affaibli, incroyablement vivant – vigoureux et l'esprit vif. Il avait les cheveux blancs et bien coupés. Il prenait soin de lui. Il embaumait l'essence de citron vert, seul parfum qu'il s'autorisait. Il a dit mon prénom :

» – Tilde.

» Sans une once d'hésitation ou d'étonnement. Le prénom qu'il m'avait choisi prononcé comme la déclaration forte d'un fait qui ne lui apportait aucune joie. J'ai tenté de l'imiter, mais je n'ai pas pu masquer l'hésitation dans ma voix :

» – Père !

» J'avais quitté cette ferme à bicyclette et je revenais cinquante ans après dans un minibus. Je lui ai expliqué que je n'étais pas là pour régler des comptes, ni pour lui créer des ennuis. Il a dit :

» – Je suis vieux.

» J'ai ri.

» – Je suis vieille, moi aussi !

» Au moins, nous avions cela en commun.

» L'intérieur de la ferme reflétait le style suédois des années soixante, mal préservé, tel un pot de confiture oublié au fond d'un placard, couvert de moisissures. L'accumulation de saleté me remplit de tristesse. L'hygiène corporelle et un ordre irréprochable avaient été son obsession.

Mais c'était ma mère qui avait la charge de maintenir la propreté de la ferme, il ne levait jamais le petit doigt. Après sa mort, il n'avait pas repris les tâches ménagères. Et alors que lui-même était très soigné, la ferme sombrait dans la décrépitude. Dans la salle de bains, la pomme de douche était rouillée, les joints, noirs, la bonde, bouchée par des tapons de cheveux. Un minuscule fragment d'étron flottait dans la cuvette des toilettes. Et l'odeur ! Alors qu'à l'extérieur on respirait l'air le plus pur du monde, il régnait à l'intérieur une odeur de moisi et de renfermé. Les fenêtres étaient équipées d'un triple vitrage pour isoler du froid glacial de l'hiver, et mon père ne les ouvrait jamais, même en été. Tu comprends, il détestait les mouches. Cinquante ans après, il y avait toujours du papier gluant dans toutes les pièces, disparaissant parfois sous une couche de mouches mortes ou à l'agonie. Mon père ne pouvait pas s'asseoir si une mouche volait dans la maison, il la pourchassait jusqu'à ce qu'elle soit morte, aucune porte ne restait ouverte plus longtemps que le strict nécessaire, et pour respirer un peu d'air, il fallait sortir. Cette odeur indéfinissable – papier tue-mouches, vieux meubles et chauffage électrique –, pour moi, c'était l'odeur du malheur. J'ai commencé à me sentir mal à l'aise dès que nous sommes entrés dans le salon, à côté d'une télévision qui avait dû être achetée après ma fuite – un énorme cube noir muni de deux antennes dressées, comme la tête d'un insecte monstrueux doté d'un œil unique et concave, presque à coup sûr le premier et le seul téléviseur qu'il ait acheté.

» Nous ne nous sommes pas appesantis sur les cinquante ans passés. Nul besoin d'évoquer les années perdues. Elles ne signifiaient rien. Il n'a posé aucune question. Il n'a pas parlé de toi. En fuguant, je l'avais humilié. C'était un homme orgueilleux. Les articles de journaux jaunis qui encensaient son miel blanc étaient toujours accrochés au mur. Ma conduite avait sali, ou du moins entaché sa réputation.

Il avait engendré une fille dérangée. Mais je ne m'étais pas enfuie pour le déstabiliser et il n'était pas responsable de ce qui était arrivé à Freja. On ne pouvait pas ressasser ces questions. C'est moi qui devait m'expliquer.

» Pourquoi étais-je venue ?

» Pas pour parler de la pluie et du beau temps. Pas pour faire semblant de réparer le passé. J'avais besoin de son aide. Je lui ai raconté les événements de l'été, pas aussi précisément qu'à toi mais déjà mieux qu'au Dr Norling. J'ai commencé par le commencement, pas par mes conclusions. J'ai essayé de lui communiquer certains détails, de les situer, mais je n'ai pas pris assez de temps parce qu'il était tard, que j'avais fait six heures de route ; je n'étais pas assez concentrée et j'ai laissé certains éléments de côté, réduit des mois à des minutes. De ces erreurs, j'ai tiré des leçons essentielles sur la manière dont il fallait raconter l'histoire pour la rendre convaincante, leçons que j'ai mises en pratique aujourd'hui. Les résumés ne fonctionnent pas. Sans preuves, mon récit restait vague et abstrait. J'ai compris alors qu'il me fallait le structurer autour des pièces à conviction contenues dans ma sacoche et me servir des notes prises dans mon agenda pour étayer mes paroles, leur donner un fondement. Je devais présenter une chronologie. Un contexte. Et des chiffres quand c'était possible. Tout le monde croit aux chiffres.

» En parlant à mon père, il ne m'a pas fallu plus d'une heure pour en venir au meurtre de Mia, destiné à empêcher la découverte des crimes sexuels qui gangrenaient les autorités et la police. À la fin, il s'est levé. Il ne s'est pas prononcé sur les événements ni sur mes accusations, pas un mot. Il a dit que je pouvais dormir dans mon ancienne chambre, que nous parlerions le lendemain, quand je serais reposée. J'ai reconnu que dormir était une bonne idée. J'étais épuisée et j'avais besoin de me rafraîchir les idées. Le lendemain, je lui expliquerais qu'il existait des preuves. J'aurais une seconde chance. Et lui aussi.

» Ma chambre avait été redécorée, il n'y avait plus trace de moi. Les changements ne me dérangeaient pas, parce que les gens évoluent, même les parents, ils prennent leurs distances avec les enfants. Mon père m'a expliqué que la pièce servait de chambre d'hôte depuis mon départ, toujours prête pour les visiteurs que l'église lui envoyait souvent et qui logeaient ici, parfois plusieurs semaines. Il n'était jamais seul. Tant mieux, ai-je pensé. Je ne souhaiterais à personne de rester seul.

» Je me suis allongée sur le lit, tout habillée parce que je n'étais pas sûre que mon père n'appellerait pas Chris pour me surprendre durant mon sommeil. Je n'étais pas idiote : il ne m'avait pas crue. S'il y avait bien une réaction que je reconnaissais, c'était son incrédulité. Au bout d'une heure, je suis allée m'asseoir dans le salon près de l'unique téléphone de la maison, et j'ai attendu de voir s'il quitterait son lit en douce au cours de la nuit pour appeler. Là, j'ai dû fermer les yeux quelques instants, car je me souviens d'avoir rêvé de Freja.

» À l'aube, il n'y avait pas trace de mon père. Il n'avait pas appelé. Je m'étais trompée. Il ne m'avait pas trahie ! Il disait vrai quand il avait déclaré vouloir parler au petit déjeuner, et peut-être avait-il l'intention de me faire préciser certains détails. Ce jour marquait un nouveau tournant dans notre relation.

» Je suis allée dans la cuisine. Les tasses du placard n'étaient pas propres ; j'ai fait bouillir de l'eau dans l'intention de laver toute la vaisselle, récurer l'évier, jeter les papiers tue-mouches accrochés aux fenêtres et faire disparaître cette odeur. Tout en m'activant, j'ai appelé mon père en lui demandant s'il voulait son café au lit. Pas de réponse. Je suis allée frapper à sa porte. Pas de réponse. Il était tard, selon les critères de la campagne, or mon père se réveillait toujours à l'aube. Et sa porte était fermée à clef.

» Je suis sortie pour frapper au carreau de sa fenêtre.

Les rideaux étaient tirés. Je ne savais pas s'il était blessé ou malade et j'ai fait de nombreux va-et-vient entre la fenêtre et la porte, en l'appelant, jusqu'au moment où j'ai entendu une voiture. Je suis sortie sur le perron, la main en visière pour me protéger les yeux du soleil. Le Dr Norling roulait en direction de la ferme.

» Chris avait dû deviner mes intentions et téléphoner avant mon arrivée. Mon père m'avait trahie avant même d'avoir écouté un seul mot, préférant croire mon mari, un homme qu'il n'avait jamais vu. J'aurais dû partir en courant, ou avec le minibus, mais je ne l'ai pas fait. Je suis allée m'asseoir au bord de l'étang, j'ai ôté mes chaussures et mes chaussettes et j'ai plongé les pieds dans l'eau, les chevilles aussitôt enserrées par des chaînes d'algues.

» En arrivant, ils n'ont pas dit grand-chose. Ils m'ont traitée comme une enfant. Je me suis montrée docile. Ils m'ont fait monter à l'arrière de la voiture, en m'attachant les bras pour ne pas risquer que je les agresse au cours du voyage ou que je tente de m'enfuir.

» C'est Norling qui m'a reconduite à la maison. Chris suivait au volant du minibus. Il voulait s'épargner le traumatisme de voyager avec moi, prisonnière à l'arrière. Je n'ai jamais revu mon père. Il est resté enfermé dans sa chambre, préférant croire que mes craintes à propos de Mia n'étaient que le reflet d'une culpabilité ancienne pour le rôle que j'avais joué dans la mort de Freja. Il a cru ça, j'en suis convaincue, la folie de l'assassin imaginant un autre assassinat. Cinquante ans après, il croyait toujours que j'avais commis un meurtre.

MA MÈRE REFERMA SON AGENDA et le posa sur le lit devant moi.

— Il est à toi.

Elle se dépossédait de sa pièce à conviction la plus précieuse, ses notes et ses coupures de journaux, ses photos et ses cartes, elle me confiait tout – deux âmes et un agenda secret en partage. Je me demandai si elle pensait la même chose – recherchait-elle un allié stratégique, un confident aimant ? Je me rappelai son récit de ces moments passés dans la forêt en compagnie de Freja, à échanger des histoires, à se jurer une amitié éternelle, à aller jusqu'à croire que les trolls existaient simplement parce que l'autre l'affirmait. Je posai une main à plat sur l'agenda comme pour empêcher ses secrets de s'échapper.

— Parle-moi de cet asile en Suède.

— Daniel, plutôt mourir que de retourner dans un endroit pareil.

J'ouvris l'agenda au hasard, sans lire, parcourant seulement du doigt ses notes bien ordonnées, hiérarchisées. Je parvins à la conclusion qu'elle ne parlait pas en l'air : ma mère n'hésiterait pas à se suicider si elle échouait finalement à obtenir justice. Cette idée demeurait pour moi audelà du compréhensible et j'étais incapable d'y réagir. Ma mère poursuivit :

— Le bâtiment était propre ; les médecins, gentils ; la

nourriture, acceptable. Mais n'être crue par personne, écoutée de personne, une femme frappée d'incapacité... Je n'ai jamais été cette femme-là. Je ne serai jamais cette femme-là. Si je me retrouvais dans cette situation, je prouverais que je suis capable de mettre fin à mes jours.

— Maman, jamais tu ne me laisserais dire ces choses-là.

Elle secoua la tête.

— Dans un endroit pareil, je ne serais plus ta mère.

— Resterais-je ton fils, si j'étais interné ?

— Bien sûr.

— Que ferais-tu si nos rôles étaient inversés ?

— Je te croirais.

Reposant l'agenda, je lui pris la main et la retournai comme une diseuse de bonne aventure pour en suivre les lignes du doigt.

— Parle-moi de l'hôpital.

— Je ne veux pas parler de cet endroit.

Je fis la sourde oreille.

— Ils t'y ont conduite directement ?

— Non, ils m'ont ramenée à la ferme. Chris avait convaincu le Dr Norling de tenter un traitement à domicile. Ne va pas croire que c'était par bonté d'âme. Il leur fallait donner l'impression que l'hôpital était un dernier recours, qu'ils avaient tout essayé. La ferme s'est transformée en prison. Chris gardait toutes les clefs et l'ordinateur a été déconnecté pour que je ne puisse pas t'envoyer de messages. Je n'avais pas non plus accès au téléphone. Ils m'ont intoxiquée avec des champignons hallucinogènes cueillis dans la forêt pour me rendre folle. Ils voulaient que je hurle que j'entendais des voix, que je sois assaillie de visions obsédantes, que je dise que le sol de notre ferme, moucheté de blanc, renfermait des os broyés d'enfants, ou que je pointe le doigt au loin, en direction des arbres noirs, en affirmant que de dangereux trolls nous surveillaient. J'ai refusé toute nourriture non emballée, mais on peut facilement contourner cette difficulté en piquant des seringues dans les emballages. Ma langue et mes gencives ont noirci, mon haleine empestait. Mes lèvres sont devenues bleues.

» Un jour que Chris était allé faire des courses, j'ai ressorti les preuves que j'avais réunies, mais il est rentré par surprise. Il s'est emporté, il m'a agressée et il a jeté les versets brodés dans le feu. J'ai réussi à les retirer juste à temps, avec les pinces. C'est là qu'il a décidé de me faire interner. Je risquais de mettre le feu à la ferme, a-t-il prétendu.

» Le Dr Norling et lui m'ont conduite à l'asile. C'était une excellente stratégie. Une fois qu'on a été admis dans un asile, on perd toute crédibilité. Peu importe si on n'y a passé qu'une nuit et qu'on en soit sorti avec l'accord des médecins. La suspiscion demeure et peut être utilisée par un avocat, devant un juge et un jury. Cela dit, le séjour à l'hôpital s'est révélé une bénédiction. Avant mon admission, j'étais vaincue. La seconde trahison de mon père m'avait abattue. Je n'avais plus la force de lutter. Je ne me croyais plus capable d'essayer de convaincre quelqu'un d'autre. Cette nuit-là, le médecin m'a informée que Chris lui avait raconté mon enfance en laissant entendre que j'étais responsable de la mort de Freja. Le choc a été si violent pour moi que j'ai passé des heures à rédiger la version véridique, le témoignage que tu as lu. Cela a suffi pour que les médecins me laissent partir. Dans leur confiance, j'ai puisé de nouvelles forces. J'avais été stupide et sentimentale de me tourner vers mon père en croyant à la possibilité d'une seconde chance. C'était à toi qu'il me fallait parler – mon fils, mon précieux fils ! Toi, tu m'écouterais. Tu serais équitable. Dès que j'ai compris cela, j'ai été heureuse comme jamais depuis des mois.

» J'avais tout dans ma sacoche, mon passeport et ma carte de crédit, et j'ai pu me rendre directement de l'hôpital à l'aéroport. Peu importait la dépense. J'ai acheté un billet sur le premier vol pour Londres. Cette fois, je raconterais mon histoire comme elle devait l'être, étayée par des preuves. Cette fois, je la raconterais à quelqu'un qui m'avait toujours aimée.

⁂

Je lâchai la main de ma mère.

— Maman, me fais-tu confiance ?

— Je t'aime beaucoup.

— Mais me fais-tu confiance ?

Elle réfléchit un peu à la question et au bout d'un moment, elle sourit.

UNE TEMPÊTE DE NEIGE avait balayé le sud de la Suède, perturbant le trafic aérien. Lorsque, enfin, mon avion toucha le sol à l'aéroport de Landvetter, à Göteborg, il était près de minuit. Le pilote annonça aux passagers à bout de patience que le froid était exceptionnel pour une mi-décembre, même selon les critères suédois. Il faisait moins quinze degrés et la neige, bien que plus faiblement, continuait de tomber. Au sortir de l'appareil, le spectacle eut un effet apaisant sur les esprits échauffés. Même l'hôtesse de l'air exténuée s'octroya un moment pour admirer la vue. Nous étions dans le dernier vol. L'aéroport était pratiquement désert, hormis une silhouette solitaire au contrôle des passeports. Le temps qu'on me fasse signe d'avancer, mes bagages se trouvaient sur le tapis roulant. Je franchis la douane, passant devant des familles et des couples en pleines retrouvailles. La scène me rappela la dernière fois que j'avais attendu quelqu'un aux arrivées. Je fus aussitôt submergé de tristesse.

Quatre mois s'étaient écoulés depuis que ma mère avait été internée. Elle se trouvait dans un hôpital de haute sécurité au nord de Londres. En aucune manière on ne pouvait prétendre qu'elle y suivait un traitement. Ma mère refusait tout médicament. Dès l'instant où elle avait compris que les médecins ne la laisseraient pas sortir, elle avait cessé de leur parler. Par conséquent, ils n'avaient pu mettre en place aucune thérapie adaptée. Récemment, elle avait cessé de s'alimenter, convaincue que la nourriture contenait des antipsychotiques. Elle se méfiait de l'eau du robinet. De temps à autre, elle buvait des jus de fruits, mais seulement si les bouteilles n'avaient pas été décapsulées. Elle souffrait de déshydratation. Ses symptômes physiques, déjà troublants quand j'étais venu la chercher à l'aéroport cet été, empiraient de semaine en semaine. Sa peau était tendue sur son crâne, comme si son corps se retirait du monde. Ma mère était en train de mourir.

Sans jamais mettre en doute les détails de son récit, j'en contestais l'interprétation. Je ne m'étais pas adressé à la police, car je redoutais pour elle de sérieuses restrictions à sa liberté au cas où ses accusations se révéleraient sans substance, ou encore si la Suède ne reconnaissait pas la possibilité d'un meurtre. Mon idée était que nous allions tous les trois parler à un médecin, un personnage indépendant et sans parti pris. Pour finir, en choisissant l'hôpital, j'avais provoqué ce que je cherchais précisément à éviter – son enfermement.

Au cours du trajet nocturne dans Londres ma mère m'avait tenu la main. Dans son esprit, la voiture que j'avais commandée à l'hôtel nous emmenait au commissariat. Je n'avais pas menti, je ne l'avais pas non plus corrigée ; non par lâcheté, mais par pragmatisme. Elle m'avait parlé avec tant d'enthousiasme de ses rêves d'avenir, passer plus de temps ensemble et redevenir proches, elle me faisait si totalement confiance que lorsque la voiture a stoppé devant l'hôpital, elle n'a pas pu imaginer que je l'avais trahie. Elle a dit au chauffeur qu'il s'était trompé, qu'il nous avait conduits à une mauvaise adresse. Elle qui soupçonnait tout le monde ne s'était pas méfiée de moi. Puis elle comprit son erreur et son corps entier parut frémir d'angoisse. J'avais représenté son sauveur, son soutien, son derniers recours. En fin de compte, je m'étais comporté comme tous les autres. Devant ce terrible revers, elle montra une résistance remarquable. C'était un coup dur, un de plus. J'avais cessé d'être son allié. J'avais cessé d'être son fils. Elle ne chercha pas à s'enfuir, ni ne céda à la panique. Je savais ce qu'elle pensait : si elle avait déjà convaincu les médecins suédois, elle recommencerait ici. Une tentative de fuite n'aboutirait qu'à la faire déclarer folle et enfermer indéfiniment. Elle lâcha ma main et reprit sa sacoche, puis, tête haute, elle descendit calmement de voiture, prête à se défendre, à forger de nouvelles alliances. À sa façon d'envisager froidement l'hôpital psychiatrique, je ne pus m'empêcher d'admirer sa force : son seul regard distancié témoignait de plus de courage que je n'en avais jamais manifesté au cours de ma vie.

À aucun moment, pendant la procédure d'admission, elle ne posa les yeux sur moi. J'étais contraint de mentionner le fait qu'elle avait menacé d'attenter à ses jours, et je le fis en pleurant. Devant cet étalage d'émotion, elle leva les yeux au ciel. Dans son esprit, je jouais – mal – la comédie, « larmes de crocodile » et « tristesse feinte », comme elle l'avait dit auparavant. Je croyais l'entendre penser : « Qui aurait cru qu'il pouvait mentir avec tant de conviction ? »

Elle avait raison, je savais mentir, mais ce n'était pas le cas à présent. Les médecins la conduisirent dans le service ; elle ne me dit pas au revoir, et elle ne se retourna pas quand je criai dans le couloir blanc et nu que je viendrais la voir bientôt.

Devant l'hôpital, en attendant mon père, je m'assis sur un petit muret en briques, les jambes pendant au-dessus de la plaque de rue. Il arriva en taxi, désorienté et à bout de forces. De près, je vis à quel point il était perdu, incomplet sans ma mère. Quand il me serra dans ses bras, je craignis qu'il ne s'effondre. Le Dr Norling l'accompagnait. Impeccablement habillé, entouré d'un parfum léger, il me fit penser à un dandy d'une époque révolue. Il regrettait, dit-il, de ne pas avoir informé l'équipe médicale suédoise du danger que ma mère pouvait représenter pour elle-même et pour les autres. Cette réserve lui avait été soufflée par mon père, par ailleurs bien intentionné, qui avait préféré qu'on minimise la gravité de son état pour limiter autant que possible son séjour à l'hôpital. L'équipe médicale avait donc sous-estimé son profil de risque – expression que j'allais entendre maintes et maintes fois. À l'hôpital suédois, ma mère avait menacé de porter plainte s'ils ne l'autorisaient pas à sortir. Rien ne justifiait qu'ils la gardent. Elle se comportait normalement et son récit des événements passés était cohérent. Techniquement parlant, il s'agissait d'une admission volontaire. Norling était venu en Angleterre pour corriger ses erreurs. Je sentais bien qu'il se préoccupait avant tout de sa réputation, mais je ne décelai aucun autre motif obscur. Il s'adressa aux médecins anglais avec brio, joua de son charme. En dépit de ses efforts pour nous aider, je ne le trouvais pas sympathique. Ma mère en avait dressé un portrait exact : vaniteux et pompeux. Mais il ne m'apparaissait guère comme un scélérat.

L'établissement était propre. Les médecins et les infirmières, dévoués et chaleureux. Il y avait une salle de visite où ma mère s'installait sur un appui de fenêtre pour regarder à travers la vitre, scellée et incassable. Au-delà de la clôture surmontée de fil de fer barbelé, s'étendait un parc pourvu d'une aire de jeux invisible, mais on entendait parfois des rires d'enfants, pendant l'été. Il était retombé dans le silence au début de l'hiver. Ma mère ne se retournait pas quand j'entrais dans la pièce. Elle ne me regardait pas, ne me parlait pas, et agissait de la même façon avec mon père. Quand nous partions, elle disait aux infirmières que le seul motif de nos visites était de veiller à ce que ses allégations ne soient pas crues. J'ignore quelle théorie elle avait pu concevoir pour expliquer ma complicité. Elle dédaignait son traitement médicamenteux : ç'aurait été reconnaître la fausseté de son récit et trahir les enfants adoptés qui avaient besoin de son aide. Les médecins ne pouvaient exercer aucune contrainte. Il leur fallait son consentement. Selon elle, elle ne souffrait d'aucune maladie. Une muraille entourait son esprit et il nous était impossible de la détruire. Lors des premières séances de thérapie, elle avait étalé ses preuves et répété ses accusations. À présent, elle gardait le silence. Dès qu'apparaissait un visage nouveau parmi le personnel soignant ou les patients, elle reprenait pour lui toute son histoire et chaque fois, le récit s'allongeait. Ses talents de conteuse grandissaient, comme si l'hôpital devait lui servir à améliorer la description d'un décor ou d'un des suspects. Les autres patients, sans exception, la croyaient. Certains parmi eux venaient me voir au cours de mes visites et me reprochaient de ne pas chercher à éclaircir le meurtre de Mia.

Des jours et des semaines s'écoulèrent ainsi. Tantôt j'y allais seul, tantôt avec mon père, et quelquefois avec Mark. Il attendait toujours dehors, jugeant déplacé de voir ma mère dans cet état avant qu'elle ne sache qui il était ou pourquoi il était venu. Au commencement, nous étions optimistes. Ma mère guérirait, nous deviendrions une famille plus forte et plus soudée. Nous réduirions les distances. Mais aux yeux de ma mère, ma trahison était un point de non-retour. Lentement, la certitude qu'elle resterait sur cette position s'était installée en moi. Je vivais une forme de deuil.

Un jour, à la fin de l'automne, tandis que je marchais de long en large dans la salle des visites, troublé par le changement de saison et l'absence de progrès, je déclarai sans trop réfléchir :

— Je pars pour la Suède. Je veux découvrir la vérité par moi-même.

Ce fut le seul moment où ma mère réagit. Elle se retourna, me regarda en face pour évaluer ma sincérité. Pendant quelques secondes, son regard exprima la même chose que le jour où elle m'avait vu à l'aéroport – de l'espoir. Pendant quelques secondes, je redevins son fils. Elle posa un doigt sur ses lèvres, en appuyant dessus comme pour me faire signe de me taire. Je m'accroupis à côté d'elle :

— Qu'est-ce qu'il y a ?

Ses lèvres s'entrouvrirent, je vis la pointe de sa langue, noircie. Elle fut sur le point de parler, mais subitement se ravisa. Elle ne croyait plus à ma loyauté. Ses lèvres se refermèrent.

— Maman, s'il te plaît, parle-moi.

Mais elle ne voulait plus. C'était le signe qu'en dépit de sa maladie, ses capacités de perception demeuraient intactes. Je n'avais pas songé sérieusement à partir pour la Suède. Jusqu'à ce jour, je m'étais focalisé sur les médecins, la thérapie et le traitement.

Un peu plus tard, j'abordai la question avec mon père et Mark. Je les avais présentés l'un à l'autre de la façon la plus banale, et dans des circonstances particulièrement tristes. Ils avaient échangé une poignée de main, comme s'ils venaient de s'accorder sur un contrat. Mon père l'avait remercié pour son aide. Une fois seul avec moi, il avait demandé que je lui pardonne. Il s'en voulait d'avoir laissé penser qu'il ne m'accepterait pas tel que j'étais. Trouvant ses excuses insupportables, je lui présentai plutôt les miennes. Il était bouleversé, non par la révélation, mais par les années de secret, comme je l'avais imaginé. Malgré la tristesse, il avait enfin fait la connaissance de Mark. Je pouvais cesser de mentir. Cependant, aucun de nous trois ne put fêter cela en l'absence de maman. Sans elle, toute célébration familiale paraissait inconcevable. Ni Mark ni mon père n'approuvèrent mon idée de me rendre en Suède. Pour eux, Mia avait été une jeune fille malheureuse et elle avait fugué. Il n'y avait aucun mystère à dissiper. Si j'allais là-bas, je me retrouverais pris dans les arcanes d'une quête impossible, et je m'éloignerais du problème véritable – convaincre ma mère d'accepter un traitement et une thérapie. Pire encore, elle risquait alors de s'accrocher à ses illusions plutôt que de les remettre en question et cela lui ferait plus de mal que de bien. Je laissai tomber l'idée, ou du moins, je n'en parlai plus, mais j'avais recommencé à étudier le suédois et passais de longues heures plongé dans mes vieux manuels, à réviser des listes de vocabulaire pour rafraîchir mes notions d'une langue que j'avais parlée couramment enfant.

À l'approche de la nuit la plus longue de l'année, les médecins commencèrent à envisager d'alimenter ma mère par voie intraveineuse, décision dont ils nous présentèrent les aspects juridiques et les implications morales. À ce moment-là, je déclarai ouvertement mon intention de me rendre en Suède. Mark l'interpréta comme un déni, assez typique de mon caractère, une forme d'esquive. Chez mon père, la détérioration de l'état de santé de ma mère provoquait une telle détresse qu'il était prêt à accepter n'importe quoi et ne s'y opposait plus. J'avais en tête de découvrir ce qui était arrivé à Mia. Quelle que soit la vérité, rapporter des nouvelles fraîches me donnerait une chance de renouer le dialogue avec ma mère, j'en étais convaincu. Mark cessa ses objections quand il vit que ma décision était prise, et me prêta l'argent nécessaire au voyage. J'aurais préféré contracter un emprunt à la banque, mais il se mit dans une telle colère que je ravalai ma fierté. Il n'y avait pas de travail à l'horizon. La société qui m'employait se trouvait au bord de la faillite. J'étais fauché et, dans mes moments les plus sombres, je me demandais si, en effet, je n'étais pas en train de fuir.

En calculant les dépenses, j'estimai pouvoir survivre trois semaines, à condition de mener une existence monacale. Mark n'avait pas la possibilité de s'éloigner de son travail mais il décida, si je n'étais pas rentré à ce moment-là, de venir me retrouver à Noël. Habilement, il cachait ses doutes. C'était un esprit rationnel et discipliné, ce qui le rendait brillant devant une cour de justice. Moi, je suivais mes émotions et mon instinct, qui me disaient que le récit de ma mère contenait une part de vérité.

⁂

En sortant de l'aéroport, je pénétrai dans une nuit glaciale et me préparai à la longue route qui m'attendait. Mark avait choisi ma voiture de location, un 4×4 racé et puissant conçu pour affronter un climat extrême. Je ne conduisais jamais à Londres et tenir le volant de ce véhicule somptueux avait comme un parfum d'imposture, mais je lui savais gré de son choix. Les conditions climatiques étaient rudes. Les autoroutes attendaient encore d'être dégagées et, à titre temporaire, on avait aménagé une voie unique bordée de neige fraîche. Je fus contraint de rouler lentement, de m'arrêter à plusieurs stations-service pour boire du café noir, manger des hot-dogs à la moutarde aigre-douce et ces réglisses salées, les *salmiakit*. À quatre heures du matin, je quittai enfin l'autoroute pour suivre d'étroites routes de campagne, jusqu'au moment où le GPS annonça que j'étais parvenu à destination.

Une épaisse couche de neige recouvrait l'allée conduisant à la ferme et le toit de chaume, s'effritant le long des corniches. Un chêne penchait ses branches au-dessus de la maison vieille de deux cents ans, comme si ces deux-là respectaient un serment d'allégeance. La couche de neige était vierge. La menace ressentie par ma mère devant ce paysage était absente, ou du moins invisible pour moi. Le calme extraordinaire qui l'avait suffoquée me paraissait merveilleux, l'immensité de ce monde, tout le contraire d'oppressante, et seules les lointaines lumières rouges des éoliennes – des yeux de rat, avait-elle dit – m'empêchaient de me défier complètement de sa reconstitution cauchemardesque.

En regardant autour de moi, j'identifiai rapidement les différents décors de son récit – la grange reconvertie pour des touristes qui n'étaient jamais venus, la dépendance en pierre où avait été accrochée la carcasse de porc. Je tentai de deviner l'emplacement du potager, dissimulé sous la neige, mais n'aperçus que la brèche dans la haie, qui témoignait des événements traumatiques du jour de sa fuite.

L'intérieur de la ferme présentait les signes d'un départ hâtif. Une chope remplie de thé, posée sur la table de la cuisine, avait gelé en surface. D'un doigt, je brisai la mince couche de glace brune et remuai le liquide. Je goûtai. Il n'y avait pas de lait et on l'avait sucré au miel. Aucun de mes parents ne buvait son thé ainsi. Brusquement, devant ce qui était, de mon propre aveu, une conclusion insignifiante, mes chances me parurent bien maigres. Ce voyage était un acte théâtral dont l'extravagance masquait mon impuissance et mon désespoir.

Malgré la fatigue, je doutais de pouvoir m'endormir tout de suite. Il faisait trop froid. Trop d'idées s'agitaient dans ma tête. J'allumai un feu dans le cœur de fonte de la ferme, un magnifique poêle ouvragé dont les joints se mirent à cliqueter à mesure que le métal se réchauffait. Une fois assis, j'aperçus, sculpté dans le bois, un visage diabolique. Je sortis la bûche à l'aide des pinces, mais n'y trouvai qu'un gros nœud en forme de nez.

Pour me calmer un peu, je cherchai un livre dans la bibliothèque et tombai sur la bible de ma mère. Je tournai les pages jusqu'à l'Épître aux Éphésiens, chapitre 6, verset 12. La page était vierge d'annotations. En replaçant la bible, je trouvai le recueil de légendes de trolls que ma mère me lisait à l'heure du coucher. La dernière fois que j'avais vu ce livre remontait à bien des années ; pris de nostalgie, je parcourus les histoires près du feu. Même après tout ce temps, je les connaissais par cœur et en les lisant, j'entendais la voix de ma mère. Cela me remplit de tristesse, et je reposai le livre. Les mains tendues vers les flammes, je me demandai ce que j'avais cru pouvoir accomplir en venant ici.

Au matin, je m'éveillai affalé devant les braises éteintes. Mon corps s'était moulé à la chaise et j'eus du mal à me relever. Je regardai par la fenêtre et la luminosité me blessa les yeux. Après ma douche, pendant laquelle j'imaginai une eau boueuse ruisselant sur mon dos, je me préparai un café fort. Il n'y avait rien d'autre à manger que les conserves de légumes et les confitures que mes parents avaient préparées en prévision du long hiver. Je choisis une confiture de cassis délicieuse, que je mangeai à la petite cuillière à la table de la cuisine, devant un carnet neuf et un crayon bien taillé – les outils de l'inspecteur. Je contemplai ces objets sans beaucoup de conviction. En haut de la première page, j'écrivis la date.

Il était évident que je devais commencer par Hakan. Mon père l'avait appelé pour l'avertir de mon arrivée et lui faire part de mes intentions. Hakan n'avait toujours aucune nouvelle de Mia, et n'attendait rien de ma présence ici. Mon père venait de prendre la décision de vendre la ferme. Un petit millier de livres en main, il s'était installé chez Mark, dans le bureau. Il n'avait aucun projet, et seul l'espoir que ma mère irait mieux l'aidait à tenir. Mais à mesure que son état se dégradait, il dépérissait lui aussi. Ils formaient une équipe indissociable, unis jusque dans le délabrement. La vente de la ferme suscitait chez moi quelques craintes, mais elles étaient imprécises et de nature superstitieuse ; rien, d'un point de vue pratique, ne justifiait mon opposition. Pour mes parents, la ferme portait malheur : debout sous les vieilles poutres du plafond, je le sentais avec acuité. Hakan avait maintenu son offre généreuse alors qu'il aurait pu lâcher l'affaire ou profiter de notre situation. Il triomphait avec élégance. Au début de l'année prochaine, la ferme lui appartiendrait.

Confus et maussade, je ne voulais pas rencontrer Hakan dans cet état d'esprit. Mon inclination naturelle me portait à me fier au portrait brossé par ma mère, d'autant plus que mon père restait souvent aveugle aux défauts des autres. Hakan avait parfaitement pu se montrer cordial avec l'un et odieux avec l'autre. Cet homme redoutable me jugerait certainement faible et sans envergure, mais j'étais curieux de savoir ce qu'il pensait de ma démarche.

Je décidai de me rendre en ville pour faire des provisions. J'avais gardé de bons souvenirs des boutiques suédoises où j'accompagnais ma mère et des produits de consommation qu'on ne trouvait pas ailleurs. Mon assurance, j'en étais convaincu, reviendrait quand j'aurais bien mangé, garni les placards et donné à la ferme un aspect plus accueillant.

Le coffre rempli de courses, je me promenai un peu dans le centre, le long de l'artère commerçante. La nuit commençait à tomber et les bougies électriques de l'Avent s'allumaient automatiquement derrière les carreaux. Je m'arrêtai devant le café Ritz où ma mère et Mia avaient passé un moment. Je décidai d'y entrer et passai en revue la vitrine de pâtisseries et de sandwiches aux crevettes, aux œufs et à la betterave. La femme derrière le comptoir me regarda des pieds à la tête, sans faire mystère de son étonnement devant ma tenue. Je ne possédais pas beaucoup de vêtements chauds et il me fallait pour la première fois de ma vie affronter des températures de moins quinze degrés. J'avais improvisé en accumulant des couches mal assorties sous un manteau en velours rayé déniché dans la boutique d'une association caritative, à milles lieues des blousons high-tech que presque tout le monde portait. Faisant mine de ne pas remarquer la curiosité dont j'étais l'objet, je choisis une bouteille d'eau minérale, un sandwich au fromage et, sur un coup de tête, le gâteau que ma mère avait partagé avec Mia, le Princess Torta, une génoise fourrée de crème épaisse et couverte d'une fine couche de pâte d'amandes verte. Je dégustai avec plaisir les premières bouchées, mais fus vite écœuré par sa consistance. C'était comme manger de la neige sucrée et je finis par repousser mon assiette en espérant ne pas offenser la propriétaire. En relevant la tête, j'aperçus l'avis de recherche de Mia épinglé au tableau d'affichage. Diverses annonces et cartes empiétaient déjà tout autour, signe qu'il s'agissait désormais d'une histoire ancienne. Je me levai, marchai jusqu'au tableau et l'examinai attentivement. Il y avait des petites languettes de papier portant le numéro de téléphone de Hakan. Pas une ne manquait.

En me retournant, je vis que la femme derrière le comptoir me fixait et j'eus la certitude qu'elle préviendrait Hakan dès que j'aurais quitté le café. C'était le genre de pensées absurdes que j'avais souvent récusées quand ma mère les formulait. Une impression, rien de plus. Mais j'étais prêt à le parier. Je pris mon manteau, luttai contre l'envie de lancer : « Allez vous faire foutre ! » et quittai les lieux, en remontant ma capuche dans un geste de défi.

À mon retour à la ferme, il était seulement quatre heures de l'après-midi, mais il faisait déjà nuit. On m'avait prévenu de l'effet déprimant des longues nuits d'hiver, particulièrement dans un lieu aussi isolé. J'avais donc acheté une bonne quantité de bougies. Elles répandaient une lumière réconfortante, à la différence des ampoules électriques. En ouvrant le coffre, je marquai un temps d'arrêt. Il y avait à côté de moi, imprimés dans la neige, une série de pas provenant des champs. Laissant mes courses, je les suivis jusqu'à la porte. Une lettre avait été accrochée au chambranle.

Daniel

Je glissai l'enveloppe dans ma poche et regagnai la voiture pour rentrer mes courses. Devant une tasse de thé, entouré de plusieurs bougies allumées, je déchirai l'enveloppe et trouvai une carte couleur crème décorée dans les marges de lutins de Noël. Elle provenait de Hakan, qui m'invitait chez lui le soir même pour un verre de vin chaud.

Comme ma mère, je tenais à soigner ma présentation et j'optai pour des vêtements élégants. Je renonçai à emporter mon carnet et mon crayon – je n'étais pas journaliste et je me demandais même si je n'avais pas été ridicule de les prendre avec moi en Suède. Je me mis très tôt en route, soucieux d'être ponctuel et ne sachant pas trop combien de temps il me faudrait marcher. Parvenu à l'énorme porcherie qui servait de repère, je regardai le morne bâtiment industriel que ma mère avait décrit. Sous la couche de neige, tout semblait tranquille, mais il s'en dégageait une odeur désagréable et je ne m'attardai pas. En remontant la longue allée méticuleusement débarrassée de toute trace de neige, je pris soudain conscience que j'arrivais les mains vides. J'envisageai de rebrousser chemin, mais je n'avais rien à offrir. Je n'allais pas apporter un bocal de conserve.

La maison de Hakan paraissait accueillante, avec ses guirlandes électriques qui clignotaient aux fenêtres, festonnées de rideaux décoratifs en dentelle représentant des lutins en train d'emballer des cadeaux ou tenant un bol de porridge. Je me sentis envahi par un sentiment de bien-être contre lequel je luttai aussitôt. Je frappai à la porte en secouant la neige collée à mes bottes. Hakan vint ouvrir. Il avait près d'une tête de plus que moi et une carrure imposante. Il me sourit et me donna une poignée de main dans laquelle il mit beaucoup de force. Tandis que j'ôtais mes bottes dans l'entrée, il s'adressa à moi en anglais. Loin de pouvoir m'exprimer couramment en suédois, je lui dis poliment que je préférais pourtant employer cette langue. Ma version d'une solide poignée de main, sans doute. Sans trahir aucune réaction, il prit mon manteau en velours côtelé et l'examina brièvement dans la lumière avant de l'accrocher au portemanteau.

Dans le salon trônait un arbre de Noël décoré avec élégance. Des pains d'épices en tissu brodé pendaient à ses branches et au sommet on avait préféré une étoile en papier épais au traditionnel angelot. Des cheveux d'ange enveloppaient les guirlandes, dont les ampoules ainsi tamisées répandaient une lueur diffuse. Le support était sculpté à la main de têtes de trolls finement ciselées, dont les mentons couverts de verrues se prolongeaient jusqu'à former les pieds sur lesquels reposait le sapin. À côté reposent une multitude de paquets enveloppés dans du papier brillant avec des nœuds de soie rouge.

— Ils sont pour Mia, dit Hakan.

Pris séparément, les éléments composant cette pièce étaient magnifiques, mais, pour une raison mystérieuse, on avait l'impression de se trouver à l'intérieur d'un tableau de Noël plutôt que dans un lieu réellement habité.

Je parlais avec Hakan depuis de longues minutes, mais sa femme n'apparaissait pas. Elle finit par arriver, seulement pour nous servir le vin chaud. En sortant de la cuisine, elle m'adressa un bref signe de tête et apporta un plateau chargé de deux verres décorés, une coupelle contenant amandes broyées et raisins secs coupés en petits morceaux, et une carafe de vin chaud et fumant. En silence, elle déposa un peu d'amandes et de raisins dans le fond de mon verre, versa le vin et me le tendit. Je le pris en la remerciant mais, à ma grande surprise, elle évita tout contact visuel et, sans nous accompagner, se retira dans la cuisine dès qu'elle eut fini.

Hakan trinqua avec moi et proposa un toast :

— Buvons à la prompte guérison de votre mère.

Je répondis, avec un brin de provocation :

— Et au retour de Mia.

Il fit comme s'il n'avait pas entendu.

— Ce vin chaud est une vieille recette familiale. Les gens me la demandent tous les ans, mais je refuse de la donner. C'est un mélange secret d'épices et de différents alcools, pas seulement du vin, alors prenez garde, ça déménage.

Je sentis le liquide me réchauffer l'estomac. La prudence me conseillait de ne pas aller au-delà d'une gorgée, mais je vidai rapidement le verre entier. Les amandes broyées et les raisins secs formaient une petite couche sucrée et délicieuse. J'envisageai de puiser dedans avec le doigt mais je remarquai de minuscules cuillères en bois destinées à cet usage.

— Votre voyage en Suède, observa Hakan, est un geste touchant. Peut-être suffira-t-il en lui-même à aider cette pauvre Tilde. Mais concrètement, je ne sais pas ce que vous espérez y gagner.

Cette façon d'évoquer ma mère – « cette pauvre Tilde » – m'irrita, et j'étais certain qu'il l'avait fait exprès.

— J'espère jeter un regard neuf sur les événements.

Hakan prit la carafe et me resservit.

— Je ne vois pas en quoi cela pourrait m'aider.

Je bus une gorgée de mon deuxième verre de vin chaud. Je voulais le voir réagir à la question dont je connaissais pourtant déjà la réponse :

— Avez-vous des nouvelles de Mia ?

Il secoua la tête :

— Aucune.

Son bras retomba d'un côté de son fauteuil, frôlant le papier doré du cadeau proche de lui. Ce léger contact avait suffi à faire bouger le paquet et je me dis aussitôt qu'il n'y avait rien dedans, que c'était juste une boîte vide enveloppée de papier-cadeau. Son silence était comme un défi.

— Vous devez être inquiet. Elle est si jeune.

Hakan vida son verre sans le remplir de nouveau, signe qu'il souhaitait que je m'en aille.

— Jeune ? J'ai commencé à travailler sur cette ferme à l'âge de neuf ans à peine.

Étrange réponse.

Nous nous fîmes nos adieux et je décidai subitement d'aller voir l'abri souterrain où il sculptait ses trolls. Quand la porte se referma derrière moi, je remontai l'allée, mais une fois hors de vue, je fis demi-tour et pris à travers les champs enneigés pour revenir discrètement sur le côté de la maison, passant sous la cuisine où je restai une minute ou deux dans l'espoir de surprendre la conversation entre Hakan et Élise. Mais le triple vitrage ne laissait filtrer aucun son. J'abandonnai et fonçai en direction de l'abri. La porte extérieure était fermée par un cadenas neuf, épais, l'arceau, doublé d'un fourreau de caoutchouc, impossible à forcer par un détective amateur. Je me remis en route et m'éloignai dans la neige. Lorsque je regardai derrière moi, je vis Hakan à la fenêtre de la chambre. Des bougies électriques dansaient au niveau de sa ceinture. J'ignorais s'il m'avait vu ou pas.

Le lendemain matin, je me levai avant le soleil, bien décidé à tirer parti de la courte période de jour. Entouré de bougies, je me préparai un petit déjeuner de yaourt aigre agrémenté de graines de courge, de tranches de pomme et de cannelle en poudre. Ayant pris soin de m'habiller chaudement, je quittai la maison et m'enfonçai dans la neige jusqu'aux genoux. Parvenu au bord de l'Elk, je découvris que la rivière était totalement gelée. Dans sa hâte, mon père avait oublié le bateau, qu'il fallait normalement remonter sur la berge pour l'hiver. Il était maintenant prisonnier de la glace, sa coque présentant déjà des fissures. Au printemps, quand la glace aurait fondu, l'eau pénétrerait à l'intérieur et le bateau coulerait. La vieille Cecilia, m'avait dit mon père, l'avait acheté non pas pour faciliter l'enquête, mais parce qu'elle souffrait de démence. Selon Hakan, elle n'avait plus sa tête – certains jours, elle se croyait une jeune femme avec la vie devant elle, des années d'existence heureuse à la ferme.

Je descendis dans le bateau. Fidèle à la description de ma mère, le moteur était équipé d'un écran LED. Mais il était à plat : pas de charge, pas même de quoi allumer l'écran. Je me remémorai l'histoire du fragment de glace que ma mère avait trouvé dans l'ouïe du saumon. Elle avait eu raison : mon père avait effectivement acheté le poisson, mais pas pour la raison qu'elle soupçonnait. La rivière ne contenait pas de saumons. L'échelle qu'on avait construite pour leur permettre le franchissement de la petite centrale hydroélectrique n'avait pas donné les résultats escomptés, et les saumons ne remontaient plus le courant – aucun spécimen à pêcher, rien que des anguilles remuant en tous sens et des brochets voraces. Impatient, excité par le prix avantageux de la ferme, mon père avait fait croire à ma mère que la rivière était poissonneuse. Les guides qui la présentaient ainsi avaient été rédigés avant la construction de la centrale. Il avait pris, trop tard, conscience de son erreur et tenté de camoufler l'affaire, soucieux de ne pas ajouter au stress de ma mère si tôt après les problèmes rencontrés avec le puits. Animé des meilleures intentions, il avait mal apprécié les choses. Hakan avait choisi, et payé, un saumon pêché dans les eaux norvégiennes chez un poissonnier local.

Je jetai une poignée de terre gelée sur la glace pour tenter d'estimer sa dureté. Sans succès. Je passai alors les jambes au-dessus du plat-bord et la testai du pied. Elle ne céda pas. Je posai l'autre pied et me redressai, prêt à tomber dans le bateau si la glace se fendait. Mais la couche était épaisse et solide. J'entamai donc ma longue marche en direction de l'Île Goutte.

Je progressais lentement et prudemment le long de la rivière gelée. Il me fallut plus de trois heures pour atteindre l'orée de la forêt, et je regrettai de n'avoir emporté ni nourriture ni boisson chaude. Je m'arrêtai brièvement devant les premiers arbres, ce paysage dépeint dans les légendes de ma mère – immémorial et fabuleux. Le ciel était d'un blanc grisâtre et entre les arbres flottait un brouillard glacé. À certains endroits, les gros rochers pris dans la glace formaient d'étranges masses, tourbillons et projections saisis par le gel. Des traces d'animaux couraient dans la neige, dans toutes les directions, et parmi elles, des empreintes assez grandes pour évoquer des créatures de la taille d'un élan. Peut-être ma mère avait-elle vu l'un d'entre eux dans la rivière – peut-être de si près qu'elle aurait pu lui toucher le cou. Quoi qu'il en soit, l'Île Goutte existait bien, de même que le tronc d'arbre où les bateaux s'amarraient.

J'explorai l'île en quête de poutres noircies par le feu. Selon mon père, l'endroit était connu des adolescents qui venaient y baiser et fumer de l'herbe. L'incendie qui l'avait ravagé n'était pas accidentel, c'était ma mère qui l'avait provoqué. On avait découvert un bidon d'essence dans le bateau et ses vêtements éparpillés sur la berge sentaient le pétrole. Quant à la dent de lait – sa dernière et terrible preuve –, elle provenait de sa propre bouche. Elle faisait partie des babioles qu'elle conservait de son enfance dans une boîte à musique en bois ouvragé. Pour lui, en toute logique, elle avait jeté la boîte dans le feu et l'avait regardée brûler, en se tenant si près des flammes qu'elle s'était brûlé la peau, et tout avait disparu, excepté la dent, qui était passée du blanc au noir.

Ce soir-là, à la ferme, je parcourus tous les mails en souffrance. Entre les publicités et quelques factures impayées, je trouvai deux billets pour la Sainte-Lucie, la fête des Lumières, célébrée lors de la nuit la plus longue de l'année, en contrepoint à celle de la Saint-Jean. Rien d'étonnant à ce que ma mère ait acheté les billets si longtemps à l'avance. C'était une femme organisée et méthodique, mais surtout elle aurait été mortifiée de ne pas pouvoir y assister. La ville entière serait là, dont un grand nombre de ceux qu'elle soupçonnait.

En prévision de l'événement, je passai les jours suivants à me renseigner sur Mia. Je parlai à des professeurs de son lycée, à des commerçants, et même à des passants dans la rue. Les gens s'étonnaient de ma curiosité. Beaucoup connaissaient ma mère et son histoire, mais ils ne comprenaient pas pourquoi je m'intéressais à la fille de quelqu'un d'autre. À tous les niveaux, je restais un amateur. J'allai jusqu'à offrir un des billets pour la Sainte-Lucie en échange d'une piste. Mais je paraissais un peu pitoyable, et on m'aurait ri au nez si je n'avais pas été aussi désespéré. Mon rendez-vous le plus prometteur m'avait été accordé par l'inspecteur Stellan, au commissariat plongé dans la torpeur. Il me fit attendre, et n'accepta de me parler qu'entre son bureau et sa voiture, répétant brutalement ce qu'avait dit Hakan : il n'y avait aucune nouvelle. Espérant obtenir plus de succès auprès du sage ermite, j'avais rendu visite à Ulf. Il avait ouvert sa porte sans m'inviter à entrer et je ne n'avais pu jeter qu'un rapide coup d'œil au mur où manquait le verset brodé par sa femme.

Ce soir-là, quand je téléphonai à mon père, il m'apprit que ma mère avait perdu conscience à cause de la déshydratation. Les médecins avançaient que la loi sur les droits des malades ne lui permettait pas de refuser la nourriture, liquide ou solide. S'ils prenaient la décision de lui poser une perfusion et si elle l'arrachait, on risquait de l'attacher. Ensuite, je parlai à Mark, qui ne fut pas très loquace. Il espérait, sans me le demander, que je prendrais la décision de rentrer.

À deux doigts d'abandonner, je notai quelques vols possibles pour Londres. Ce soir-là, le Dr Norling frappa à la porte. Le charme et l'éloquence avaient disparu, mais pas son délicat parfum de santal. Sèchement, presque grossièrement, il m'annonça qu'il ne pouvait rester longtemps et ajouta :

— Vous n'auriez pas dû venir. Vous n'arriverez à rien. Tilde a besoin de retourner à la réalité, pas de fantasmes supplémentaires.

Il fit un geste pour désigner mon carnet vide sur la table.

— Ce sont des fantasmes.

Il ajouta :

— Vous vous en rendez compte, n'est-ce pas ?

Sa question contenait une nuance menaçante, comme s'il évaluait ma propre santé mentale – telle mère, tel fils. Ce fut à ce moment-là que je décidai de rester.

Si ma mère n'avait pas quitté la Suède, la célébration de la Sainte-Lucie aurait sûrement constitué un événement important de sa chronologie, parce qu'elle promettait, selon elle, un incident déterminant. J'avais l'intention d'y aller de bonne heure pour trouver un siège au fond qui me permettrait d'observer les habitants à mesure de leur arrivée, de deviner les liens qu'ils entretenaient et de trouver parmi eux lesquels auraient provoqué une réaction chez ma mère.

L'église se dressait sur une place historique, au point le plus élevé et le plus ancien de la ville, au sommet d'une petite colline. Avec ses murs blancs et sa haute tour, l'édifice semblait surgir de la neige comme un phénomène naturel plutôt qu'un ouvrage d'architecture. Sûre qu'un étranger ne pouvait posséder un billet valable, la caissière m'annonça sur un ton guindé qu'il n'y avait plus de places. Je lui tendis ma réservation qu'elle vérifia soigneusement avant de se résigner à me laisser entrer.

À l'intérieur, il n'y avait pas de lumière électrique, mais l'éclat d'un millier de bougies qui révélait les murs décorés de scènes bibliques peintes sur des planches arrachées aux coques de vieux bateaux de pêche. La brochure que j'avais prise dans l'entrée expliquait que les épouses, les fils et les filles de marins venaient prier autrefois dans cette église pour le retour de leurs maris et pères pris dans la tempête ; c'était donc le lieu idéal où prier pour le retour d'une fille disparue, ou d'une mère à la fois présente et absente.

Sur mes genoux, dissimulée dans le livret de chants, se trouvait une copie de la liste de suspects de ma mère. Le maire fut le premier à arriver, dans la louable intention d'accueillir les participants. Il me vit et m'ignora ostensiblement – seul défaut dans son impeccable cuirasse de jovialité. Il prit sa place dans les rangs réservés, puis l'inspecteur et le médecin, entre autres, vinrent l'entourer. L'église était pleine quand Hakan fit son entrée, accompagné de sa femme. Je devinai le plaisir qu'il tirait à être le point de mire de toute la ville, tandis qu'il se dirigeait vers sa place réservée au premier rang.

Une fois ces personnages éminents installés, le service put commencer. Une procession de jeunes garçons et de jeunes filles vêtus de blanc remonta lentement la nef en chantant ; les garçons brandissaient des étoiles dorées au bout de baguettes, les filles tenaient des bougies, et ils venaient progressivement pour former des rangs à l'avant de l'église. La jeune fille en tête du cortège portait au front des bougies fixées sur un cercle de fer. Une couronne de flammes dans ses cheveux blonds, elle représentait la sainte Lumière, comme Mia l'année précédente. Le service dura une heure. Les fidèles célébraient la lumière et la chaleur moins comme des idées abstraites que comme des besoins primordiaux, des disparus affectionnés. Malgré l'occasion qui leur était offerte, aucun d'eux ne mentionna Mia, ce silence me parut assourdissant. Il me semblait délibéré : on avait demandé au prêtre de ne pas l'évoquer. Si cela ne pouvait être pris pour une preuve de culpabilité, le malaise était d'autant plus palpable que Hakan siégeait au premier rang et que Mia avait été la dernière à incarner sainte Lucie.

Après le service, j'attendis dehors, près des lanternes dont les flammes vacillantes formaient une allée dans la neige, impatient d'échanger quelques mots avec Hakan. Par les portes ouvertes, je le voyais parler avec des membres de la communauté et serrer des mains, plutôt en homme d'influence qu'en citoyen ordinaire. Il me reconnut, marqua une pause comme pour garder son sang-froid, puis il finit par sortir avec sa femme. Tandis que je m'approchais, il fit signe à Élise d'aller l'attendre à la réception privée qui suivait. Elle me regarda brièvement et – peut-être était-ce le fruit de mon imagination – je lus quelque chose dans ce regard, ni commisération ni hostilité mais du remords ou de la culpabilité. Cela dura une fraction de seconde, puis elle s'éloigna sur le chemin bordé de lanternes.

Hakan se montra d'une affabilité peu convaincante.

— J'espère que la cérémonie vous a plu.

— Beaucoup. Quelle belle église ! Mais j'ai été étonné qu'on ne prie pas pour le retour de votre fille.

— J'ai prié, Daniel. Je prie pour elle tous les jours.

Hakan imitait mes parents en refusant de m'appeler Dan, mon diminutif. Je luttai contre mon penchant naturel à éviter le conflit et me rappelai la remarque de ma mère.

— Je me demande comment Mia a bien pu quitter votre ferme, dis-je. Sans voiture, ni bicyclette, ni transport en commun. Elle n'a pas pu partir à pied. Maintenant que je suis ici, je comprends mieux à quel point c'est isolé.

Hakan m'entraîna à l'écart. Il baissa la voix :

— Votre père et moi nous sommes rapprochés au cours de l'été. Il s'inquiétait pour vous. Vous ne m'en voudrez pas si je vous le dis ?

Attaquer ne lui suffisait pas. Il voulait ma permission.

— Allez-y.

— D'après lui, vous n'arriviez à rien. Malgré les possibilités qui vous avaient été offertes, et que vos parents n'avaient jamais eues, vous n'avez pas pensé par vous-même, vous avez suivi leurs traces, choisi la solution de facilité. Il se demandait si votre échec pouvait expliquer la coupure entre vous et votre famille. Vous téléphoniez rarement et vous n'êtes jamais venu. Quand j'entendais Chris répéter vos prétextes, je me disais : Cet homme ment, il n'a aucune envie de venir. Chris a souffert de votre absence. Tilde également. Ils ne comprenaient pas quelle faute ils avaient commise. Ils craignaient de ne pas vous voir de l'année. Le plus difficile à croire, c'est que vous pensiez vraiment qu'ils étaient riches ! Est-ce bien la vérité ?

J'avais honte et m'apprêtais à lui donner une réponse appropriée, à me défendre, mais pour finir je choisis un simple aveu :

— C'est la vérité.

— C'est étrange… J'ai compris dès leur arrivée qu'ils manquaient d'argent. C'est pourquoi j'invitais toujours votre père quand nous allions boire ensemble, et quand nous les invitions à des fêtes, nous ne leur demandions jamais d'apporter des plats coûteux, du saumon ou de la viande.

En plus de m'humilier, il résolvait le mystère de la salade de pommes de terre. C'était un geste charitable, teinté de condescendance. Hakan marqua une pause pour jauger ma réaction. Je fus incapable de protester. Puis il présenta sa défense :

— Nul n'est plus affligé que moi par la disparition de Mia. J'ai fait tout ce qu'on attendait de ma part. Me retrouver publiquement mis en cause par un homme qui n'a rien fait pour aider ses parents, un homme qui ignorait même que sa mère hurlait quand elle voyait son ombre, voilà qui est insultant. Vous tourmentez ma femme et vous injuriez mes amis.

— Je n'ai jamais eu l'intention d'injurier quiconque.

En enfilant ses gants, Hakan affichait l'attitude d'un homme déçu par son adversaire. Mais, avant de le laisser partir, j'ajoutai :

— Tout ce que je veux, ce sont des réponses, pas pour moi, mais pour ma mère. Et pour l'instant, malgré tous vos efforts, je n'en ai pas obtenu. Nous ne savons même pas comment Mia a quitté la ferme.

Hakan avait peut-être détecté chez moi le soupçon qui s'était emparé de ma mère car, pour la première fois, je le vis perdre le contrôle de ses mots :

— Vous n'avez même pas été capable de deviner que vos parents étaient ruinés. En quoi espérez-vous être utile ? Votre visite n'aide pas votre mère, et certainement pas moi. Vous vous sentez coupable et cherchez à vous soulager, mais vous n'avez pas le droit de le faire en fourrant votre nez partout dans ma vie et dans ma communauté, en insinuant que nous aurions quelque chose à nous reprocher. C'est inadmissible !

Il se ressaisit et retourna une dernière fois le couteau dans la plaie.

— Au contraire de beaucoup d'autres ici, je ne considère pas la folie comme une honte. Et peut-être l'ignorait-elle, mais j'ai de l'affection pour Tilde. C'était une femme forte. Trop forte, même. Elle n'aurait pas dû se dresser contre moi. Rien ne le justifiait. Elle m'a vu comme son ennemi alors que j'aurais pu être son ami. Quand je vous regarde, je reconnais ses traits, mais je ne vois pas sa force. Chris et

Tilde ont fait de vous un être faible. Les enfants se gâtent quand on leur donne trop d'amour. Rentrez chez vous, Daniel.

Là-dessus, il s'en alla, me laissant planté dans la neige.

En regagnant la ferme, je ne ressentis aucune colère à l'égard de Hakan. Son jugement n'était pas entièrement faux. Il se trompait cependant sur un point essentiel. La culpabilité n'était pas ce qui me motivait. Ma quête n'était pas futile. Les réponses se trouvaient ici.

Une fois rentré, je m'attelai à retrouver les mots que ma mère avait écrits sur les murs. Je finis par remarquer qu'on avait déplacé une armoire, laissant des éraflures sur le plancher. Je l'écartai du mur et, à ma grande déception, je ne découvris qu'un seul mot :

Freja !

Un nom entouré de vide, exactement comme le mail qu'elle m'avait envoyé :

Daniel !

J'avais évoqué avec mon père le journal énigmatique retrouvé dans une boîte en fer rouillée dont l'auteur restait inconnu. Ma mère, m'avait-il expliqué, était ambidextre. Une nuit, au cours de l'été, il l'avait surprise en train de tracer des lignes sur ces vieux papiers. Elle avait rédigé ce journal fictif à l'encre brune en se servant de sa main gauche.

Je pris le téléphone et appelai mon père. Il était tard et il manifesta son étonnement. Je me dispensai des habituelles politesses.

— Papa, pourquoi as-tu déplacé l'armoire pour cacher le mot écrit sur le mur ? Tu voulais que personne ne le voie ?

Il ne répondit pas. Je poursuivis :

— Tu n'as rien rangé à la ferme avant de partir, tu as

laissé le bateau geler dans la rivière, mais tu as pris le temps de cacher ce mot.

Toujours pas de réponse.

— Quand tu m'as appelé pour m'annoncer que maman était malade, tu as dit qu'il y avait beaucoup de choses que j'ignorais. Tu as dit que maman pouvait devenir violente. Mais elle n'a pas été violente au cours de l'été, elle n'a fait de mal à personne. À quoi pensais-tu ?

Silence toujours.

— Papa, est-ce que maman a tué Freja ?

Il répondit enfin :

— Je ne sais pas.

Et il ajouta, d'une voix à peine audible :

— Mais cela expliquerait beaucoup de choses.

⁂

Incapable de dormir, je me levai et m'habillai. Je remplis une thermos de café fort et réchauffai sur les braises du poêle en fonte un petit pain garni de plusieurs épaisses tranches de fromage doux suédois. Je préparai un sac avec des vêtements de rechange, mon carnet et mon crayon, les symboles de mon entêtement plutôt que des objets destinés à un usage concret. Quittant la ferme au cours de la nuit la plus longue de l'année, je roulai à travers la campagne, vers le nord-est, en direction du grand lac où ma mère allait nager et où Freja s'était noyée. Pendant presque la totalité du voyage, je fus seul sur la route. À mon arrivée à la ferme de mon grand-père, l'aube pointait et le ciel était partagé en deux parties égales, l'une noire et l'autre blanche.

Si je me fiais au récit de ma mère, mon grand-père avait dû entendre la voiture approcher. Je n'eus à frapper qu'une fois pour que la porte s'ouvre, comme s'il attendait derrière le battant. Ce fut ainsi que nous fîmes connaissance. Il avait une belle chevelure blanche, une chevelure de bon sorcier, mais en voulant les plaquer, il avait façonné des mèches irrégulières qui pendaient comme des stalactites graisseuses. À huit heures du matin, il portait un complet noir, une chemise grise et une cravate noire – un costume de deuil. Un désir saugrenu de l'étreindre me submergea, comme s'il s'agissait de retrouvailles. Toute ma vie, il avait été un étranger pour moi, mais il appartenait à ma famille et c'était précieux. Comment ne pas éprouver de la tendresse à son égard ? En dépit des problèmes passés, je voulais qu'il fasse partie de notre petit cercle. Et maintenant, j'avais besoin de lui, qui représentait notre dernier lien avec le passé. Sans hésitation, curieusement, il me reconnut tout de suite. Il me dit, en suédois :

— Tu es venu chercher des réponses. Tu n'en trouveras pas ici. Hormis celles que tu connais déjà. La Petite Tilde est malade. Elle a toujours été malade. Je crains qu'elle le reste toujours.

Il appelait ma mère « la Petite Tilde », sans condescendance ni affection. Il s'exprimait d'une voix blanche. Ses phrases étaient comme préparées à l'avance, prononcées avec la juste dose de solennité qui les dépouillait de toute émotion.

J'entrai dans la maison de mon grand-père, la maison qu'il avait bâtie de ses propres mains alors qu'il était plus jeune que moi. De plain-pied, sans étage ni cave, elle était vieillotte et étonnamment petite quand on savait la quantité de terres qu'il possédait. La décoration datait de plusieurs décennies. Dans le salon, je sentis l'odeur dont ma mère avait parlé, qu'elle désignait comme celle du malheur – un mélange de renfermé, de poussière brûlée par les radiateurs électriques hors d'âge et de papier tue-mouches. Pendant qu'il préparait le café, j'examinai sur les murs les récompenses qu'il avait récoltées pour son miel blanc, les photos de lui et de ma grand-mère. Elle était robuste, habillée simplement, un peu comme la femme de Hakan. Quant à mon grand-père, il semblait avoir toujours accordé beaucoup d'importance à sa mise. Ses costumes étaient bien coupés. Indéniablement, il avait été beau, et immensément grave ; il ne souriait jamais, même au moment de recevoir un trophée ; un père austère, sans aucun doute, et un élu local plein de probité. Il n'y avait aucune photo de ma mère. Pas la moindre trace d'elle dans la ferme.

Comme il revenait avec le café et deux biscuits au gingembre, chacun posé sur une assiette, je sentis pour la première fois son parfum citronné et je me demandai s'il en avait mis un peu en attendant que le café soit prêt. Il m'expliqua qu'il attendait des hôtes envoyés par l'église et ne disposait hélas que d'une heure. J'étais sûr qu'il mentait mais je ne pouvais pas lui en vouloir. Je m'étais présenté à l'improviste. Néanmoins, sa volonté de nous fixer une limite me parut une forme de rejet douloureux.

— Pas de problème, dis-je en souriant.

Il servit le café et, en guise de présentation, je lui fis un bref résumé de ma vie, en espérant qu'un détail retiendrait son attention. Il prit son biscuit au gingembre et le cassa en deux moitiés égales qu'il plaça à côté de son café. Il but à petites gorgées, mangea une moitié de biscuit.

— Comment va Tilde à présent ? demanda-t-il alors.

Je ne l'intéressais pas. Il était inutile de perdre mon temps à tenter de forger des liens. Nous étions des étrangers. Soit.

— Elle est très malade.

À défaut d'affection, je me contenterais des faits.

— Il est très important pour moi de comprendre ce qui s'est passé à l'été 1963.

— Pourquoi ?

— Les médecins pensent que cela pourrait faciliter son traitement.

— Je ne vois pas en quoi.

— Eh bien, je ne suis pas médecin…

Il haussa les épaules :

— L'été 1963…

Il soupira.

— Votre mère est tombée amoureuse, ou plutôt, elle a connu une passion sexuelle. L'homme avait dix ans de plus qu'elle, il travaillait dans une ferme voisine – un ouvrier saisonnier venu de la ville. La Petite Tilde n'avait pas seize ans à l'époque. Leur relation a été découverte et a causé un scandale…

Je me penchai en avant, levant la main pour l'interrompre comme je l'avais fait avec ma mère quand elle me racontait sa version des événements. J'avais déjà entendu cette histoire, mais avec Freja pour héroïne. Peut-être mon grand-père avait-il mélangé les noms.

— N'est-ce pas plutôt Freja qui est tombée amoureuse de l'ouvrier agricole ?

Mon grand-père fut aussitôt sur le qui-vive. Jusque-là, il s'était exprimé avec une lassitude mélancolique, ce n'était plus le cas.

— Freja ?

— Oui, ma mère m'a raconté que Freja était tombée amoureuse de l'ouvrier agricole. C'est Freja qui a provoqué le scandale, pas Tilde.

Troublé, mon grand-père se frottait la joue en répétant le nom.

— Freja.

— C'était sa meilleure amie. Un jour, elles ont fugué ensemble.

Le nom lui rappelait quelque chose, mais je n'aurais pas su dire quoi.

— Je ne me souviens pas des noms de ses amies.

La remarque me parut extravagante.

— Vous devez vous en souvenir ! Freja s'est noyée dans le lac ! Ma mère ne s'est jamais remise du fait que vous l'avez crue responsable de sa mort. C'est pour ça qu'elle est partie. C'est pour ça que je suis ici.

Il leva les yeux au plafond, plissa le front, comme si une mouche avait attiré son attention.

— Tilde est malade, dit-il. Je ne peux pas détricoter ses histoires. Je ne vais pas rester assis à essayer de comprendre ce qui n'a aucun sens. Je l'ai assez fait au cours de ma vie. C'est une menteuse, ou une mythomane, à vous de choisir. Elle croit à ses propres histoires. C'est une maladie.

Je me sentais désorienté par sa véhémence, mais surtout à cause de cette version divergente.

— Je n'aurais pas dû vous interrompre. S'il vous plaît, racontez-moi jusqu'au bout ce qui est arrivé.

Ma requête ne l'apaisa qu'à demi et il termina son récit avec une brusquerie toute nouvelle.

— Votre mère avait la tête pleine de rêves. Elle s'imaginait vivre un conte de fées avec son amant, seuls tous les deux dans une ferme. Au diable la société et la retenue ! Cet homme l'avait abreuvée de mensonges romantiques pour la convaincre de coucher avec lui et elle s'est laissé flouer. Elle était crédule. Une fois l'aventure terminée, l'ouvrier a été renvoyé. Tilde a tenté de se suicider dans le lac. Elle a été repêchée et a passé plusieurs semaines alitée. Son corps a guéri, mais pas son esprit. On l'évitait, elle était devenue une paria. Au lycée, ses amies l'ont reniée et les professeurs l'ont prise en grippe. Qu'avait-elle espéré ? Elle me faisait terriblement honte. J'ai dû renoncer à me présenter à un poste gouvernemental, comme c'était mon ambition. Ce scandale a détruit mes rêves. Qui voterait pour un homme politique père d'une fille comme elle ? Il m'était difficile de lui pardonner, et c'est pourquoi elle est partie. Il est trop tard pour avoir des regrets. Considérez que vous avez eu de la chance que sa dépression nerveuse se soit déclarée cet été, et pas quand vous étiez petit. Cela devait arriver de toute façon.

Quel miracle que ma mère m'ait donné autant d'amour et d'affection – elle n'avait pas pu apprendre ces sentiments auprès de lui.

Il nous restait vingt minutes sur les soixante allouées, mais mon grand-père se leva et mit fin à la conversation :

— Vous devez m'excuser. Mes hôtes ne vont pas tarder à arriver.

Dans la lumière glauque de l'entrée, il me fit signe d'attendre et se pencha sur un petit bureau. À l'aide d'un stylo plume qu'il trempait dans un encrier, il écrivit son numéro de téléphone sur une carte.

— S'il vous plaît, ne revenez pas à l'improviste. Si vous avez d'autres questions, téléphonez avant. C'est triste, mais c'est ainsi. Malgré notre lien, nous ne serons jamais parents. Nous vivons des vies séparées, Tilde et moi. Elle l'a voulu ainsi. Elle doit assumer sa décision. Et vous aussi, car vous êtes son fils.

Une fois dehors, en me dirigeant vers ma voiture, je me tournai pour regarder la ferme une dernière fois. Mon grand-père se tenait debout à la fenêtre. Il laissa retomber le rideau, insistant sur le véritable sens de ses adieux : nous ne nous reverrions plus. En sortant mes clefs, je remarquai que mes doigts s'étaient tachés d'encre quand j'avais pris sa carte. Une encre brun clair, pas noire.

⁂

Je louai une chambre d'hôte dans la ville la plus proche. Assis sur le lit, j'examinai la tache d'encre brune au bout de mon pouce. Après une douche et un repas froid composé de salade de pommes de terre, de pain de seigle et de jambon, j'appelai mon père. Il ignorait tout de l'aventure de ma mère avec le jeune ouvrier agricole. Comme moi, il émit des doutes sur la mémoire de mon grand-père, répétant qu'il devait confondre avec Freja. Je lui demandai le nom de l'ancien lycée de ma mère.

Situé aux abords de la ville, l'établissement paraissait avoir été démoli et remplacé par des bâtiments neufs. Je craignis qu'il ne soit trop tard. La journée était finie, il n'y avait pas d'élèves dans la cour. Je poussai la grille, qui n'était pas fermée. À l'intérieur, j'errai dans les couloirs avec le sentiment d'être un intrus, hésitant à appeler. L'écho lointain d'un chant me parvint et je le suivis dans l'escalier. Hors temps scolaire, deux professeurs dirigeaient une répétition avec un petit groupe d'élèves. Je frappai à la porte, expliquant aussitôt que je venais d'Angleterre et recherchais des renseignements sur ma mère, élève de ce lycée plus de cinquante ans auparavant. Les deux professeurs étaient jeunes et n'enseignaient ici que depuis quelques années. Elles me répondirent que je n'étais pas autorisé à consulter les archives et qu'elles ne pouvaient pas m'aider. Découragé, je restai debout sur le seuil, réfléchissant à la façon de contourner cet obstacle. L'une des femmes eut pitié de moi.

— Je connais une enseignante en retraite qui pourrait se souvenir de votre mère…

Le professeur s'appelait Caren.

Caren habitait un village si petit qu'à mon sens, il ne devait compter qu'une centaine de maisons, un seul magasin et une église. Je frappai à la porte et découvrit une femme en chaussons tricotés. Son intérieur embaumait le pain d'épices frais. Quand je mentionnai Tilde, Caren réagit vivement :

— Pourquoi êtes-vous venu ?

Je lui dis que c'était une longue histoire et elle me fit entrer, demandant à voir une photo de ma mère. Je lui montrai, sur mon téléphone, celle prise au printemps, avant le départ pour la Suède. Caren chaussa ses lunettes et examina son visage.

— Il est arrivé quelque chose, dit-elle alors.

— Oui.

Elle ne semblait pas surprise.

⁂

À la différence de la chaleur sèche et électrique dans la ferme de mon grand-père, celle qui provenait du feu de bois chez Caren était accueillante. Elle avait elle-même confectionné ses décorations de Noël. Il n'y en avait aucune chez mon grand-père, pas même un calendrier de l'Avent à la fenêtre. Par ailleurs, pour ajouter au contraste, les murs étaient ornés de photos de ses enfants et petits-enfants. Son mari, me dit-elle, était mort l'an passé, et pourtant la maison respirait la vie et l'amour.

Caren me prépara une tasse de thé noir au miel, refusant de parler en même temps et me forçant à patienter. Une fois assis devant le feu, tandis qu'une vapeur s'élevait de mon pantalon mouillé, sur un ton un peu professoral, elle me demanda de tout lui raconter sans précipitation, dans le bon ordre – ses prescriptions me rappelaient les règles de narration édictées par ma mère.

Je racontai l'histoire et, pour conclure, j'expliquai que je souhaitais vérifier ma théorie selon laquelle la mort de Freja, accidentelle ou non, pouvait constituer un élément déterminant de la maladie dont souffrait ma mère. En répondant, Caren garda les yeux fixés sur le feu :

— De toutes mes élèves, Tilde était celle qui aimait le plus la nature. Elle trouvait plus facilement le bonheur dans un arbre que dans une salle de classe. Elle nageait dans les lacs, ramassait des baies et des graines. Les animaux l'adoraient. Mais elle avait du mal à se faire des amies.

— Sauf Freja ?

Caren détourna le regard du feu et le plongea dans le mien.

— Il n'y avait pas de Freja.

⁂

Sous une lune pleine, je retournai à la ferme de mon grand-père et me garai assez loin pour qu'il n'entende pas mon moteur. Je traversai les champs couverts de neige jusqu'à un bosquet proche de sa maison, à l'endroit où ma mère avait construit une cabane et où, m'avait-elle dit, Freja et elle passaient leur temps ensemble. Une centaine de pins se dressaient au milieu des rochers couverts de mousse, poche de nature sauvage et inculte. Ma mère m'avait dit qu'en grimpant à un arbre, elle pouvait voir la ferme de Freja, mais il n'y avait aucun bâtiment à proximité. Je décidai de grimper quand même, pour voir le monde tel que ma mère le voyait. J'escaladai les branches du pin, perpendiculaires au tronc tels des barreaux d'échelle, jusqu'aux deux tiers de la hauteur. Ainsi perché, j'observai le paysage et constatai que je m'étais trompé. Il y avait bien un bâtiment à proximité, plus petit qu'une ferme, camouflé sous une neige épaisse. J'en voyais l'arête du toit – une déchirure noire dans le manteau blanc.

Je redescendis et me dirigeai vers lui au jugé, ne tardant pas à distinguer des murs de planches derrière les congères. Il était construit en bois de bouleau. D'après sa taille, je devinai qu'il servait de cabane à outils ou d'atelier, probablement accessible par un chemin depuis la ferme de mon grand-père. Il y avait un cadenas rouillé à la porte. À l'aide de mon porte-clefs, je dévissai la plaque de métal, ôtai le cadenas et me glissai à l'intérieur.

⁂

Je dus, pour la première fois, me servir de ma lampe de poche. Droit devant moi, je tombai sur mon reflet difforme, le ventre gonflé et comme enchâssé dans le creux d'une gigantesque cuve en acier. C'était ici que mon grand-père fabriquait son miel blanc. Dans cet espace fonctionnel, le seul objet décoratif était un coucou suisse minutieusement sculpté accroché au mur. Il n'indiquait plus l'heure exacte. Je jouai avec jusqu'au moment où le mécanisme reprit vie. Il y avait deux portes, de chaque côté du cadran, une en haut, une en bas. Quand la pendule sonna, les portes s'ouvrirent simultanément, deux figurines en bois en sortirent, l'une masculine, l'autre féminine. L'homme regarda la femme de bois tout en bas et elle leva les yeux vers lui. Instinctivement, j'ajoutai ce dialogue :

« Hé, là-haut !

» Hé, en bas ! »

Le couple regagna l'intérieur de la pendule et la cabane retomba dans le silence.

Derrière la cuve en acier, je vis, accrochée à une patère, la combinaison d'apiculteur de mon grand-père, ce vêtement protecteur qu'il devait porter au moment de récolter le miel des ruches et dont la matière, de couleur blanche, semblait craquelée. Posant la lampe par terre, j'enfilai le pantalon, le haut et les gants. Coiffé du chapeau muni d'un filet noir, je me tournai pour examiner mon reflet déformé. Devant moi, je vis le troll décrit par ma mère, sa peau de dinosaure, ses mains pâles et palmées, ses longs doigts, et, à la place du visage, un unique œil noir, énorme, qui regardait sans jamais ciller.

⁂

J'ôtai le costume et vis une autre porte cadenassée. Au diable la discrétion ; je fracassai le bois à coups de botte et me glissai à l'intérieur, éclairant un sol jonché de copeaux de bois. Il y avait des scies, des ciseaux – pour la réparation et l'entretien des ruches. C'était également l'endroit où mon grand-père fabriquait ses coucous suisses. Il y en avait quelques-uns par terre, inachevés, et un tas de figurines à l'état d'ébauches, leurs visages saillant des planches. J'en pris une et fis courir mon doigt sur le long nez courbé. Certaines pièces représentaient des créatures fantastiques et témoignaient d'une imagination que je n'aurais jamais associée à mon grand-père. Ce lieu favorisait sa créativité, il pouvait fermer la porte au monde et s'exprimer. Je m'accroupis et ramassai un copeau de bois sec.

Je ne sais pas combien de temps mon grand-père était resté sur le seuil à m'observer. Au fond de moi, j'avais toujours su qu'il viendrait, peut-être mes coups de botte avaient-ils été une façon de l'appeler, de le faire sortir de la ferme. Avec une lenteur étudiée, j'achevai mon inspection de l'atelier, comprenant qu'il avait dû y emmener ma mère sous la menace, une attitude qu'il ne pouvait employer avec moi. Je l'entendis refermer la porte extérieure et brisai le copeau sec dans ma main.

Je me retournai et levai ma lampe. Il se protégea les yeux. Prévenant, je baissai le faisceau. Même en pleine nuit, dès qu'il m'avait entendu dehors, il avait enfilé un costume.

— Vous emmeniez ma mère ici. Mais ce n'était pas Tilde. Vous lui aviez donné un autre nom. Vous l'appeliez Freja.

— Non.

Il choisissait de nier. Dans un accès de colère, je m'apprêtais à lui montrer les preuves, mais il ajouta :

— C'est elle qui a choisi ce nom. Elle l'avait lu dans un livre. Elle aimait sa sonorité.

C'était un détail stupéfiant, qui la désignait comme complice. Je marquai un temps d'arrêt, réévaluant cet homme redoutable. En fin manipulateur, il avait signalé son approche. Nier l'accusation n'était pas assez subtil. Il reportait sur ma mère une part de culpabilité. Je ne le laisserais pas faire.

— Vous lui avez raconté une histoire – la vôtre. Vous

seriez son mari et elle devait jouer votre femme. Cet endroit, disiez-vous, serait votre ferme.

J'attendis qu'il réponde, mais il n'en fit rien. Il voulait savoir ce que j'avais réussi à deviner.

— Tilde est tombée enceinte. De vous.

Le professeur, Caren, m'avait parlé de la honte dont ma mère avait souffert à cause de sa grossesse. Elle s'était montrée gentille avec Tilde, contrairement à beaucoup d'autres. Mon grand-père avait si bien menti que Caren croyait aujourd'hui encore que le responsable était l'ouvrier agricole.

— Vous avez accusé un autre homme, qui a perdu son travail. Vous êtes un personnage respecté. Tout le monde a cru à vos mensonges. Ils sont devenus vérité.

— Ils le sont toujours. Demandez au premier venu assez vieux pour se souvenir, il vous répétera la même histoire.

Le pouvoir de commettre un crime et celui d'échapper au châtiment. Si l'idée qu'il puisse encore éprouver du plaisir au souvenir du premier me révulsait, lui se délectait toujours de l'autre.

— Ma mère a-t-elle parlé à votre femme ? Ou tenté de le faire en vain ?

Il secoua la tête :

— Non, ma femme a cru Tilde. Mais elle la haïssait pour lui avoir dit la vérité. Elle préférait mes mensonges. Il lui a fallu plus de temps, mais elle a appris à oublier la vérité. Tilde elle aussi aurait dû apprendre. Ma femme et moi avons vécu dans cette ferme, heureux, aimés de tous, pendant plus de soixante ans.

— Qu'est-il arrivé au bébé ?

À peine avais-je posé la question que j'eus ma réponse. Je comprenais enfin le désir tout-puissant de ma mère de protéger Mia – une enfant adoptée.

— Elle a été abandonnée.

— Et maintenant, Grand-père ?

Il posa un doigt sur ses lèvres, le geste de ma mère à l'hôpital – la preuve qu'elle m'avait envoyé chercher. Ce geste n'intimait pas le silence : il signifiait qu'il était plongé dans ses pensées. Je me demandai s'il le faisait quand il ajoutait de nouvelles scènes à son scénario. Cela expliquerait pourquoi il terrifiait ma mère. Il finit par baisser le doigt, glissa les mains dans ses poches et adopta l'attitude d'un homme parfaitement tranquille.

— Maintenant, rien. Tilde est à l'asile. Nul ne croira un seul mot de sa part. Elle est malade et le sera toujours. L'affaire est close depuis toute une vie.

Pour lui, l'internement de ma mère constituait une victoire et lui garantissait de n'être jamais inquiété. Que pouvais-je faire ? Je n'étais pas venu pour exercer des représailles, mais pour découvrir la vérité. Des pensées violentes me traversèrent l'esprit, mais vidées de réalité ; c'étaient des idées, des idées puériles de surcroît, car en vérité, j'étais dans l'impuissance. Mon seul but était d'aider ma mère. Je n'étais pas motivé par la vengeance, et d'ailleurs celle-ci ne m'appartenait pas.

En sortant, il me vint à l'esprit qu'il me manquait un détail utile :

— Quel nom portiez-vous ? Elle s'appelait Freja, et vous… ?

— Daniel.

La réponse me prit au dépourvu. Je m'arrêtai et plongeai mon regard dans le sien, mais il ajouta :

— C'est le nom qu'elle a donné à son fils unique. Pensez ce que vous voulez de moi, mais le petit jeu ici a dû lui plaire un peu.

C'était un mensonge, une réponse improvisée et sadique – un aperçu de sa cruauté et de sa capacité d'invention. Mon grand-père était un imposteur, un imposteur hors pair, dont les histoires étaient forgées autant par le désir que par l'instinct de survie.

Assis dans ma voiture, la tête sur le volant, je m'enjoignis de partir, démarrer et m'en aller, mais quand mes yeux se fermaient je voyais la dent calcinée, ce qui restait de l'enfance de ma mère, indestructible malgré tous ses efforts. Je descendis, ouvris le coffre et pris le bidon d'essence.

⁂

Avant de perdre courage, je retournai à grands pas à la cabane en bois de bouleau. Sans perdre une minute, j'ôtai la neige du toit. Sûr que mon grand-père pourrait arriver à tout moment, j'aspergeai d'essence les copeaux de bois et les coucous suisses, les outils et l'établi, la combinaison et le sol sous la cuve. Debout sur le seuil, j'essayai, les mains tremblantes, de gratter une allumette. Pour finir, l'allumette enflammée, je me demandai si je faisais le bon choix et s'il valait la peine. La flamme atteignit mon doigt sans que je sois parvenu à me décider. Je lâchai l'allumette dans la neige.

— Donnez-moi ça.

Mon grand-père était à côté de moi, la main tendue. Je ne comprenais pas ce qu'il voulait. Il me répéta son ordre :

— Donnez-moi ça.

Je lui remis la boîte d'allumettes. Il obtint la petite flamme du premier coup et la leva à hauteur d'yeux.

— Vous croyez que je suis un monstre. Regardez autour de vous. Il n'y a rien ici. Qu'étais-je censé faire avec une femme frigide ? J'ai été un bon père pendant quatorze ans. Et un mauvais pendant deux ans.

Ma mère avait décrit Freja sous les traits d'une femme, pas ceux d'une enfant. En passe de devenir adulte, les seins formés et la sexualité en éveil, elle avait commencé à intéresser son père. Elle avait porté le blâme non sur sa propre métamorphose, mais sur celle de son père. Quand elle avait décrit la présumée infamie de mon père, elle avait souligné qu'il avait changé, qu'il était devenu un autre, brutalement, au cours de l'été – tout comme son père l'été 1963.

⁂

D'un geste vif du poignet, mon grand-père jeta l'allumette dans la cabane. Les flammes se répandirent aussitôt, s'emparant d'abord des copeaux et de la sciure, puis des embryons de visages. Le costume d'apiculteur commença à fondre lentement, peau de troll enveloppée de flammes vert et bleu. À mesure que le feu grossissait, la cuve en métal se déformait. Les murs et le toit s'embrasèrent bientôt, l'intense chaleur nous obligeant à reculer. Un panache de fumée vint masquer un morceau de ciel étoilé.

— Quelqu'un va venir ? demandai-je.

Mon grand-père secoua la tête :

— Personne.

Pendant que le toit s'effondrait, il me raconta :

— J'ai cessé de produire du miel il y a bien longtemps. Les clients préféraient toujours le miel jaune. Le goût délicat de mon miel blanc ne supportait ni le thé ni le pain. Les gens en achetaient un pot, par curiosité, et ils l'abandonnaient dans un placard sans y toucher. J'en avais mal au cœur. Tilde comprenait ma douleur mieux que personne. Pour l'apprécier pleinement, elle le savourait tel quel. Elle faisait la liste des fleurs dont elle pensait reconnaître le goût.

Lui et moi nous attardions près du feu, grand-père et petit-fils, baignant dans la chaleur. Ce serait notre seule et unique occasion d'être ensemble. À la fin, la neige fondue éteignit le brasier. Sans un mot d'adieu, il repartit vers sa ferme, seul, vers l'odeur du chauffage électrique et du papier tue-mouches, et il pouvait toujours prétendre avoir vécu heureux, je n'en croyais pas un mot.

En quittant la ferme, j'imaginai ma mère en train de pédaler sur cette route de toutes ses forces avec les quelques pièces qu'elle avait pu glisser dans sa poche. Je passai devant l'arrêt où elle avait attendu le bus, visible à des kilomètres à la ronde, marqué par un simple poteau où étaient fixés les horaires. J'imaginai son soulagement après avoir payé son billet, assise dans le fond et regardant derrière elle pour voir si on l'avait suivie. Elle avait emporté une boîte à musique remplie de babioles, dont une dent et des souvenirs de cet endroit – souvenirs de quatorze années heureuses, et de l'histoire infiniment triste des deux autres.

Pour quitter la région, j'empruntai le même itinéraire que l'autobus, la grande route en direction du sud. Derrière le panneau indiquant la limite de la province se dressait une élévation rocheuse d'environ trente mètres de haut, couronnée d'arbres. À la lisière de ceux-ci, près de la face abrupte du rocher le plus haut, je vis un élan magnifique. Je freinai brusquement et garai la voiture. La plus grande partie de l'affleurement formait une pente raide, mais je trouvai un endroit par où grimper vers le sommet. L'élan trônait tout en haut. Il ne tressaillit pas lorsque je tentai, maladroitement, une manœuvre d'approche. Je touchai son dos, son cou et ses bois. L'élan était une sculpture métallique, les pattes vissées au rocher par des boulons rouillés, la tête dressée, enveloppant sa terre d'un regard protecteur.

Au cours de mon voyage nocturne, je m'arrêtai fréquemment pour me rincer le visage à l'eau ou avec une poignée de neige afin de rester éveillé. J'arrivai à la ferme au matin, trop tôt pour téléphoner à Londres ; de toute façon, il valait mieux que je dorme quelques heures avant de parler à mon père. À mon réveil, je m'aperçus que j'avais dormi une journée entière sans interruption. La neige avait recommencé à tomber, effaçant les traces que j'avais laissées au cours de la semaine écoulée. Avec l'impression de sortir d'une hibernation, j'allumai un feu et me préparai un porridge agrémenté d'une pincée de poudre de clou de girofle.

J'appelai à onze heures pile. Mon père resta silencieux

durant la presque totalité de la conversation. Peut-être pleurait-il. Je ne savais pas. Il n'émit aucun son. Moi, je n'avais pas pleuré, ni exprimé aucune émotion, à moins que déverser de l'essence dans une cabane en bois de bouleau puisse être qualifié d'expression. Mark voulut s'assurer que c'était bien mon grand-père qui avait allumé l'incendie – je l'entendais préparer intérieurement ma défense. Ayant enregistré l'ensemble des événements, il demanda :

— Comment vas-tu ?

Tout ce que je ressentais, à cet instant précis, c'était la conscience aiguë de ce que mes découvertes avaient de fragmentaire. Cette lacune était comme une dent perdue – un espace dans la gencive auquel ma langue ne s'habituait pas. Je répondis à côté :

— Je ne suis pas prêt à rentrer.

— Mais tu as trouvé ce que tu cherchais ?

— Non.

Il me renvoya ma réponse pour tenter de comprendre :

— Non ?

— Je ne crois pas que le lien entre les deux étés n'existe que dans l'esprit de ma mère. Il est arrivé quelque chose ici, quelque chose de bien réel. J'en suis convaincu.

L'esprit rationnel de Mark ne parvenait pas à jongler avec cette idée. Ce que je disais était sans fondement et ne collait pas avec mes découvertes. Mais il m'accorda que les deux étés formaient un cercle, l'un agissant comme révélateur de l'autre.

⁂

Ma prochaine destination serait la plage sauvage où ma mère allait régulièrement courir. Emportant un petit sac à dos, je m'engageai parmi les buissons et les dunes, armé contre les bourrasques glacées soufflant de la mer. J'avais remonté la capuche de mon manteau en velours, bien refermée autour de mon cou pour empêcher le vent de s'y engouffrer. Au bout d'un moment, les yeux larmoyants, j'aperçus la forme cylindrique d'un vieux phare.

Les vagues avaient festonné les rochers de glace noire. Ils étaient parfois si glissants que je devais me mettre à quatre pattes. Transi, je finis par atteindre la porte à laquelle Mia avait accroché ses fleurs, désormais remplacées par un arc de cercle d'écume gelée. Je la poussai d'un coup d'épaule, détachant des stalactites qui se fracassèrent sur le sol.

L'intérieur était jonché de mégots et de canettes de bière. Un peu comme sur l'Île Goutte, les adolescents avaient réquisitionné l'endroit, loin du regard des adultes. J'y étais déjà venu la première semaine, sans rien trouver, mais quelque chose m'avait frappé. Le sol était sale – le phare était depuis longtemps désaffecté –, mais les murs intérieurs avaient été fraîchement repeints.

Je pris mon sac, en sortis la thermos et me versai un café brûlant et sucré dans une tasse sur laquelle je me réchauffai les mains. Mon intention était d'ôter la récente couche de peinture afin de découvrir ce qui se cachait dessous grâce au décapant chimique acheté dans une droguerie assez loin d'ici. Ragaillardi par le café, je ciblai plusieurs surfaces à la fois et mis au jour les éléments d'une fresque. Un détail particulier attira mon regard, des taches de couleurs vives – un bouquet de fleurs d'été. J'insistai sur la zone entourant les fleurs et, lentement, apparut un portrait de Mia parée de blanc pour la Saint-Jean. Elle avait des fleurs dans les cheveux et d'autres à ses pieds. Loin d'être professionnel, mon travail suffisait pourtant à donner une idée de la qualité exceptionnelle de la fresque. J'avais déjà vu sa photo sur l'avis de recherche, mais la véritable personnalité de Mia m'apparaissait ici pour la première fois. Elle était fière et forte, rêveuse également, traversant les bois le regard porté au loin.

Je me souvins alors que Mia s'était enfuie en pleine nuit.

Ma mère avait raison : cela ne tenait pas debout, sauf si elle avait reçu de l'aide. Quelqu'un était venu la chercher – un amant. En toute hypothèse, la personne qui avait peint son portrait sur les murs du phare. En revenant sur le récit de ma mère, je pensai que l'amant de Mia pouvait être l'homme qui avait lancé une insulte raciste lors de la première fête de la Saint-Jean, celui dont ma mère avait décrit les traits juvéniles, les cheveux longs et la boucle d'oreille. Mais pourquoi serait-il allé jusqu'à proférer des injures racistes... sinon pour déstabiliser Hakan ? Mia avait aussitôt quitté la tente, non pas à cause de l'insulte, car elle savait qu'il s'agissait d'une diversion, mais parce qu'elle était furieuse contre Hakan qui s'en était mêlé. Le fait que ce jeune homme avait été engagé pour la saison estivale suggérait qu'il était étudiant.

⁂

Mark avait un ami qui travaillait dans une galerie d'art contemporain dans l'est de Londres. Avec sa complicité, en utilisant son adresse électronique, j'envoyai un message à toutes les écoles d'art de Suède, joignant une série de photos de la fresque et expliquant que la galerie cherchait à en rencontrer l'auteur. Les résultats arrivèrent au compte-gouttes au cours des jours suivants, négatifs, jusqu'à un courriel d'un professeur de Konstfack, la plus grande école d'art de Suède, située au sud de la capitale. Il était sûr d'avoir reconnu le travail d'un de ses anciens étudiants. L'artiste était récemment diplômé. Un esprit soupçonneux eût demandé comment une galerie privée londonienne avait pu tomber sur un phare abandonné au sud de la Suède, mais j'avais compté sur la flatterie et l'excitation provoquée par le courrier pour vaincre les doutes. Rendez-vous fut pris à Stockholm. L'artiste s'appelait Anders.

J'arrivai la veille en voiture et pris la chambre la moins

chère d'un grand hôtel du front de mer. Je passai la quasi-totalité de la nuit à répéter mon rôle et consulter les profils de jeunes artistes inconnus. Le lendemain matin, j'attendis à la réception, assis face à l'entrée. Anders arriva en avance, grand et beau, en jean et chemise noirs. Il avait une boucle à l'oreille, un portfolio sous le bras. La conversation porta d'abord sur son travail. Mon admiration était véritable. Je lui racontai pourtant un tas de mensonges à mon propos, émerveillé par le talent que j'avais acquis au fil des années. Mais quelque chose avait changé. Je haïssais chacun de mes mensonges. Seule la perspective de l'échec m'empêcha de tout lui avouer. Mia ne voulait peut-être pas qu'on la retrouve. S'il apprenait la vérité, Anders risquait de disparaître.

⁂

Fidèle à mon rôle, j'avançai pas à pas vers l'étape suivante, et je lui demandai de me montrer son travail – les peintures elles-mêmes, non leur reproduction photographique. Je supposais qu'il n'avait pas les moyens de posséder un atelier et travaillait chez lui. Si Mia s'était enfuie avec lui, elle serait là aussi, ou du moins y aurait-il des signes de sa présence. Le piège fonctionna. Il m'expliqua timidement qu'il me faudrait venir dans son appartement à l'écart du centre-ville, hors de prix, s'excusant pour ce long déplacement.

Je demandai au réceptionniste de commander une voiture et payai nos cafés avec un billet de deux cents couronnes sur lequel figurait non pas un visage célèbre, inventeur ou homme d'État, mais une abeille. Anders s'éloignait déjà lorsque je le rappelai en suédois :

— Attendez.

Je repensais à la neige immaculée devant la ferme, à mon espoir de pouvoir prendre un nouveau départ. Je ne voulais pas établir la vérité sur un socle de mensonges.

Je me lançai dans mon histoire en demandant

expressément à Anders de m'écouter jusqu'au bout. Il accepta, décontenancé par mon changement de ton, et je vis sa colère se manifester quand je lui révélai la façon dont je l'avais manipulé. Il fut tenté de partir mais, homme de parole, resta assis. Il s'adoucit à mesure que j'évoquais les liens entre ma mère et Mia et les événements postérieurs à son départ. À la fin de mon récit, sa colère s'était presque entièrement dissipée. Il n'en restait pas moins déçu de ne pas avoir été appelé pour ses talents de peintre. Je l'assurai que mon admiration, bien que profane, était réelle, tout comme celle exprimée par le galeriste dont j'avais détourné l'adresse électronique. Pour finir, je lui demandai si je pouvais parler à Mia. Il me fit attendre à la réception. Il voulait téléphoner. Étrangement, jamais l'idée qu'il ne revienne pas ne me traversa l'esprit. Je fermai les yeux et attendis, le cœur plus léger malgré le risque que j'avais pris.

Un peu plus tard, au pied de son immeuble éloigné du centre, Anders marmonna :

— La pauvreté sied aux artistes.

C'était un romantique, le genre de personnalité propre à convaincre une jeune fille de fuir sa famille. Nous grimpâmes les marches verglacées de l'escalier l'un derrière l'autre. Parvenu au dernier étage, il sortit ses clefs. Il vivait dans un penthouse, plaisanta-t-il, et il me fit entrer. En suédois cette fois, Anders annonça :

— Mia ne va pas tarder.

J'attendis dans leur salon, entouré de ses tableaux. Ils possédaient très peu de meubles, pas de télévision, une simple radio branchée à la prise murale. Pour passer le temps, il sortit ses pinceaux. Trente minutes plus tard, une clef tourna dans la serrure. J'allai dans le couloir et pour la première fois, je vis Mia. Enveloppée dans ses vêtements épais, elle semblait avoir plus de seize ans. Je sentais qu'elle cherchait sur mon visage une ressemblance avec ma mère. Elle referma la porte, ôta son écharpe, et quand elle se débarrassa de son manteau, je découvris qu'elle était enceinte. Je faillis demander qui était le père, et me retins juste à temps.

Nous nous installâmes tous les trois dans la petite cuisine, dont le sol en linoléum imprimé crissait sous nos chaises. Nous bûmes un thé noir avec du sucre car le miel, probablement, était un luxe inaccessible. Sur le point d'apprendre la vérité sur cet été, j'eus soudain peur que ma mère se soit tout simplement trompée.

— Je ne me suis pas enfuie, dit Mia. C'est Hakan qui m'a demandé de partir. Quand je lui ai appris ma grossesse, il a pris des dispositions pour me faire avorter. Si je voulais demeurer à la ferme, je devais me conduire de la façon qu'il jugeait acceptable. Il prétendait se soucier de mon avenir. Certes. Mais c'était moins important que sa réputation. Je ne savais pas quoi faire. Anders et moi n'avons pas beaucoup d'argent et nous ne sommes pas inconscients. Pouvions-nous nous permettre de devenir parents ? J'ai failli céder, accepter d'avorter. Un soir, j'ai vu votre mère traverser notre champ. J'ignorais ce qu'elle faisait là, mais je me suis souvenue de nos longues conversations. Elle était si différente des autres. Elle m'avait raconté qu'elle avait quitté sa famille âgée d'à peine seize ans et sans rien. Elle avait réussi à gagner l'Angleterre, où elle avait monté une affaire et fondé une famille. Je l'ai beaucoup admirée. Quelle force ! Tout le monde rampait devant Hakan, sauf elle. C'est pourquoi il la haïssait. J'ai dit à Hakan que si je ne pouvais pas garder le bébé, je partirais. Une part de moi devait penser qu'il changerait d'avis quand il aurait compris à quel point j'étais décidée. Mais il a accepté. Il n'a même pas parlé à Élise. C'était ma mère et, pourtant, elle n'avait pas son mot à dire. Elle a été bouleversée. Elle m'écrit toutes les semaines. Elle vient aussi me voir régulièrement et lors de ses visites, elle remplit le réfrigérateur. Je lui manque beaucoup, et elle me manque aussi.

L'émotion brisait la voix de Mia. Elle portait à Élise un amour véritable.

— C'est une bonne personne. Elle s'est toujours montrée généreuse. Mais elle n'a pas le courage de lui résister. Elle est son esclave. Je ne voulais pas devenir comme elle.

Je demandai à Mia si c'était elle qui avait détruit les trolls de Hakan dans un accès de colère. Elle secoua la tête. Il ne pouvait s'agir que d'une seule autre personne.

— C'est donc Élise.

Mia sourit en imaginant sa mère s'attaquer à la hache aux trolls de Hakan.

— Peut-être, un jour, finira-t-elle par le quitter.

Je l'interrogeai sur son état d'ivresse lors de la seconde célébration de la Saint-Jean. Si elle paraissait ivre ce jour-là, dit-elle, c'est parce qu'elle venait d'apprendre sa grossesse. Elle avait plongé dans un état d'hébétude. Les dix jours suivants, elle avait vécu comme une recluse – les pires jours de sa vie. Une fois sa décision prise, Hakan lui a proposé un plan. Il voulait qu'elle disparaisse, et sans rien expliquer à personne. Il ne supporterait pas le déshonneur.

— Son idée, expliqua Mia, était de mettre en scène une fugue afin d'apparaître comme une victime.

Ma mère avait vu juste sur deux points. Pour s'enfuir loin d'une ferme isolée, il fallait un plan, mais celui-ci n'avait pas été conçu par Mia. L'inspecteur Stellan savait que Mia n'avait pas disparu et personne ne la recherchait. Les avis placardés étaient bien une mascarade. À la fin de chaque mois, Hakan effectuait un virement sur le compte bancaire de Mia, pour payer le loyer d'un appartement où il ne venait jamais.

À la fin de son récit, je lui demandai si, à un certain moment, elle s'était sentie en danger. Ma mère était convaincue qu'une menace pesait sur elle.

— Hakan ne m'a jamais frappée, dit-elle, il n'a jamais touché à un seul de mes cheveux. Il n'a même jamais élevé la voix contre moi. Si j'avais envie de vêtements neufs, il les achetait le jour même. Il me donnait tout ce que je voulais. Il disait que j'étais trop gâtée et il avait raison. Mais il ne m'aimait pas. Je ne crois pas qu'il sache ce qu'est l'amour. Pour lui, l'amour est synonyme de pouvoir. En fouillant dans mes affaires, il a trouvé mon journal à l'intérieur du miroir qu'Anders avait sculpté pour moi. Il l'a remis en place pour que je continue à l'écrire et qu'il puisse continuer à le lire. Quand j'ai compris son manège, j'ai tout déchiré et je l'ai laissé à l'endroit habituel. Ça l'a rendu furieux, comme si le journal lui appartenait.

Je l'interrogeai sur le suicide d'Anne-Marie et sur l'ermite des champs. Mia haussa les épaules.

— Je ne la connaissais pas très bien. Elle était proche de Cecilia, la femme qui a vendu la ferme à votre mère. Cecilia a rejeté la faute de son suicide sur Hakan, mais j'ignore pourquoi. Il est probable qu'elle couchait avec lui. Ce n'est un secret pour personne que Hakan avait des maîtresses. Pour lui, les femmes des autres étaient des proies légitimes. Élise le savait. Anne-Marie était pieuse, quand elle ne buvait pas. Vous avez vu tous ces versets bibliques, n'est-ce pas ? Mais, sous l'emprise de l'alcool, elle flirtait tout le temps, devant son mari ; pour elle, il n'était qu'un gros balourd. Elle était odieuse avec lui quand elle avait bu, et écrasée par la culpabilité quand elle était sobre. Au fond, elle était simplement dépressive.

— Pourquoi Hakan tient-il autant à acheter notre ferme ?

— Il n'a pas de raison particulière, sinon qu'il possède les terrains autour. Quand il regardait la carte, votre ferme déparait son royaume, c'était une poche de terre hors de son contrôle, une tache. Il ne décolérait pas.

— Il en sera bientôt propriétaire.

Mia réfléchit un moment.

— Que cela plaise ou non, il est difficile de ne pas respecter un homme qui obtient toujours ce qu'il veut.

J'imaginai Hakan triomphant devant sa carte, mais ce combat n'était pas le mien.

Mia parlait depuis une heure. Anders et elle se demandaient ce que je pouvais espérer de plus. Je les priai d'attendre pendant que je téléphonais. Je quittai l'appartement et, dans le couloir glacial, j'appelai mon père. Il fut catégorique : ma mère ne croirait rien venant de lui ou de moi.

— Il faut que Mia vienne à Londres. Tilde doit entendre l'histoire de sa bouche.

J'appelai ensuite Mark pour lui demander si je pouvais, avec l'argent qui me restait, acheter deux billets pour Londres, pour Mia et Anders. Au cours de notre conversation, la voix de Mark avait pris une tonalité que je ne lui connaissais pas. Il m'avait souvent témoigné des sentiments chaleureux, mais jamais d'admiration. Il donna son accord pour les billets. Je lui dis que je l'aimais et que je le verrais bientôt.

De retour dans l'appartement, je présentai mon plan d'action.

— Je voudrais que vous veniez à Londres. Vos billets, l'hôtel, tout sera payé. Même ainsi, c'est beaucoup vous demander. Mia, il faut que vous parliez à ma mère. Il ne me suffira pas de répéter ce que j'ai appris, elle ne croira pas un mot de ce que je dirai, ou de ce que dira mon père. Elle ne m'adresse plus la parole depuis cet été, elle refuse de m'écouter, il faut qu'elle l'entende de votre bouche.

Ils en discutèrent entre eux et j'imaginai les réticences d'Anders, inquiet des conséquences pour Mia qui, après tout, était enceinte de six mois. À leur retour, Mia dit seulement :

— Tilde l'aurait fait pour moi.

⁂

Pendant le vol qui nous amenait à Londres, Mia vit la bible de ma mère et son recueil suédois d'histoires de trolls. Comme elle tendait la main, je crus qu'elle avait été attirée par la Bible, mais elle prit le livre des trolls dont elle examina l'illustration.

— Il appartient à Tilde, n'est-ce pas ?

— Comment l'avez-vous deviné ?

— Elle voulait me le prêter. Elle disait qu'il y avait une histoire en particulier que je devais lire. Votre mère a été merveilleuse avec moi, mais je n'ai jamais compris pourquoi elle imaginait que j'allais m'intéresser à d'autres histoires de trolls. J'en ai entendu assez pour une vie entière. J'ai promis de venir chercher le livre, mais je ne l'ai jamais fait.

Je m'étonnai que ma mère ait accordé une importance particulière à une histoire et j'étais curieux de savoir laquelle. Je les feuilletai pour tenter de me faire une opinion. Au milieu du recueil, je tombai sur un conte intitulé « La princesse troll ». En lisant les premières lignes, je m'aperçus qu'elles étaient nouvelles pour moi. Je n'entendais pas la voix de ma mère, et pourtant, je le savais, elle m'avait lu le volume tout entier maintes et maintes fois. C'était la seule histoire qu'elle avait laissée de côté. Selon l'appendice, une partie du livre que je n'avais jamais consultée, cette légende était la plus ancienne de toutes. On en trouvait de nombreuses versions en Allemagne, en Italie et en France, dans les recueils de contes d'Italo Calvino, de Charles Perrault et des frères Grimm. L'origine de la version suédoise était inconnue. Je la lus pour la première fois.

LA PRINCESSE TROLL

Il était une fois un grand roi qui faisait régner la justice dans son royaume. À ses côtés vivaient une reine plus belle que toutes les femmes et sa fille plus jolie que tous les enfants du royaume. Le roi vivait heureux, mais un jour, sa reine fut frappée d'une terrible maladie. Sur son lit de mort, elle lui fit promettre de ne se remarier qu'avec une femme aussi belle qu'elle. Quand la reine mourut, le roi prit le deuil, sûr de ne jamais se remarier. Ses courtisans insistèrent bientôt, car le royaume avait besoin d'une reine. Aussi se résolut-il à chercher une nouvelle femme. Mais le roi n'avait pas oublié sa promesse, et ne trouva pas de femme aussi belle que la reine.

Un jour qu'il regardait par la fenêtre de son château, il vit sa fille en train de jouer dans le verger. Elle était en âge de se marier et elle était devenue aussi belle que sa mère. Le roi bondit sur ses pieds et déclara qu'elle serait sa prochaine épouse. Les courtisans, frappés d'horreur, le supplièrent de changer d'avis. Un sage cartomancien prédit que ce mariage causerait la ruine du royaume. La fille implora son père de revenir sur sa décision, mais il fut inflexible. La date du mariage fut fixée et la fille, enfermée dans la tour pour l'empêcher de prendre la fuite.

La veille du mariage, l'un des courtisans, redoutant que le royaume ne soit maudit à cause de cet acte abominable, aida la jeune fille à fuir dans la forêt enchantée. Au matin, ne trouvant pas sa fille, le roi fit exécuter le courtisan, puis il envoya son armée dans la forêt pour rechercher sa fille.

La jeune fille était sûre d'être rattrapée. Elle supplia la forêt enchantée de lui venir en aide. Un champignon répondit à son appel. Il l'aiderait, à une condition : qu'elle n'ait plus de contact avec les humains et se dévoue au monde naturel. La princesse en fit la promesse et le champignon souffla sur son visage des spores magiques qui la métamorphosèrent en horrible troll. Quand l'armée du roi la trouva, cachée derrière un rocher, ils furent pris de dégoût et s'en allèrent la chercher plus loin.

La princesse troll passa de longues années à s'occuper de la forêt. Elle devint l'amie des oiseaux, des loups et des ours. Pendant ce temps, le royaume de son père tombait en ruine. Le roi devint fou à force de chercher sa fille disparue. Pour finir, son château s'effondra, ses coffres se vidèrent, et le vieux roi fou n'eut plus ni serviteurs ni sujets. Il partit dans la forêt chercher sa fille lui-même. Il passa des mois à ramper dans la mousse, à se nourrir d'écorce, jusqu'au moment où il perdit toutes ses forces. Il allait mourir.

La princesse apprit la nouvelle par les oiseaux. Elle alla trouver son père mais n'osa pas s'approcher trop près. Apercevant les yeux jaunes du troll au milieu des arbres, le roi lui demanda de l'enterrer afin que son corps ne soit pas déchiqueté par les corbeaux et qu'il puisse, dans la mort, trouver enfin le repos. La princesse troll avait un cœur pur. Elle n'avait pas oublié son amour pour son père et elle décida qu'elle devait exaucer son dernier souhait. Cependant, dès qu'elle eut hoché la tête, sa promesse ayant été brisée, elle fut transformée et, plus belle que jamais, elle reprit sa forme de princesse.

La vue de sa fille redonna vie au roi malade. Il se releva et se lança à sa poursuite. La princesse appela à l'aide. Les loups, les corbeaux et les ours répondirent à son appel et déchiquetèrent le roi, emportant chacun un morceau de son corps dans les profondeurs de la forêt pour s'en repaître.

Alors la princesse fit tristement ses adieux à ses amis de la forêt et retourna au château. L'ordre fut rétabli. La princesse épousa un beau prince. Les loups et les ours vinrent assister à la noce. Le toit du château se couvrit d'oiseaux. En l'honneur des époux, la forêt enchantée se para de feuilles d'or.

Le royaume retrouva sa splendeur. La nouvelle reine fit régner la justice, elle fut heureuse et eut beaucoup d'enfants.

⁂

Je me levai en m'excusant pour gagner l'arrière de l'appareil. En Suède, j'avais gardé mon sang-froid, refusant de m'attarder sur les émotions provoqués par mes découvertes, me concentrant sur ma mission : rapporter des faits nouveaux à ma mère à l'hôpital. Mais en lisant cette histoire, je n'avais pu m'empêcher de me la représenter, assise sur mon lit, les doigts posés sur ces pages avant de les tourner, refusant de les lire, redoutant de ne pouvoir masquer ses sentiments, craignant que je pose une question ou que je surprenne la tristesse qu'elle avait passé toute sa vie à dissimuler, pas seulement à nous, mais à elle-même. J'aurais dû découvrir ce récit tout seul depuis longtemps et je me demandais si tel n'avait pas été le désir secret de ma mère. Elle avait conservé le livre, reprenant ce recueil maintes et maintes fois, cherchant à me transmettre toute son importance tout en refusant de me l'expliquer. Je me remémorai la façon dont nous avions toujours partagé nos joies, convaincus qu'elles brûleraient ainsi d'une lumière plus vive et plus durable, mais la tristesse aussi peut se partager, et peut-être alors brûlerait-elle moins longtemps et d'une lumière moins vive. S'il en était ainsi, j'avais enfin cela à lui offrir.

Mark vint nous chercher à l'aéroport. Je lui expliquai que j'avais démissionné de mon travail. Dès le début de l'année, je me mettrais en quête d'un nouveau métier. S'il s'était agi d'une idée saugrenue, Mark aurait exprimé des réserves. Il accueillit mon annonce sans protester, me laissant entendre qu'il y pensait, lui aussi, depuis quelque temps. Il demanda :

— Que veux-tu faire ?

— Je ne sais pas encore.

⁂

Mon père nous attendait à l'hôpital. Il prit Mia dans ses bras et la serra contre lui. Sur son visage, je lisais tout son désespoir, et dans son corps aussi, quand il m'étreignit à mon tour – la perte de poids, la tension. Il ne voulait pas attendre, mais je proposai d'aller d'abord déjeuner tous ensemble. Je n'avais pas envie de précipiter les choses. Une dernière épreuve attendait Mia.

Nous entrâmes dans un café un peu vieillot près de l'hôpital. Avec nos repas, on nous servit des tranches de pain blanc beurrées et du thé dans des pots en acier, si noir qu'Anders éclata de rire quand on le versa dans nos tasses. Hormis cette bulle de légèreté bienvenue, personne ne fut très bavard. Ce qui me pesait, c'était la place si particulière qu'occupait le danger dans l'idée que ma mère se faisait des événements. Je reposai la question à Mia : avait-elle été menacée d'un danger quelconque ? Elle secoua la tête. Je sentais pourtant qu'il restait une chose qu'elle ne m'avait pas dite. À mon sens parce qu'elle ne l'avait pas dite non plus à Anders.

Je décidai de tenter le diable et je donnai à Mia le recueil de légendes, en lui indiquant laquelle ma mère avait souhaité qu'elle lise. Un peu perplexe, elle commença sa lecture. Elles avaient dû avoir beaucoup d'affection l'une pour l'autre, car elle la termina en pleurant. Je promis de ne plus l'interroger et, une dernière fois, je répétai ma question :

— Avez-vous jamais été en danger ?

Mia hocha la tête. Anders la regarda. Pour lui aussi, c'était nouveau.

— Qu'est-il arrivé ?

— Le maire. C'était un sale type et tout le monde le savait. Il faisait des remarques sur mon corps, mes jambes, mes seins. Il laissait la porte des toilettes ouverte dans l'espoir que je passerais par là. Je l'ai dit à Hakan. Je l'ai dit à Élise. Mais il était le vassal de Hakan. Il aurait fait n'importe quoi pour lui. Hakan m'a donc conseillé de m'habiller de façon moins provocante en sa présence.

Je me rappelai la première fois que ma mère avait vu Mia.

— Le jour du barbecue, en mai dernier, vous vous êtes déshabillée pour aller nager, devant tous les invités.

— C'était ma façon de montrer à Hakan que je m'habillais comme je voulais, et que je n'allais pas me cacher parce que le maire était un salaud dégoûtant ou pour obéir à sa volonté. Le principe est juste, n'est-ce pas ? Mais le maire n'a pas compris, il était trop stupide. Il a cru que je flirtais avec lui. Plus tard cet été-là, une nuit très tard, je lisais à mon bureau quand, en levant la tête, j'ai vu le maire sur le pas de ma porte. Hakan avait organisé une partie de cartes et il était allé reconduire l'un de ses amis parce qu'ils avaient trop bu. Lui n'était jamais ivre mais il encourageait les autres à boire. Bref, Élise étant sortie, le maire et moi nous trouvions seuls dans la maison. Je n'avais jamais eu peur de lui, je le trouvais pitoyable, mais cette fois, je sentais le danger. Il se tenait contre le chambranle. Avec un sourire forcé, je lui ai proposé de faire du café. Je ne savais pas s'il allait me laisser franchir la porte car il ne bougeait pas, alors, j'ai feint de minauder, je lui ai pris la main et je l'ai entraîné à ma suite. Je pensais qu'il ne deviendrait menaçant qu'au moment où je l'aurais clairement repoussé. Je lui ai proposé un verre plutôt qu'un café et il m'a laissée décider. Dès qu'il a posé le pied dans l'escalier, j'ai fait volte-face et j'ai couru. Ma chambre ne fermait pas de l'intérieur, mais la salle de bains, oui. Je m'y suis enfermée en criant que je ne me sentais pas bien, que j'allais prendre un bain, et qu'il pouvait se servir ce qu'il voulait. Il n'a rien dit, mais j'ai entendu ses pas approcher sur le palier. Je me suis demandé s'il allait enfoncer la porte, verrouillée par un simple loquet. J'ai vu la poignée tourner, je l'ai vu pousser sur le loquet. J'ai attendu, armée de ciseaux à ongles. Il a dû rester là cinq minutes. Puis il s'est éloigné. Mais je n'ai pas quitté la salle de bains. J'y suis restée jusqu'au retour de Hakan.

Sur la liste des suspects établie par ma mère, le maire occupait la quatrième place.

Anders prit la main de Mia :

— Pourquoi ne m'as-tu rien dit ? demanda-t-il d'une voix douce.

— J'ai eu peur que tu le tues.

J'ajoutai :

— Mia, quand vous parlerez à ma mère, pouvez-vous commencer par là ?

Pour accéder au service où ma mère était hospitalisée, on franchissait deux portes sécurisées. Les claquements lourds des verrous qui s'ouvraient et se refermaient faisaient écho à la gravité de son état. Mon père avait convaincu les médecins d'attendre mon retour avant de poser la perfusion. Nous étions convenus que Mia la verrait seule, car nous ne voulions pas que ma mère croie à une embuscade. Mia se plia de bon gré à notre scénario. Elle fit preuve d'une grande force, imperturbable devant ce qui l'entourait ou les patients qui erraient dans les couloirs. C'était une jeune femme remarquable.

⁂

Une fois Mia entrée dans la salle des visites, j'ôtai ma montre pour arrêter de compter les minutes. Mark, mon père, Anders et moi étions assis côte à côte, incapables de lire un journal, de consulter nos téléphones, incapables de passer le temps autrement qu'en fixant le plafond ou les murs. Parfois, une infirmière nous tenait au courant. Elle regardait par la petite ouverture pratiquée dans la porte et nous disait que Mia et ma mère étaient assises l'une près de l'autre, main dans la main, en grande conversation. Elles ne changeaient pas de position. Quand l'infirmière revint pour la cinquième fois, elle s'adressa à nous tous comme à une famille :

— Votre mère veut vous dire un mot.

Note de l'auteur

Le 22 avril 2009, ma mère m'a envoyé ce courrier électronique :

Cher Thomas,
Comment ça va...............
kram mamma

Les deux derniers mots, en suédois, sont une signature affectueuse qui se traduit par : « Baisers, Maman. » Huit jours plus tard, j'ai reçu un appel de mon père. Il pleurait et avait toutes les peines du monde à prononcer autre chose que mon nom. Très inquiet, je lui ai demandé : « Qu'est-il arrivé ? »

Ma mère avait été placée en hôpital psychiatrique.

À cette époque, mes parents vivaient dans une petite ferme au sud de la Suède, non loin de la mer. Mon père est anglais, né à Londres ; ma mère est suédoise, née à Göteborg. Avant l'acquisition de la ferme, elle avait passé la plus grande partie de sa vie d'adulte en Angleterre et leur retraite offrait l'occasion de corriger ce déséquilibre, de troquer une ville britannique contre la campagne suédoise. Ils passaient leurs journées à cultiver la terre, à pêcher et à faire des cueillettes. Tous les étés, je leur rendais visite et je me plaisais beaucoup dans ce nouveau foyer créé par mes parents. Le jour, nous ramassions de pleins paniers de girolles. Le soir, comme ils n'avaient pas la télévision, nous jouions aux cartes. Je ne les avais jamais vus aussi heureux. Grâce aux travaux agricoles, ils restaient minces et bronzés. Ils étaient magnifiques. En tant que couple, désormais libérés des soucis financiers, leurs trois enfants maintenant adultes, ils avaient me semblait-il trouvé une sorte de paix. Le succès de cette cure de rajeunissement était tel que même leur chienne, un berger allemand infirme, avait connu un second souffle, adorant son rôle de gardienne de ferme, oubliant la maladie jusqu'à vivre deux belles années supplémentaires. Quant à l'avenir, il s'annonçait encore plus radieux. Les travaux de rénovation se poursuivaient. Le potager avait été agrandi. Mes parents avaient redonné vie à une vieille ferme abandonnée et, peut-être à cause de cela, le village les avait bien accueillis. Ils avaient beaucoup d'amis. Ils faisaient plein de projets d'avenir. Jusqu'à ce coup de téléphone de mon père, je n'avais jamais entendu parler du moindre problème.

Le soir du 30 avril, je rentrais chez moi à pied, dans une petite rue tranquille de Bermondsey, lorsque mon téléphone a sonné et que mon père m'a appris la nouvelle. Je suis resté paralysé, incapable d'exprimer la moindre émotion. Selon mon père, ma mère présentait de sévères symptômes de psychose depuis quelques semaines et d'autres, plus discrets, depuis plusieurs mois. « Étranges », « terribles » et « imaginaires » sont les mots dont je garde le souvenir le plus précis ; c'était aussi, pour moi, la première fois que la notion d'imagination revêtait un sens négatif. La voix de mon père avait rapidement recouvré son calme. Il ne pleurait plus, il s'exprimait de façon monocorde – ce que j'ai attribué à l'épuisement.

Par contraste, mes pensées menaient une course folle. Tout semblait irréel. Il n'existait aucun cas de maladie mentale dans ma famille. Je dois l'avouer, j'ignorais tout sur ce sujet ; je n'y avais pas été confronté et n'avais jamais pris le temps d'étudier la question. Pour être franc, je ne sais même pas si j'aurais été capable de définir du point de vue médical ce qu'était une psychose. Mon esprit allait plutôt puiser dans les clichés cinématographiques des images de gens dangereux, dont il fallait avoir peur. Mon père avait tenu à souligner qu'il avait tout tenté pour l'aider à la ferme, espérant que les symptômes reflueraient comme les eaux après les crues, attendant que la mer les emporte. Pour finir, sans autre recours, l'amour se révélant impuissant, il l'avait conduite à l'hôpital psychiatrique.

Notre première conversation avait été plutôt brève. Mon instinct me commandait d'agir, de faire quelque chose, pas de parler. Je suis rentré au plus vite, en courant, mais surtout pour dépenser un excès d'énergie nerveuse, et j'ai réservé un billet dans le premier avion pour la Suède. Je suis l'enfant du milieu, entre une sœur aînée et un frère cadet, mais j'étais le seul en mesure de tout laisser tomber pour prendre l'avion aussitôt. Ce soir-là, mon père et moi avons beaucoup parlé, surtout de mon vol et de nos plans. Il était plus facile de ne pas déborder des questions pratiques. Nous avons évité tout ce qui touchait aux détails préoccupants de la maladie de ma mère, nous limitant à une ou deux remarques sur le fait central : elle avait acquis la conviction que toute la communauté l'espionnait. Pour me rassurer, je me suis dit que la situation deviendrait plus claire dès que j'aurais vu mes parents ensemble, que j'aurais parlé aux médecins quand je serais là-bas. Je ne pouvais pas être plus éloigné de la réalité.

Tôt le lendemain matin, mon père a appelé, en proie à une panique incontrôlable. Ma mère avait demandé à quitter l'hôpital psychiatrique et le personnel ne l'avait pas prévenu. Il n'avait pas la moindre idée de l'endroit où elle se trouvait. Elle avait disparu. Nous étions fous d'inquiétude. Ma mère avait son sac, mais pas de téléphone. Impossible de la contacter. Nous ne savions ni où elle était, ni où elle projetait d'aller. Je me suis mis en colère, furieux que mon père ne se soit pas assuré que l'hôpital offrait toutes les garanties. Mais il n'avait jamais imaginé qu'on la laisserait partir. Il ne comprenait pas plus que moi. Les médecins refusaient d'en dire davantage. Nous étions dans la plus grande confusion. Jamais je ne m'étais senti aussi désemparé.

J'étais sur le point de partir pour l'aéroport et d'aider mon père à la retrouver quand mon téléphone a sonné de nouveau. C'était ma mère, qui appelait depuis une cabine. Mon soulagement a été extrêmement vif et j'étais heureux d'entendre sa voix – elle était en sécurité. Cependant, cet apaisement a été de courte durée. D'une voix claire et insistante, elle m'a dit que mon père mentait. Elle n'était pas malade. Elle n'était pas folle. Mon père participait à des activités criminelles et, pour sauver sa peau, il s'efforçait de la discréditer. À l'hôpital, elle avait expliqué la situation ; on l'avait crue, et c'est pourquoi elle avait pu sortir. Pour sa sécurité, elle leur avait demandé de ne communiquer aucune information à mon père. Elle avait l'intention de prendre l'autocar pour se rendre à l'aéroport puis de venir me voir en Angleterre. Elle allait tout me raconter. La conversation a soudain été coupée. J'ai essayé de rappeler, mais je n'ai pas obtenu de réponse. À ce stade, j'ai abandonné tout espoir d'y comprendre quelque chose. Je venais juste de me faire à l'idée que ma mère était malade, et voilà qu'une autre éventualité se présentait. Elle allait bien et mon père mentait. Mes parents étaient mariés depuis plus de trente ans. Comme tous les couples, ils avaient traversé des épreuves, personnelles et professionnelles, mais ils n'avaient jamais comploté ni témoigné de l'hostilité l'un envers l'autre. On me demandait maintenant de croire cela de mon père. Je n'avais à aucun moment été contraint de choisir un camp – ils n'obligeaient jamais leurs enfants à prendre parti. Disons que ma sensibilité était plus proche de celle de ma mère. Elle est un peu rêveuse et timide avec les autres. Mon père est tout aussi sensible, mais il le cache sous un stoïcisme britannique et une conception traditionnelle de l'autorité virile. Face à une contrariété, elle pleure et lui se met en colère. Mis à part ces différences, ils formaient une unité – une équipe, parfois bousculée, souvent formidable. En l'espace d'un appel de trente secondes, ils étaient devenus étrangers l'un à l'autre. Au dire de ma mère, ils étaient ennemis.

J'étais incapable de mentir et de faire comme si je n'avais eu aucune nouvelle de ma mère. Il n'empêche que j'étais mal à l'aise en décrivant la situation à mon père, terriblement mal à l'aise. Parce que je me méfiais de quelqu'un que j'aimais à propos de quelque chose d'essentiel – le bien-être de quelqu'un d'autre. Quand il a annoncé son intention de l'intercepter à l'aéroport, je me suis demandé si je n'avais pas trahi ma mère, si je n'avais pas été profondément déloyal, et la perspective de leur inévitable affrontement m'a donné la nausée.

Arrivé à l'aéroport de Landvetter, mon père m'a téléphoné pour m'annoncer qu'il ne la trouvait nulle part et que la compagnie aérienne refusait de lui fournir la liste des passagers. Et puis il l'a aperçue. La suite a été confuse. D'après les bruits, j'ai deviné que mon père courait. J'ai entendu leurs voix. Pas de cris. Quelques échanges brefs. À ma grande surprise, mon père se montrait froid et brusque, il n'essayait pas de la convaincre ou de la supplier. Pour finir, ma mère a accepté de prendre le téléphone et expliqué qu'elle venait d'acheter un billet pour Londres via Copenhague. Quand j'ai reparlé à mon père, elle était en train de franchir la porte d'embarquement et il renonçait à se lancer à sa poursuite. Il me confiait le soin d'aller la chercher à Heathrow.

Je ne pouvais pas dire si mon père était coupable ou bouleversé, ou si ma mère avait l'esprit confus ou clair. J'avais pensé pouvoir me faire mon idée dès qu'elle ouvrirait la bouche, si elle se lançait dans un flot de paroles ou des proclamations absurdes, mais elle s'était exprimée de façon cohérente. De surcroît, elle avait pu naviguer dans l'aéroport comme n'importe qui – le comptoir des ventes lui avait remis son billet, les différentes étapes des contrôles de sécurité et d'identité s'étaient déroulées sans écueil.

Je me suis alors remémoré tous les mots prononcés par mon père jusqu'ici. Des questions restaient sans réponse : pourquoi avait-il attendu si longtemps pour m'informer de ce qui se passait ? Pourquoi l'hôpital avait-il refusé de communiquer avec lui ? Pourquoi était-il si en colère à l'aéroport ? Pourquoi ne venait-il pas ? Les soupçons commençaient à se multiplier dans ma tête. Dans l'espoir de calmer le jeu, j'ai appelé mon frère cadet. Nous irions chercher ma mère à sa descente d'avion. Ma sœur, qui habite loin de Londres, ne pouvait pas arriver à temps. Mon frère et moi n'avons pas beaucoup parlé dans le train pour Heathrow, ni en l'attendant devant la porte des arrivées, bien en peine l'un comme l'autre de prendre position sur la version des événements qui nous semblait crédible. Nous étions arrivés en avance, consultant l'écran toutes les deux minutes, jusqu'au moment où l'information s'est affichée : ma mère venait d'atterrir.

Elle a franchi les portes sans autre bagage qu'un petit sac à main. Ses vêtements n'étaient ni impeccables ni débraillés et ses cheveux, pas vraiment coiffés, seulement tirés en arrière. Sa maigreur était plus inquiétante. Quand nous nous sommes approchés, elle a eu l'air extrêmement heureuse. Nous l'avons serrée dans nos bras, comme n'importe quelle famille qui se retrouve, et ce moment était empreint d'une telle normalité et d'une telle affection que j'avais le plus grand mal à ne pas reconnaître en elle la mère que j'avais toujours connue. En toute logique, cette certitude impliquait que mon père avait bien commis un acte criminel qui l'avait obligée à fuir la Suède. L'un de mes parents avait changé ; la question était : lequel des deux ?

Nous avons regagné Londres, ma mère me tenant la main comme si c'était la chose la plus naturelle du monde, bien qu'elle ne l'eût pas fait depuis de nombreuses années, visiblement indifférente à la gêne enfantine qui me saisissait quand je surprenais les regards étonnés des autres voyageurs. À ma grande stupéfaction, nous avions maintenant passé plus d'une heure ensemble et je ne savais toujours pas ce que je devais croire. De toute évidence, elle était perturbée, mais elle ne le niait pas – elle avait toutes les raisons d'être bouleversée, affirmait-elle, au regard des crimes qu'elle avait découverts en Suède. J'ai commencé à insister pour obtenir une explication, mais elle ne voulait pas parler sous la pression, désirant le faire dans l'intimité, chez moi.

Nous avons informé mon père que Maman était bien arrivée à Londres et qu'elle se trouvait avec nous, mais sans lui donner d'autres détails. Ma mère exigeait que nous écoutions sa version des événements sans en référer tout le temps à lui, et nous avons accepté. Mon père allait devoir attendre plusieurs heures avant d'en savoir davantage.

Arrivés chez moi, mon frère et moi nous sommes installés devant la table de la salle à manger pour écouter ma mère nous faire le récit des derniers mois. Ce soir-là, elle a révélé une parfaite maîtrise de la narration. Sa mémoire était vive et puissante, jamais vague ni confuse. Elle a parlé pratiquement toute la soirée, plus de quatre heures, nous racontant une série d'événements isolés qu'elle estimait liés à une vaste conspiration. De quelle conspiration s'agissait-il au juste ? Elle ne pouvait pas le dire. Il n'y avait pas d'accusation dominante, rien qui pût se résumer en une phrase unique, plutôt une série d'incidents.

L'un d'entre eux consistait en une fête qui s'était tenue au bord d'une rivière, pendant laquelle une femme jeune et belle avait été la proie de regards lubriques. Dans un autre, un voisin lui avait claqué la porte au nez pour couper court à une conversation. Elle dépeignait les derniers mois comme une période d'isolement qui n'avait cessé de croître à mesure que prenaient forme ses soupçons sur la communauté – il s'agissait de secrets très noirs et inquiétants. Quels secrets ? avons-nous demandé. Mais en réponse à mes questions directes, je n'obtenais que d'autres petites scènes. Elle a parlé d'insultes et d'affronts. Ses efforts pour nouer des amitiés lui avaient valu des réactions cruelles. Le pire, c'est que mon père avait pris le parti des voisins, il s'était laissé entraîner dans leur conspiration plutôt que de la soutenir.

Mon frère et moi restions pratiquement muets hormis, de temps à autre, pour poser une question ou lui demander des précisions. Assis à cette table, prêtant l'oreille à son histoire, je me suis demandé si peut-être, peut-être seulement, tout était vrai. Les épisodes relatés étaient plausibles et convaincants. En réalité, oserais-je dire, j'ai cru qu'ils s'étaient tous produits.

Quand ma mère a marqué une pause et que je suis resté seul avec mon frère une seconde, il a déclaré tranquillement ne rien pouvoir affirmer. Mais affirmer quoi ? Où tout cela menait-il ? Au cœur du récit de ma mère, il y avait l'idée que même les personnes qui vous sont le plus proches peuvent brusquement agir d'une façon révoltante. Comment lui donner tort ? J'avais caché ma sexualité à mes parents pendant des années. Quand je leur avais finalement révélé la vérité, en espérant qu'ils l'avaient devinée, ils s'étaient effondrés devant moi, non pas sous le choc, mais à cause de tous ces mensonges. À présent, elle s'appuyait sur le même raisonnement : nous ne te connaissions pas, tu ne nous connais pas. Et tu ne connais pas non plus tous ces gens à qui tu souriais lors de tes visites. Le monde de la ferme n'était pas un tableau romantique de la vie rurale, mais un miroir aux alouettes. Il lui avait suffi de gratter la surface pour voir apparaître la structure complètement pourrie de cette communauté. Oui, elle était perturbée ; oui, elle était bouleversée et apeurée ; mais cela ne la désignait pas comme folle. La peur était une réaction logique. J'ai tenté de me représenter mon père dans cet univers. Le plus terrifiant, c'est que j'y suis parvenu, tout comme j'y parvenais pour moi-même. C'était possible – le mensonge, la ruse, le désir et finalement, la tentative désespérée de tout couvrir en détruisant la crédibilité de la seule personne assez courageuse pour tout dénoncer.

Ma mère avait fait davantage pour moi que n'importe qui au monde. En retour, elle m'avait demandé une seule chose : la croire. Elle était rentrée à Londres avec la certitude que je défendrais sa cause.

Pour finir, j'ai refusé. Cette décision n'était pas fondée sur ses paroles, mais sur ses actes. Mon portable lui inspirait une telle méfiance qu'elle l'éloignait tout le temps et le retournait sur la table, comme pour neutraliser la menace qu'il semblait représenter. À un moment, désirant marquer une pause, elle est allée aux toilettes. Comme elle tardait à revenir, je suis allé voir. Seul avec elle, j'ai remarqué qu'elle portait toujours le bracelet en plastique de l'hôpital. Voyant l'intérêt que je lui portais, elle a souri. Son sourire tranchait tellement avec la situation que je n'ai pu m'empêcher de la sentir étrangère à moi. Je ne comprenais pas à quoi elle souriait. Je ne le comprends toujours pas.

Comme il était tard, bien après minuit, mon frère et moi avons décidé de ne rien entreprendre tout de suite et d'essayer de dormir ; nous aurions l'esprit plus clair au matin. Je suis resté éveillé presque toute la nuit, réfléchissant à la meilleure façon d'approcher le système médical. Fallait-il aller aux urgences ou demander un rendez-vous avec notre généraliste ? Après avoir contacté à plusieurs reprises le centre d'appel des services de santé, j'ai demandé une ambulance. Les médecins ont procédé à une série d'examens pour évaluer son état de santé. Ma mère avait laissé entendre que son agitation pouvait résulter d'une hypertension et je me souviens m'être aussitôt accroché à cette hypothèse, qui restait dans le domaine du maîtrisable. Les médecins ont conclu que ma mère était en bonne santé physique.

C'est alors que je leur ai parlé de sa paranoïa et de son admission dans un hôpital en Suède. Nous nous sommes rendus ensemble à l'hôpital, non pas dans une unité psychiatrique, mais aux urgences de St. Mary, à Paddington, où un psychiatre a pu l'examiner. Au cours de cet entretien – et entre-temps, ma sœur nous avait rejoints –, le psychiatre a soumis à ma mère une série de questions ; quand elle oubliait quelque chose dans ses réponses, je remplissais les blancs. Le psychiatre a conclu, d'une voix très douce, que ma mère était malade et avait besoin de soins. Pour la première fois depuis le premier appel de mon père, j'ai pleuré. Nous avons organisé son transfert dans un hôpital psychiatrique.

La guérison de ma mère s'est révélée spectaculaire. Elle a passé environ trois semaines en milieu fermé à l'hôpital St. Charles à l'ouest de Londres. Le traitement antipsychotique qu'elle avait d'abord refusé a été décisif. Au vu de ses progrès rapides, elle a été confiée à mon père et a poursuivi son traitement médicamenteux jusqu'au jour où elle a estimé ne plus en avoir besoin.

Je suis convaincu que son retour en Angleterre, motivé en apparence par le désir de se trouver un allié, était en réalité une tentative pour échapper à sa folie et entamer sa guérison. J'étais, et je reste, impressionné par sa volonté et sa détermination. La qualité des soins et de la prise en charge des services de santé a opéré un vrai miracle. Le soutien de mon père a été constant et indéfectible. Le 13 juillet 2010, quatorze mois plus tard, ma mère m'a envoyé ce courrier électronique depuis sa ferme en Suède :

Cher Thomas,
Ici, aujourd'hui, il pleut. C'est délicieux.
Il y a pire que trop de pluie : pas assez de pluie.
Porte-toi bien,

kram
mamma

Pour le meilleur et pour le pire, l'affection ne se démentait pas. À ce jour, les raisons qui expliquent la soudaine psychose de ma mère demeurent opaques. Mon image d'une brusque montée des eaux me paraît exacte. À présent, ces eaux noires ont rejoint la mer, mais je pense souvent à elles. Parfois, je me surprends à me demander si une telle chose pourrait m'arriver. Peut-être cet état de conscience nouveau pour moi est-il précisément ce qui empêchera la digue de céder. J'ai au moins appris une chose : le secret et le déni entourant la maladie mentale sont aussi destructeurs et dangereux que la maladie elle-même.

La guérison de ma mère a tellement impressionné les médecins qu'ils lui ont demandé de témoigner de son expérience auprès d'autres femmes. Mes parents sont toujours ensemble, et même plus proches que jamais – ils forment de nouveau une équipe. Quant à moi, je me sens également plus proche d'eux. Devenir adulte, c'est en partie réapprendre qui sont vos parents et être là pour eux comme ils ont été là pour vous, enfant, en d'innombrables occasions.

Dans les œuvres de fiction, on trouve couramment l'idée que les lieux retiennent les traces des événements tristes et tragiques qui s'y sont déroulés – qu'ils sont hantés. Peut-être était-ce le cas de la ferme. Mes parents l'ont vendue peu après ce courrier électronique de juillet. Nous gardons l'espoir d'en trouver une autre un jour.

Article paru dans le Saturday Times,
le 15 février 2014.

Collection « Littérature étrangère »

ADAMS Poppy
Le Temps des métamorphoses

ADDERSON Caroline
La Femme assise

AGUÉEV M.
Roman avec cocaïne

ALI Monica
Sept mers et treize rivières
Café Paraíso
En cuisine
La Véritable Histoire de Lady L.

ANDERSON Scott
Triage
Moonlight Hotel

ARLT Roberto
Les Sept Fous
Les Lance-Flammes

ARPINO Giovanni
Une âme perdue
Le Pas de l'adieu
Mon frère italien
Giovanni le bienheureux

AUSLANDER Shalom
La Lamentation du prépuce
Attention Dieu méchant
L'Espoir, cette tragédie

BALLANTYNE Lisa
Un visage d'ange

BAXTER Charles
Festin d'amour

BENIOFF David
24 heures avant la nuit

BEZMOZGIS David
Le Monde libre

BLOOM Amy
Ailleurs, plus loin

BROOKNER Anita
Hôtel du Lac
États seconds
La Vie, quelque part
Une chute très lente
Une trop longue attente
Fêlures
Le Dernier Voyage

BROOKS Geraldine
Le Livre d'Hanna

La Solitude du Dr March
L'Autre Rive du monde

BROWN Clare
Un enfant à soi

CABALLERO Antonio
Un mal sans remède

CAICEDO Andrés
Que viva la música !
Traversé par la rage

CAÑÓN James
Dans la ville des veuves intrépides

CASH Wiley
Un pays plus vaste que la terre

CONNELL D. J.
Julian Corkle est un fieffé menteur
Sherry Cracker et les sept voleurs

CONROY Pat
Le Prince des marées
Le Grand Santini

COURTENAY Bryce
La Puissance de l'Ange

CUNNINGHAM Michael
La Maison du bout du monde
Les Heures
De chair et de sang
Le Livre des jours
Crépuscule

DI PAOLO Paolo
Tanta vita !

DORRESTEIN Renate
Vices cachés
Un cœur de pierre
Sans merci
Le Champ de fraises
Tant qu'il y a de la vie

DOUGHTY Louise
Je trouverai ce que tu aimes
Portrait d'une femme sous influence

DUNANT Sarah
La Courtisane de Venise
Un cœur insoumis

DUNMORE Helen
Un été vénéneux
Ils iraient jusqu'à la mer
Les Petits Avions de Mandelstam
La Maison des orphelins

EDELMAN Gwen
Dernier refuge avant la nuit

ELTON Ben

Nuit grave

Ze Star

FERRARIS Zoë

La Disparue du désert

Les Mystères de Djeddah

Clandestines

FEUCHTWANGER Lion

Le Juif Süss

FITZGERALD Helen

Le Don

FLANAGAN Richard

La Fureur et l'Ennui

Désirer

FRENCH Paul

Minuit à Pékin

HAYES Suzanne et NYHAN Loretta

Petites recettes de bonheur pour les temps difficiles

FREY James

Mon ami Leonard

FROMBERG SCHAEFFER Susan

Folie d'une femme séduite

FRY Stephen

L'Hippopotame

GAIGE Amity

Schroder

GALE Patrick

Chronique d'un été

Une douce obscurité

Tableaux d'une exposition

Jusqu'au dernier jour

GARTSIDE Mark

Ce qui restera de nous

GEE Maggie

Ma bonne

GEMMELL Nikki

Les Noces sauvages

Love Song

GEORGE Alex

Une symphonie américaine

GILBERT David

Les Normaux

Les Marchands de vanité

GUSTAFSSON Lars

La Mort d'un apiculteur

HAGEN George

La Famille Lament

Les Grandes Espérances du jeune Bedlam

HODGKINSON Amanda

22 Britannia Road

HOMES A. M.

Mauvaise mère

HOSSEINI Khaled

Les Cerfs-Volants de Kaboul

Mille soleils splendides

Les Cerfs-Volants de Kaboul (roman graphique)

Ainsi résonne l'écho infini des montagnes

HUTCHINS Scott

L'Amour comme hypothèse de travail

JOHNSTON Jennifer

Petite musique des adieux

Ceci n'est pas un roman

De grâce et de vérité

Un Noël en famille

JONES Kaylie

Dépendances

JORDAN Hillary

Mississippi

Écarlate

KAMINER Wladimir

Voyage à Trulala

KANON Joseph

L'Ultime Trahison

L'Ami allemand

Alibi

KENNEDY Douglas

La Poursuite du bonheur

Rien ne va plus

Une relation dangereuse

L'homme qui voulait vivre sa vie

Les Désarrois de Ned Allen

Les Charmes discrets de la vie conjugale

Piège nuptial

*La Femme du Ve*

Quitter le monde

Cet instant-là

Cinq jours

Murmurer à l'oreille des femmes

KLIMKO Hubert

La Maison de Róża

Berceuse pour un pendu

Les Toutes Premières Choses

KNEALE Matthew

Les Passagers anglais

Douce Tamise

Cauchemar nippon

Petits crimes dans un âge d'abondance

Maman, ma sœur, Hermann et moi

KOCH Herman

Le Dîner

Villa avec piscine

LAMB Wally

La Puissance des vaincus

Le Chagrin et la Grâce

Nous sommes l'eau

LAW Benjamin

Les Lois de la famille

LAWSON Mary

Le Choix des Morrison

L'Autre Côté du pont

LEONI Giulio

La Conjuration du Troisième Ciel

La Conspiration des miroirs

La Croisade des ténèbres

LI YIYUN

Un beau jour de printemps

Un millier d'années de bonnes prières

LISCANO Carlos

La Route d'Ithaque

Le Fourgon des fous

Souvenirs de la guerre récente

L'Écrivain et l'Autre

Le Lecteur inconstant suivi de Vie du corbeau blanc

LOTT Tim

Frankie Blue

Lames de fond

Les Secrets amoureux d'un don Juan

L'Affaire Seymour

MADDEN Deirdre

Authenticité

MAKSIK Alexander

La Mesure de la dérive

MARCIANO Francesca

L'Africaine

La Fin des bonnes manières

MCAFEE Annalena

Le Doux Parfum du scandale

MCCANN Colum

Danseur

Les Saisons de la nuit

La Rivière de l'exil

Ailleurs, en ce pays

Le Chant du coyote

Zoli

Et que le vaste monde poursuive sa course folle

MCCOURT Frank

C'est comment l'Amérique ?

Teacher Man, un jeune prof à New York

En cas de forte chaleur

OWENS Damien

Les Trottoirs de Dublin

OZEKI Ruth

En même temps, toute la terre et tout le ciel

PAYNE David

Le Dragon et le Tigre : confessions d'un taoïste à Wall Street

Le Monde perdu de Joey Madden

Le Phare d'un monde flottant

Wando Passo

PEARS Iain

Le Cercle de la Croix

Le Songe de Scipion

Le Portrait

La Chute de John Stone

PENNEY Stef

La Tendresse des loups

Le Peuple des invisibles

PICKARD Nancy

Mémoire d'une nuit d'orage

PIZZOLATTO Nic

Galveston

POLLEN Bella

L'Été de l'ours

RADULESCU Domnica

Un train pour Trieste

RAVEL Edeet

Dix mille amants

Un mur de lumière

RAYMO Chet

Le Nain astronome

Valentin, une histoire d'amour

RELINDES ELLIS Mary

Bohemian Flats

ROBERTS Carolina De

La Montagne invisible

ROLÓN Gabriel

La Maison des belles personnes

ROSEN Jonathan

La Pomme d'Ève

SANSOM C.J.

Dissolution

Les Larmes du diable

Sang royal

Un hiver à Madrid

Prophétie

Corruption

Dominion

SAVAGE Thomas

Le Pouvoir du chien

Rue du Pacifique

SCHWARTZ Leslie

Perdu dans les bois

SEWELL Kitty

Fleur de glace

SHARPE Tom

Fumiers et Cie

Panique à Porterhouse

Wilt 4 – Le Gang des mégères inapprivoisées ou Comment kidnapper un mari quand on n'a rien pour plaire

Wilt 5 – Comment enseigner l'histoire à un ado dégénéré en repoussant les assauts d'une nymphomane alcoolique

SHIPSTEAD Maggie

Plan de table

SHREVE Anita

Le Poids de l'eau

Un seul amour

La Femme du pilote

Nostalgie d'amour

Ultime rencontre

La Maison du bord de mer

L'Objet de son désir

Une lumière sur la neige

Un amour volé

Un mariage en décembre

Le Tumulte des vagues

Une scandaleuse affaire

Un jour après l'autre

SHRIVER Lionel

Il faut qu'on parle de Kevin

La Double Vie d'Irina

Double faute

Tout ça pour quoi

Big Brother

SILVESTRE Edney

Si je ferme les yeux

Le bonheur est facile

SMILEVSKI Goce

La Liste de Freud

SMITH Tom Rob

Enfant 44

SOLER Jordi

Les Exilés de la mémoire

La Dernière Heure du dernier jour

La Fête de l'Ours

Dis-leur qu'ils ne sont que cadavres

SPELLER Elisabeth

Le Retour du capitaine Emmett

STEINBERG Janice

Les Belles Promesses

SWARUP Vikas

Les Fabuleuses Aventures d'un Indien malchanceux qui devint milliardaire

Meurtre dans un jardin indien

Pour quelques milliards et une roupie

TOBAR Héctor

Printemps barbare

Jaguar

TOLTZ Steve

Une partie du tout

TSIOLKAS Christos

La Gifle

Jesus Man

ULINICH Anya

La Folle Équipée de Sashenka Goldberg

UNSWORTH Barry

La Folie Nelson

VALLEJO Fernando

La Vierge des tueurs

Le Feu secret

La Rambla paralela

Carlitos qui êtes aux cieux

VERMES Timur

Il est de retour

WARD Jesmyn

Bois Sauvage

Ligne de fracture

WATSON Larry

Sonja à la fenêtre

WEBB Katherine

L'Héritage

Pressentiments

À la claire rivière

WEISGARBER Ann

L'Histoire très ordinaire de Rachel Dupree

WELLS Rebecca

Fleurs de ya-ya

WEST Dorothy

Le Mariage

WINGFIELD Jenny

Les Ailes de l'ange

WRINKLE Margaret

Wash

Composition : Facompo,
Lisieux

Imprimé par «La Tipografica Varese Srl»
Varese en Italie

Dépôt légal : Octobre 2014